Le mystère du jardin romain

DU MÊME AUTEUR

Chez le même éditeur :

Être enfant à Rome, 1984.

L'Olympe du Roi-Soleil, essai, 1986.

Les Louves du Palatin, roman, 1988.

Aux P.U.F. :

L'Art romain, 1978.
Dictionnaire d'histoire de l'art, 1985.

Aux Editions José Feijóo :

Ovide, ou les dissidences du poète, 1992.

Jean-Pierre Néraudau

Le mystère du jardin romain

Roman

LES BELLES LETTRES

1992

ISBN : 2-251-44000-3

Les personnages

Les premiers rôles

Tanaquil, grand-mère de Marcus Plautius, amie de Livie. La dernière des Etrusques.
Marcus Plautius, son petit-fils, ancien amant de Corinne. Un innocent qui se conduit en coupable, ou un coupable qui feint l'innocence ?
Apronia, sa seconde femme, la première victime.
Livie, veuve d'Auguste, mère de Tibère. A-t-elle vraiment renoncé aux intrigues politiques ?
Corinne, esclave de Tanaquil. Une grande amoureuse.
Hylas, comédien célèbre pour ses dons de cascadeur. Amant de Corinne.
Gallus, esclave (?) de Tanaquil. Ancien amant de Corinne.
Tibère, successeur d'Auguste, misanthrope au point d'être criminel ?
Séjan, confident et ministre de Tibère. L'homme le plus haï de Rome.
Némésis, esclave d'Apronia. Le démon de la vengeance ?
Lygdus, eunuque au service de Livilla. Un meurtrier qui en fait trop.

Les seconds rôles, mais pas nécessairement les plus innocents

Livilla, veuve de Drusus, belle-fille de Tibère. Une belle menteuse.
Agrippine, veuve de Germanicus, petite-fille de l'empereur Auguste.
Plautia, petite-fille de Tanaquil, sœur de Marcus Plautius, femme de Claude.
Claude, neveu de Tibère, grand spécialiste des Etrusques.
Fabia, épouse répudiée de Marcus Plautius, une magicienne.
Apronius, père d'Apronia.
Glaucè, esclave d'Apronius. Autre magicienne.
Périlla, ancienne comédienne.
Glycère, comédienne, maîtresse d'Hylas.
Acté, esclave de Tanaquil, amoureuse de Gallus.
Publius Plautius, frère de Marcus.

La nourrice d'Apronia, tribuns, esclaves, gardes du corps et un manuscrit en quête d'auteur.

I

Le manuscrit mystérieux

1

Voici que dans sa chambre étroite qu'éclairent les trois cierges d'une haute girandole de bronze, Tanaquil est allongée. Elle sent ce soir, après la lourde journée qu'elle vient de passer, tout le poids des années qu'elle a vécues. Sur les murs de la chambre courent des guirlandes suspendues à des masques de théâtre. Le peintre a été si habile qu'on croirait voir des feuillages fraîchement coupés accrochés à de vrais masques de marbre comme on en suspend dans les jardins. Ce soir, les bouches béantes s'apprêtent à déclamer quelques vers tragiques dont l'horreur écarquille leurs regards vides qui, d'un côté à l'autre de la pièce, convergent sur le lit et plantent leur fixité sur son corps allongé. Tanaquil couche dans cette chambre depuis bien longtemps, depuis que son mari est mort. Elle n'a jamais éprouvé comme ce soir la hantise de ces regards, et elle frissonne. Que lui arrive-t-il donc ? Sans doute est-ce l'énervement causé par l'horrible drame. Et puis il y a cet orage qui a tourné autour de Rome depuis le matin et qui fait peser sur la ville une moiteur étouffante. Dans la touffeur de sa chambre close, Tanaquil a chaud. Elle ne voit pas les éclairs qui déchirent le ciel, mais elle entend le fracas du tonnerre qui s'approche de plus en plus. Elle s'est mise sur le côté, le corps appuyé sur son coude gauche, et elle lit un mince manuscrit couvert d'une écriture si fine qu'il lui faut, pour la déchiffrer, plisser ses yeux fatigués. Tantôt elle l'écarte, le bras tendu, pour le mieux voir, tantôt elle le pose devant elle, et son ongle incruste une marque dans la marge étroite, en guise d'apostille.

Tanaquil est vieille, si vieille qu'il lui semble avoir toujours vécu. Sa mémoire saturée, stimulée par l'événement inattendu, lui renvoie quelques images de sa vie qui n'en finit pas. Comme la vieille reine Hécube, elle se dit, ce soir, que son plus grand malheur est cette excessive longévité. Hier encore, elle regardait avec orgueil la gloire de sa famille, et elle savourait le mérite d'en être l'auteur. Ce soir, pour la première fois, elle doute de l'avenir. Que va-t-il se passer, maintenant qu'Apronia est morte, le crâne fracassé, dans le jardin de sa maison ?

Tanaquil revit la journée finie et croit encore l'avoir rêvée. Dans une maison voisine on mène une grande fête. Le bruit des cymbales et des tympanons parvient jusqu'à sa chambre et se mêle aux échos du tonnerre. C'est son cher ami Julius Postumus qui s'amuse dans cette soirée de deuil, alors que toute joie aurait dû s'éteindre, quand, en moins d'une nuitée, a basculé le destin d'une maison glorieuse. Et puis, ce n'est peut-être qu'un début. Prends garde, Tanaquil, les assassins rôdent peut-être autour de toi. Ne laisse entrer personne cette nuit. Méfie-toi, même de tes esclaves.

Personne ne saura jamais qui est l'auteur de ce texte. J'ai pris toutes mes précautions. Ces feuilles que tu vas trouver sur ton lit, posées là par une main inconnue, te racontent les premiers moments de la mystérieuse affaire dont tout Rome parle. Tu sauras tout, tout.... sauf qui est l'auteur et du texte et du crime. Naturellement, ne t'attends pas à ce que tous les secrets te soient clairement révélés. Ils sont dissimulés dans la trame du récit. A toi, de relever les bons indices et de reconstituer l'histoire. Tu ne pourras rien faire pour empêcher que s'accomplisse mon plan, mais au moins auras-tu la satisfaction d'avoir compris ce qui restera mystérieux pour tous les autres. Tu te demandes, je le sais, pourquoi je prends soin d'écrire ce long récit. Je n'agis pas à la légère. Songe à l'orgueil d'un créateur, d'un artiste, qu'il soit architecte, sculpteur, musicien, poète, ou que sais-je encore ? Imagines-tu quelle souffrance il peut éprouver à créer un chef-d'œuvre inconnu ? Tout artiste a besoin d'un public. Moi qui suis un artiste dans mon genre, je ne supporte pas que mon art reste ignoré de tous. Tu es mon public. Je compte sur toi pour apprécier à sa juste valeur le crime parfait que je viens de réaliser.

Ne va pas te mettre à regarder l'écriture pour tenter de la reconnaître. Me crois-tu si folle, ou si fou ? Je dicte mon récit à un de mes esclaves qui, du reste, sait imiter toutes les écritures, même peut-être la tienne. Que diras-tu si tu trouves les lettres dessinées comme toi seule le fais, avec ici ou là une petite fioriture qui n'appartient qu'à toi ? Ne crains rien, tu trouveras peut-être ta ressemblance, mais pendant quelques lignes seulement. J'ai décidé que mon esclave imiterait plusieurs écritures successivement. C'est une bonne idée, n'est-ce pas ?

Je t'entends penser : « il ou elle se confie à un esclave. Là est le risque de trahison. » Eh bien ! non. J'ai toute confiance en lui ou en elle (car tu as eu tort de croire à la hâte que c'était un homme). Ce peut être aussi bien une femme. Il, ou elle, s'amuse autant que moi, et il — elle ? sait bien que, si je le veux, je peux faire trancher sa nuque gracieuse. Pendant qu'elle écrit ces mots, (qu'il écrit ces mots ?) sous ma dictée, je vois sa nuque tressaillir comme sous le froid du fer. Ne crains rien, mon joli, ma mignonne. Tes boucles épandues sur tes épaules lisses comme le marbre, ton teint qui fleure bon les roses de Paestum et tes yeux profonds et céruléens comme la mer Égée te protègent...momentanément (c'est moi qui ai tardé à dire « momentanément » et je lui ai demandé de mettre des points de suspension, pour traduire ma légère hésitation). Mais reste-moi fidèle, et l'âge même qui fanera tes charmes fugaces ne t'enlèvera pas ma faveur. J'aime trop ta complicité. Tu les hais autant que moi, n'est-ce pas, tous ces fantoches glorieux, ces chattemites vaniteux ? Un petit crime de rien du tout, et vois-les qui courent en tout sens, comme des agneaux quand le loup rôde autour de la prairie. Ils ont peur qu'on les soupçonne du crime dont je sais qu'ils sont innocents, puisque c'est moi qui l'ai commis, ou plutôt qui l'ai fait commettre. Mais ils en ont commis tant d'autres qu'ils ont toujours peur. Au milieu d'eux, je fais comme eux ; je pâlis, je tremble, je claque des dents et des genoux, et je ris de ma comédie et de leur burlesque. Ah ! que la haine est une belle chose ! Et qu'elle rend perspicace ! N'est-ce pas, chère Tanaquil ?

Mais, en voilà assez. Si je me laisse aller, je n'en finirai pas de dénoncer leur petitesse et de crier ma haine à coup de battologies. Ce n'est pas mon sujet, bien que ce soit elle qui m'ait dicté le piège que j'ai monté pour me débarrasser de cette maudite Apronia. Ce n'est pas elle que je haïssais, cette petite provinciale sans intérêt, et, si elle n'avait pas été si fouineuse et bavarde, elle vivrait encore dans sa médiocrité dorée. Ce sont les autres que je hais, ceux qui l'entouraient. La haine donne du génie, bien plus que l'amour.

Arrête-toi, trop ingénieuse lectrice. Je t'entends penser : « il ou elle a un ou une esclave jeune, avec des yeux bleus ou verts comme la mer et une nuque éburnéenne. » Cherche bien ; tu en trouveras des dizaines de ces jeunes esclaves qui font les délices de leur maître et de leur maîtresse. Toi-même, peut-être en possèdes-tu quelques-uns de ce genre délicieux. Tu te dis aussi : « c'est quelqu'un qui est empli de haine, voilà encore un détail intéressant. » Dis-moi, folle que tu es, qui connais-tu dans cette ville qui ne soit pas entièrement habité par une haine féroce ? Croirais-tu que tu es unique ? Ma haine agit, c'est toute la différence avec celle de bien d'autres, et je la dissimule.

Vois-tu, tu ne peux avoir qu'une certitude : je ne suis pas la victime, qui gît aujourd'hui sur son lit funèbre et qu'on brûlera demain. Pour le reste, tout est possible. Je puis aussi bien être l'accusé lui-même, oui, ce Plautius, ton cher petit-fils, qui semble avoir précipité sa femme depuis la fenêtre de leur chambre, et que tout le monde soupçonne parce qu'il y a bien des indices contre lui et que cela arrangerait les choses qu'il fût le coupable. Mais l'est-il ? Si je suis lui, le suis-je, j'entends : suis-je coupable ? Tu vas dire, chère lectrice, qu'il est invraisemblable qu'un accusé retenu chez lui et gardé par d'attentifs soldats raconte l'histoire qui va suivre avec toutes les précisions que je vais donner. Détrompe-toi. Tout peut se savoir, il suffit d'un complice qu'on ne soupçonne pas, d'un esclave, invisible mais toujours présent derrière quelque colonne ou quelque rideau, pour que tout lui soit raconté. Tu me trouveras partout dans mon récit, mais je ne suis pas toujours présent ; mes informateurs me tiennent au courant au fil des événements.

D'ailleurs, Plautius t'a dans la place, toi sa grand-mère, Tanaquil, oui, toi-même, qui veilles et sais tant de choses. Tu es la meilleure amie de Livie, sa seule amie peut-être. Depuis combien de temps la connais-tu ? Trente ans ? Quarante ans ? Plus peut-être. Rappelle-toi, tu la connaissais alors qu'elle était mariée avec Tiberius Claudius ; avant donc qu'elle épousât Auguste. Grâce à elle, Plautius est préteur, il serait devenu consul un jour, sans cette déplorable affaire. Livie t'informera des moindres détails de l'enquête.

Mais si tu avais fait tuer toi-même ta petite-fille par alliance, et si tu étais moi ? Ou si j'étais toi ? Après tout, tu peux avoir eu mille raisons de te débarrasser d'Apronia : tu préférais peut-être la précédente femme de Plautius, Fabia, qu'il a répudiée. On dit que tu es l'instigatrice de ce divorce, que tu voulais absolument que ton petit-fils épousât une Etrusque, pour rester fidèle à tes racines ancestrales, et que celle-là te convenait parce qu'elle était de Volsinies, où tu as gardé le domaine de ta famille maternelle. C'est vraisemblable, tu as toujours à la bouche tes origines étrusques. Mais comment être sûr que tu dis vrai ? Et puis on dit tant de choses sans savoir... Apronia a peut-être surpris quelque secret que tu cachais jalousement, et tu as eu le temps d'en accumuler des secrets au cours de ta longue vie passée presque entièrement dans le palais des Césars.

Ou bien tu détestes ton petit-fils et tu as trouvé ce moyen de te défaire de lui, parce que parfois il se moque de toi, ou pour un autre motif futile qui peut traverser l'esprit des vieillards, par exemple parce que tu ne le trouves pas à la hauteur de sa belle race étrusque. C'est sûr, tu es trop vieille pour avoir la force de jeter par une fenêtre une femme jeune et qui ne voulait pas mourir (je puis te le dire moi, qui, Tanaquil ou non, sais tout de la mort que j'ai commandée), mais tu es assez riche pour t'offrir un assassin adroit. Et puis, quel plaisir ce peut être de s'écrire à soi-même une sorte de roman dont on est l'héroïne cachée, non ?

Bien sûr, je pourrais être aussi Fabia, jalouse d'une rivale heureuse ; ce serait bien simple n'est-ce pas ? mais ce n'est pas impossible. J'aimais mon époux ; il m'a répudiée ; je tue celle qu'il m'a préférée, une petite provinciale, une Etrusque dont je n'ai rien à faire, moi qui suis de vieille souche romaine. Oui, tiens, je suis Fabia, et je vais raconter une histoire de passion trompée. Je vais être accusée d'avoir fait boire à Plautius un philtre qui l'a rendu fou, au point de jeter sa femme par la fenêtre. Comment vais-je m'en sortir ?

Non, ce n'est pas un aveu. Je suis peut-être Tibère lui-même, oui l'empereur. Je n'aime pas Plautius ; il est le petit-fils de Tanaquil que je hais parce que Livie, ma mère, l'adore, et je hais ma mère qui veut tout régenter, sous prétexte qu'elle est la veuve d'Auguste et qu'avec lui elle a fondé le pouvoir qui me revient aujourd'hui. Elle m'a fait empereur ; elle n'a pas la discrétion de l'oublier. Ma chère mère, t'aime-t-elle, Tanaquil, autant qu'elle le répète ? C'est vrai qu'elle a aidé l'ascension de ta famille, de ton mari et de tes fils, qui étaient bien médiocres, et de tes petits enfants qui ne valent guère mieux. C'est vrai qu'elle a voulu que Claude, son petit-fils, cet abruti, épousât Plautia, ta petite-fille. Mais s'il lui était passé par la tête de frapper ta descendance, pour mieux t'abattre, toi, Tanaquil, et se venger de quelque offense ancienne ou récente, dont tu n'as peut-être aucune conscience, ou aucun souvenir ? Les vieillards, tu le sais, ont une mémoire si capricieuse. Mais alors si c'est Livie qui a commandé le crime, serais-je Livie ?

2

Mais il est grand temps de commencer mon récit. Tibère, comme chaque matin, était monté sur la terrasse de son palais. Il regardait l'Aurore caresser les collines qui enferment la ville et ses doigts délicats laisser des traces roses sur les jardins, sur les toits des villas où les riches vivent au milieu de leurs tableaux et de leurs statues, et sur les hauts immeubles de la Suburre où s'entasse la foule des plébéiens. Tibère ne voyait pas la beauté de Rome qui s'éveillait dans ce somptueux matin d'octobre. Il ne regardait pas, dans l'azurement bleuâtre du lointain, le zinzolin, la garance et le pourpre se mêler et disparaître en effilochements cotonneux. Mais, porté par nature au pessimisme, il évaluait les menaces qui pesaient sur cette splendeur. Des nuages sombres s'alourdissaient, en effet, sur les lointaines collines qui bornent l'horizon romain. Le temps n'allait pas tarder de s'emboucaner. Il y aurait de l'orage dans la journée. Les sourcils froncés, le visage rougi par l'eczéma qui l'envahissait dès qu'il s'attardait dans la ville, il songeait qu'il haïssait Rome et les Romains, sa mère et son autorité tyrannique, Agrippine, sa nièce, qui, parce qu'elle était la petite-fille d'Auguste, voulait tous les honneurs pour elle et pour ses fils. Et toutes les femmes qui caquetaient autour de lui, pour faire plaisir à Agrippine ou à Livie. Et tous ces hommes qui faisaient comme leurs femmes, ces courtisans flagorneurs qui attendaient sa mort et faisaient leur cour aux fils d'Agrippine qui lui succèderaient, maintenant que son fils était mort. Un instant, il pensa à ce fils unique, Drusus qu'on appelait Castor, et qui venait de mourir. Un an après, lui, le père, il n'avait aucun chagrin ; il n'en avait jamais eu ; il n'avait jamais aimé ce garçon brutal et débauché, qui faisait tout ce que son père n'avait jamais osé faire. Il pensa à sa belle-fille, Livilla, que la mort de son mari n'avait guère affectée. Et dans son âme roulaient toutes les rancœurs de sa vie, prêtes à éclater, comme les lointains tonnerres qui devaient ébranler déjà les collines du Latium. Inconsciente d'être prise entre deux orages, Rome donc s'éveillait.

Seul, sur sa terrasse, tandis qu'au rose de l'Aurore succédait l'or du Soleil, il faisait, comme chaque matin, le bilan mélancolique de sa vie. Il y avait dix ans, presque jour pour jour, qu'il était devenu Prince, à la mort d'Auguste, dix ans qu'il détestait ce pouvoir et ce peuple, dix ans qu'il rêvait de s'en aller sur une île lointaine. Il était las de se défendre, de punir, las d'avoir peur, las d'avoir dû tout sacrifier, jusqu'à son bonheur conjugal et même son nom. Il était devenu le fils adoptif d'Auguste ; il s'appelait Tibère, on le nommait César. Une seule lueur dans sa triste vie, son ami Séjan. Il y avait bientôt dix ans qu'il savait pouvoir s'appuyer sur sa fidélité. Il l'avait comblé de faveurs, ignorant les intrigues des jaloux. Sans lui, il n'aurait pas pu supporter la lourdeur de sa charge.

Tandis que Tibère méditait ainsi, le peuple de Rome commençait à vivre. Il aperçut à ses pieds le vieux Forum républicain peu à peu envahi de silhouettes pressées qui couraient sans but ; il entendit la rumeur confuse qui ne cesserait qu'à la nuit et serait remplacée par les cris des débardeurs venus approvisionner la plus grande ville du monde. Il était temps de regagner ses appartements.

Tout à coup, sur la droite, parut un groupe nombreux et agité qui descendait la Rue Neuve et longeait le mur de clôture qui protège le couvent des Vestales. De l'autre côté de la ruelle, les boutiques venaient d'ouvrir. Il en sortait des commerçants qui se joignaient au groupe. Des femmes, les yeux battus, les joues pâles sous le fard qui avait coulé, sortirent d'une maison où toute la nuit elles avaient vendu leur corps. Elles rejoignirent, en poussant de petits cris et avec une accortise feinte, la troupe bruyante que quelques centurions de la police de jour tentaient en vain de disperser.

Il y avait à sa tête un homme qui hurlait et gesticulait ; il tirait derrière lui un autre homme, titubant et silencieux. Tibère les vit arriver au bas des degrés qui mènent au Palatin. Il distingua le cri que répétait le meneur de cet étrange cortège : « César, justice ! Justice, César ! ». Il haussa les épaules et se détourna pour quitter la terrasse. Une silhouette aussitôt s'enfonça dans le petit escalier qui descendait au palais. Tibère tenta de la suivre, mais quand il fut arrivé dans le corridor à demi enterré qui longeait les appartements, il n'y avait personne.

La voûte était ornée de tableautins en stuc qui représentaient des histoires mythologiques. Il les avait longuement admirés quand les artistes venus d'Alexandrie les avaient sculptés et mis en place. Il continuait de les regarder, chaque fois qu'il traversait ce cryptoportique. Il leva les yeux. Il vit le petit cadre où étaient figurées les mésaventures d'iphis, et il admira fugitivement la finesse des traits de la jeune héroïne. A côté, c'était Achille que l'on voyait déguisé en fille, chez le roi Lycomède, alors qu'il tentait d'échapper à l'enrôlement des héros qui devaient partir pour la guerre de Troie. Et il y avait plus loin Hercule qui, vêtu d'une longue robe, filait la laine aux pieds de la reine de Lydie, Omphale, dont il était devenu l'esclave, et, à côté, Hercule encore qui pleurait, tandis qu'un adolescent joli comme une fille était entraîné par des Nymphes au fond d'une source. « Quelle finesse dans le corps de ce bel Hylas », pensait Tibère qui aimait énormément ces histoires compliquées et troubles. Il continua sa marche, jusqu'au péristyle du palais. Aux gardes qui y étaient en faction il ordonna de disperser la bande d'agités qui approchait, demanda qu'on fît appeler son cher Séjan et interdit qu'on le dérangeât jusqu'à son arrivée. En attendant, il se retirait dans sa bibliothèque.

Resté seul, il s'approcha de l'athlète en marbre qu'il contemplait chaque jour et, chaque jour, il regrettait que ce fût seulement la copie du bronze de Lysippe qui est dans les Thermes d'Agrippa. Il aurait tant aimé posséder encore l'original qu'au début de son règne il avait fait installer dans sa chambre, mais le peuple avait fait toute une affaire disant qu'on lui volait une œuvre qu'Agrippa lui avait offerte, comme si le peuple savait reconnaître la beauté d'une sculpture de Lysippe. Enfin il avait dû céder. Et au lieu du bronze authentique, il avait une copie de marbre. Il regarda le corps musclé, le bras droit tendu, tenant le strigile avec lequel l'athlète grattait sur son bras gauche la poussière et la sueur accumulées pendant les exercices de la palestre. Il fixa un moment son regard sur la verge effilée qui semblait celle d'un enfant et donnait à ce corps viril une sorte de vénusté fragile. Sa main esquissa un mouvement qu'il retint.

Passant devant les bustes des écrivains dont les œuvres remplissaient les rayons de sa bibliothèque, il s'arrêta devant un tableau placé sur un chevalet. Celui-là était bien à lui. Le peuple n'avait pas le droit de le lui réclamer. Il le ferait disposer dans sa chambre ce soir-même. Parrhasios avait représenté un eunuque, grand-prêtre de la déesse *Magna Mater*. Et Tibère ne se lassait pas d'admirer avec quelle maîtrise le peintre avait rendu l'ambiguïté de son sujet. Il détaillait le visage frais et délicatement arrondi qui n'est ni celui d'un homme ni celui d'une femme, la longue robe qui enveloppe des formes qu'on devine arrondies et molles, la mitre, les pendants d'oreilles et le collier d'or incrusté de pierres précieuses et, sur sa poitrine, le médaillon d'or finement ciselé où est serti le portrait d'Atys. Le jeune homme s'était émasculé dans un moment de délire que lui avait inspiré la déesse. Tibère lisait dans son regard une sorte d'extase angoissée. Atys se demandait qui il était. Un homme ? Une femme ? Il ne le savait pas. Il en souffrait éternellement.

Puis Tibère alla vers sa table de lecture, s'assit et reprit le livre qu'il avait abandonné la veille. Pour la centième fois, il relut avec délectation un épisode des *Souffrances de l'amour* décrites par le poète grec Parthénios de Nicée. Parfois il notait une image sur une tablette enduite de cire sur laquelle il avait commencé d'écrire un poème aux sonorités et aux rythmes compliqués comme les aimait Parthénios et comme il les aimait lui-même. Il était plongé dans ce plaisir solitaire, quand une rumeur vint le distraire et le fit se retourner avec impatience. Le tribun de la garde était sur le seuil, l'air embarrassé :

— Pardonne-moi, César, mais c'est Apronius qui insiste pour te voir. Il dit des choses confuses. Il amène avec lui le préteur Marcus Plautius qu'il semble avoir entraîné de force.

Tibère fronça les sourcils. Il se rasséréna en voyant apparaître Séjan :

— Tu arrives bien, lui dit-il. Vois donc ce qui se passe avec cet Apronius qui, me dit-on, s'agite à ma porte. Le connais-tu ?

— Autant que toi, César. C'est le beau-père de Marcus Plautius. Je viens de lui parler ; j'ai cru comprendre qu'il accusait Plautius d'avoir tué sa femme. Tu devrais les entendre, César. C'est une accusation grave. Songe que Plautius est préteur. C'est aussi le petit-fils de Tanaquil ; Livie le protègera.

En entendant le nom de sa mère, Tibère réprima le tic qui tordait sa bouche quand il était profondément troublé.

— C'est bon, dit-il. Tu as raison. Qu'ils entrent. Mais, ajouta-t-il à l'intention du tribun, dis-leur de se calmer, et place quelques gardes à l'entrée.

Peu après entraient deux hommes. Apronius portait une tunique de lin blanc serré à la taille par une ceinture. Ses pieds étaient chaussés de sandales. Sur ses cheveux grisonnants et décoiffés, il avait répandu de la cendre en signe de deuil. Il en était tombé sur son visage où sa barbe qu'il n'avait pas eu le temps de faire tailler la retenait. Il poussait devant lui Marcus Plautius. Celui-ci était aussi revêtu d'une tunique courte ; elle était toute froissée. Il était aussi décoiffé, et la barbe salissait ses joues. Il avait été manifestement arraché de son lit et avait juste eu le temps de lacer ses sandales. Malgré le négligé de sa tenue, il était d'une beauté étonnante. La tunique laissait voir les muscles de ses bras et de ses jambes, à la fois puissants et élégants. Tibère apprécia cette grâce que conserve la jeunesse, même quand elle est sans apprêts, et jeta un regard machinal vers le marbre de Lysippe.

— Justice, criait Apronius. Justice, César !

Impassible, Tibère posa sur lui son regard glacé.

— C'est en cette tenue qu'on se présente devant moi, désormais ? Et qu'as-tu besoin de ma justice, quand tu as avec toi un préteur du peuple Romain. C'est lui qui représente la justice de Rome, moi...

Apronius eut l'audace de l'interrompre :

— La justice de Rome a-t-elle pour règle que son représentant assassine sa femme, comme vient de le faire Plautius ? C'est pour cela que tu me vois, César, ce matin, en tenue de deuil. Cette cendre te donne l'image de la tristesse de mon cœur. Apronia, mon Apronia, ma seule fille, est morte. Son corps disloqué gisait dans le jardin, près du bassin, la tête éclatée, le visage si abîmé que je ne l'aurais pas reconnue, si je n'avais su que c'était elle.

— Que faisais-tu, demanda Tibère, dans le jardin de ton gendre ?

— Un esclave est venu me prévenir. Il allait arracher les mauvaises herbes, avant le lever des maîtres. Il l'a trouvée, le corps disloqué...

— Je sais, dit Tibère, et la tête éclatée.

— Justice ! criait de nouveau Apronius.

A cet instant, une rumeur détourna l'attention de tous. Derrière la tenture, une femme criait :

— Laissez-moi entrer, vous voyez bien que je suis Tanaquil. Mon petit-fils est ici, devant Tibère. Il est juste que je l'assiste. Je ne sais pas de quoi il est accusé, mais je le défendrai.

Tibère soupira. Il ne manquait plus qu'elle ! Puis il considéra Plautius ; il s'étonna de nouveau qu'il restât si beau malgré son teint blême et ses yeux battus. Il sourit en pensant que la fière Tanaquil allait voir son petit-fils dans une mauvaise posture. Et c'est presque gaiement qu'il ordonna qu'on la laissât passer. La tenture s'écarta, Tanaquil fit son entrée comme une actrice de tragédie paraît sur scène, prête à s'avancer jusqu'à la rampe pour jouer son rôle. Elle ne put aller bien loin. Le tribun, Apronius et son petit-fils étaient tout près de l'entrée. Elle dut contourner leur groupe pour parvenir jusqu'à Tibère, assis au bout d'une longue table, sur un siège à haut dossier. Elle remarqua la rougeur de son visage et qu'il ne leva pas même les yeux pour la regarder. Séjan, qui se tenait debout à ses côtés, s'inclina légèrement devant elle. Il y avait dans la bibliothèque un second siège, semblable à celui qu'occupait Tibère.

— Seigneur, dit Séjan, en se penchant vers Tibère, permets que Tanaquil s'assoie. Elle doit être émue par cette triste affaire ; vois comme elle est pâle.

Tanaquil n'était ni pâle ni émue. Elle avait pris le temps de faire mettre un peu de rouge sur ses joues, et, si elle était essoufflée, c'était parce qu'elle venait de traverser d'un pas trop rapide la cour du palais. Elle était venue se battre. Elle était trop vieille pour compter sur l'efficacité de ses charmes, mais elle avait soigné sa tenue. Sa longue robe tombait en plis bien droits ; son chignon serré était retenu par des épingles d'ivoire et elle portait aux oreilles de longs pendentifs alourdis de pierres smaragdines.

— Tanaquil, dit Tibère, prends un siège, et dis-moi ce que tu viens faire ici, au petit matin, en ce glorieux appareil.

— Ce que je viens faire, Tibère — Tanaquil ne lui donnait jamais le titre de César ; elle ne pouvait oublier qu'elle l'avait tenu tout enfant dans ses bras et elle faisait toujours comme s'il n'était pas devenu empereur —, ce que je viens faire, tu me le demandes, quand tu as devant toi mon petit-fils traîné comme un criminel ? Dès que j'ai été prévenue, je suis venue. Que lui reproches-tu ?

— Moi, rien. C'est Apronius qui l'accuse d'avoir tué sa femme.

— Quelle absurdité, dit Tanaquil. Il est marié avec elle depuis six mois ; il l'aimait, n'est-ce pas Marcus ?

Plautius avait les yeux fixés au sol. Il garda longtemps le silence. Puis il leva les yeux vers Tibère. Ils étaient rouges, comme après une nuit d'insomnie, ou comme s'il avait longtemps pleuré. Il ouvrit les lèvres ; il n'en sortit d'abord aucun son.

— Allons, dit Tibère, explique-toi.

Et en écho, Tanaquil reprit la même exhortation. Alors, d'une voix sourde, Plautius commença de parler

— Hier soir, j'avais invité des amis. Nous avons dîné. Apronia n'était pas là. Quand je l'avais quittée le matin, pour aller à mes affaires, elle était fiévreuse. Quand je suis rentré, elle m'a fait dire par une esclave qu'elle était malade et de ne pas la déranger. Je ne suis donc pas allé la voir. Après le dîner, nous avons bien bu. Il était tard, quand je suis monté dans notre chambre. La fenêtre était ouverte, et la lune éclairait faiblement la pièce. Apronia était couchée. « Surtout n'allume pas les chandelles », me dit-elle. Elle avait une affreuse migraine. Sa voix me parut étrange.

Plautius s'interrompit un moment.

— Eh bien, dit Tibère, qu'attends-tu pour continuer ?

— C'est que, César, je crois entendre encore cette voix. Oui, elle était étrange, je dirais même étrangère, plus grave que d'ordinaire...Mais c'est sans doute une idée que je me fais maintenant. Hier soir, je ne suis pas sûr d'y avoir porté attention. Je me suis donc couché, et je me suis tout de suite endormi, de ce sommeil profond que procure le vin, tu comprends ce que je veux dire, César.

Tibère, d'un signe impatient, l'invita à continuer. Lui-même n'était pas abstème, et il n'aimait guère qu'on fît allusion à son penchant pour le vin. Plautius hésita quelque temps avant de reprendre :

— Si j'ai dormi longtemps ou pas, je ne peux l'estimer. Je n'ai même pas entendu le gardien qui annonce chaque heure de la nuit. J'ai été soudain réveillé par un bruit. Apronia n'était pas à mon côté ; dans mon demi-sommeil, je la vis approcher de la fenêtre un siège si lourd que, moi-même, j'ai de la peine à le soulever. Elle le portait sans effort apparent. La chaleur était accablante ; je crus qu'elle voulait se pencher pour respirer l'air du jardin. Elle est montée sur le siège, puis sur l'appui de la fenêtre. Elle est restée immobile un instant, et puis elle a sauté.

Apronius, qui depuis le début de ce récit manifestait les signes extérieurs d'une grande indignation, ne put se retenir :

— Il ment, César. Ma fille ne s'est pas jetée par la

fenêtre. L'eût-elle fait qu'elle serait tombée sur le toit du péristyle. Sans doute serait-elle passée à travers les tuiles ; elle se serait brisé les jambes, le crâne peut-être, mais elle n'aurait pas été fracassée comme elle l'est. C'est lui qui l'a jetée dans le jardin ; il l'a lancée de toutes ses forces, et il en a des forces. Regarde ses bras.

Plautius resta muet, comme s'il n'avait pas entendu l'accusation. Il respirait avec peine, et ses yeux étaient de nouveau rivés au sol. De ses deux mains, il serrait ses tempes où battait la migraine des lendemains d'ivresse. Tibère intervint :

— Laisse-le finir, Apronius. Alors, Plautius, tu as vu ta femme sauter par la fenêtre ? Qu'as-tu fait ?

— Ce que j'ai fait, César ? Ce que j'ai fait ? Je n'en sais rien. Je crois que je suis resté dans mon lit, paralysé par la stupeur. J'ai cru avoir rêvé. J'ai dû me rendormir, puisque...

A nouveau Apronius prit la parole :

— Il a dû se rendormir ! Sa femme saute par la fenêtre, sous ses yeux, et il se rendort ! A qui feras-tu croire cette histoire, Plautius ?

— A moi, cher Apronius. Oui, moi, je le crois, dit Tanaquil. Après tout ce n'est pas plus invraisemblable que ton histoire à toi. Pourquoi s'est-elle jetée par la fenêtre ? Je te concède que la chose m'intrigue et que je ne saurais l'expliquer. Mais pourquoi l'aurait-il jetée par la fenêtre ? Tu n'as pas davantage de réponse à cette question. As-tu appris qu'ils s'étaient querellés, qu'il avait une maîtresse ou qu'elle avait un amant ? Voyons, dis-nous, Marcus, ta femme avait un amant, et tu l'as châtiée, conformément aux plus anciennes lois romaines ? Oui ? En ce cas, Apronius, tu devrais être satisfait. S'il n'avait pas tué l'infidèle, c'est à toi qu'il revenait de le faire.

— Tais-toi, criait Apronius, tais-toi ! Tu lui souffles une excuse. Mais ma fille était une femme honnête. Du reste, il y a bien longtemps que ni les pères ni les maris n'ont le droit de tuer une femme adultère. Tu devrais être morte cent fois, si...

Séjan intervint alors :

— Tais-toi, Apronius, tu t'écartes de la question. Permets-moi, César, de te donner mon avis. Ou Plautius dit vrai, et sa femme s'est jetée par la fenêtre, sans qu'il pût l'en empêcher, ou, comme le prétend Apronius, c'est Plautius qui l'a jetée par la fenêtre. Voilà, diras-tu, une conclusion facile à tirer de ce débat. C'est vrai, mais réfléchissons. Il y a peut-être sur les lieux du drame des indices qui permettent de vérifier... je ne sais pas, moi...par exemple, s'il y a des marques sur l'appui de la fenêtre, s'il y a dans la chambre des traces de lutte, et d'autres détails encore que je n'imagine pas. Nous ne résoudrons rien ici ; il faut faire une enquête sur place.

— Tu as raison, répondit aussitôt Tibère. Et, puisqu'il s'agit d'un préteur, qui est de surcroît le petit-fils de cette chère Tanaquil et le protégé de ma vénérable mère, je ne veux pas courir le risque d'une enquête mal conduite. J'irai moi-même, et de ce pas, chez Plautius, avec lui et Apronius. Tu es de bon conseil, Séjan, accompagne-nous. Quant à toi, Tanaquil, viens aussi. Tu pourras ainsi constater l'honnêteté de nos conclusions.

Tibère murmura quelques mots à l'oreille du tribun qui sortit de la bibliothèque. On entendit, occupant le silence pesant que tous observaient, des ordres brefs, des pas précipités. Le tribun vint annoncer que les chaises à porteurs étaient prêtes. Il y en avait cinq. Immobiles, les porteurs attendaient. Ils étaient vêtus de la courte tunique blanche bordée d'or et de pourpre des esclaves du palais.

3

Le cortège, précédé de la chaise impériale et escorté par la garde personnelle de Tibère, descendit à vive allure la Pente Palatine. Autour de la *Meta Sudans*, la foule habituelle s'agitait. Elle leva des yeux curieux vers le cortège qui passait et ne vit que les rideaux des chaises qui se fermaient comme actionnés par un même mécanisme. Personne ne voulait être vu de cette foule avide de scandales grands ou petits, authentiques ou imaginaires. Déçue, elle revint à ses conversations un instant interrompues. Tibère et Séjan cueillirent quelques propos au passage. Les autres étaient trop préoccupés pour porter leur attention ailleurs que sur eux-mêmes. Les gens parlaient des fêtes prévues pour le lendemain. On devait célébrer les *Meditrinalia*. Ils s'imaginaient déjà gorgés du vin de l'année passée qu'ils allaient boire au-delà de toute mesure pour célébrer le premier vin nouveau. Et puis, il y aurait spectacle au théâtre de Marcellus. Hylas, le grand Hylas, devait jouer le rôle d'Icare, c'était son meilleur rôle. Il l'avait déjà tenu cent fois à Rome, mais le public ne se lassait pas de le voir s'envoler du haut d'une tour et s'abîmer au sol. Chaque fois, les spectateurs enthousiastes lui faisaient un triomphe.

Le cortège dépassa la foule, et arriva aux premières pentes de l'Oppius. Les porteurs les gravirent d'un pas léger, et déposèrent bientôt les chaises devant une maison qui, comme toutes celles du quartier, présentait sur la rue une façade aveugle qui cache aux regards la beauté et le luxe où vivent les riches Romains.

Tibère descendit le premier ; il attendit que Plautius fût arrivé à sa hauteur et le pria de lui faire les honneurs de sa maison. Plautius ouvrit la porte et pénétra dans l'étroit couloir qui mène à l'atrium. Naturellement, il n'y a pas de colonnes pour supporter les pentes du toit ouvert au-dessus du bassin. Si l'on ne trouvait pas d'atrium toscan chez le petit-fils de Tanaquil, où en trouverait-on ? Tibère s'attarda devant un tableau représentant un prêtre accompagné d'un jeune garçon qui porte un encensoir et une couronne.

— Quelle finesse, dit-il, dans les traits du visage ! Quelle élégance dans la coiffure ! Quelle grâce dans la bouche de ce jeune garçon ! Je reconnais la main de Parrhasios. Ce tableau est le pendant de celui que je viens d'acheter. C'est le même visage avec ce modelé souple, cet...

Tanaquil intervint d'un ton aigre :

— Tibère, mon petit-fils n'est pas encore condamné ; ses biens ne sont pas encore confisqués. Tu n'es pas ici pour compléter ton musée personnel mais pour établir son innocence. Allons, s'il te plaît. Plautius, conduis-nous.

Tibère lui jeta un regard mauvais, mais il ne répliqua pas.

— Plautius, dit-il, mène-nous d'abord sur les lieux où ta femme a été découverte. Plautius les conduisit au fond de l'atrium, prit un corridor étroit et sombre qui débouchait sur le jardin. Le soleil brillait maintenant ; les plantes et les fleurs répandaient dans l'air encore léger leur fragrance matutinale ; on voyait s'ouvrir au jour nouveau celles qui, pendant la nuit, avaient refermé leurs corolles sur l'intimité de leur gynécée. Au milieu, d'un bassin où flottaient des nénuphars jaillissait un mince jet d'eau qui, traversé par les rayons du soleil, prenait toutes les teintes de l'arc-en-ciel. Il projetait dans l'air de fines gouttelettes qui le rafraîchissaient. Comment un drame avait-il pu se produire dans ce paradis d'harmonie ? D'ailleurs, quel drame s'y était produit ? Tout était propre et paisible. Il n'y avait pas de cadavre pour transformer en cauchemar cet enclos merveilleux.

— Où donc est le corps ? s'étonna Tibère.

Apronius se précipita au bord du bassin :

— Il était ici tout à l'heure. Plût aux dieux que je l'eusse rêvé, mais hélas ! Je l'ai vu. C'était ma fille, elle gisait ici-même.

Tous s'approchèrent, scrutant la pierre que désignait Apronius. Il n'y avait aucune trace de sang.

— Qu'as-tu à dire, Plautius ? L'as-tu vu, ce corps ? Est-ce toi qui as ordonné de l'enlever ?

— J'ai vu un corps, ce matin, quand Apronius m'a traîné ici de force. Mais je n'ai donné aucun ordre pour qu'il fût enlevé.

Tibère regarda autour de lui. Les colonnes du péristyle soutenaient le toit pentu qui partait du mur de la maison. A l'aplomb de l'endroit où ils se trouvaient, il y avait, au-dessus du départ du toit, une fenêtre dont le lourd volet de bois était ouvert.

— Est-ce-là ta chambre ? demanda-t-il.

— Oui, César, c'est de là qu'Apronia est tombée.

Dans le silence qui suivit ces mots prononcés d'une voix blanche, s'éleva soudain un gémissement continu. Il provenait d'une pièce voisine. Ils y allèrent. Sur un divan, un corps était allongé. Penché sur lui, une vieille femme psalmodiait des plaintes.

— C'est la nourrice d'Apronia, dit Plautius.

Tibère posa sa main sur son épaule. Elle leva vers lui un visage mouillé de larmes ; elles s'écoulaient le long de ses rides qui semblaient avoir été creusées pour servir de rigoles à cet épanchement désespéré.

— Apronia est morte, dit-elle seulement. Et elle se remit à gémir.

— Sais-tu comment cela s'est produit ? demanda-t-il.

La vieille continuait sa plainte.

— Elle est sourde, dit Plautius, et presque aveugle.

— Il faut cependant qu'elle parle, dit Tibère.

Il la secoua légèrement. Et, d'une voix forte, il répéta sa question. Elle ne répondait rien. Puis elle parla, en elle-même, comme s'il n'y avait personne.

— Je l'ai trouvée, tout à l'heure, près du bassin. Je traversais le jardin, quand j'ai trébuché sur un corps. Je l'ai touché et j'ai reconnu un corps de femme. J'ai cru reconnaître le parfum d'Apronia, alors j'ai appelé. De jeunes servantes m'ont entendue. Elles ont poussé des hurlements. Elles criaient : « malédiction, c'est Apronia, la pauvre ; elle est morte ». — « Taisez-vous, jeunes pies, disais-je, ce n'est pas vrai. Ce ne peut pas être mon Apronia ». Mais elles insistaient. Alors j'ai dû les croire. Il paraît que son visage est tout abîmé. Je l'ai senti en le caressant. Qui a pu lui faire tant de mal ?

— Qui a porté le corps ici ? demanda Tibère.

Elle poursuivait son monologue et, sans avoir entendu la question, elle y répondait en se racontant à elle seule ce tragique moment :

— Portez-la dans son petit salon, leur ai-je dit, que je lui fasse sa toilette, sa dernière toilette, comme je lui avais fait la première. Hâtez-vous, tant que le corps est encore tiède.

Et elle reprit sa plainte, en mêlant les comptines dont elle avait enchanté l'enfance d'Apronia et le sempiternel récit de sa découverte du corps. Elle ne dira plus rien, dit Tibère. Il s'approcha du corps, et enleva le voile qui couvrait le visage. Tous reculèrent d'horreur. Le visage avait éclaté ; le nez était écrasé ; dans la bouche entrouverte, les dents étaient brisées.

Plautius avait fermé les yeux, pour ne pas voir l'horrible image de sa femme. Tibère la considéra un moment, puis il dit :

— Il a fallu qu'elle fût jetée avec une force extraordinaire pour se fracasser ainsi. Plautius conduis-nous à ta chambre.

Docilement, Plautius les précéda dans l'escalier qui menait au palier. Sur le côté droit du corridor s'ouvraient les portes des chambres. Il s'arrêta devant la troisième ; il en poussa les battants. A peine avait-il franchi le seuil, qu'il s'arrêta, plus pâle encore qu'auparavant, l'air encore plus hébété.

— Ce n'était pas comme cela tout-à-l'heure, balbutia-t-il.

Tibère l'écarta et entra ; les autres suivirent et restèrent interdits. Le grand lit conjugal était au milieu de la pièce ; la literie totalement dévastée. La grande girandole de bronze était renversée sur le tabouret culbuté. Aux murs les peintures représentant les noces d'Ariane et de Dionysos étaient éraflées, et le visage d'Ariane avait presque disparu, comme s'il avait été martelé. Dionysos était intact ; son visage reproduisait celui de Plautius lui-même. Apronius rompit le premier le lourd silence qui s'alourdissait :

— Tu vois, César, ce que sont les nuits paisibles d'un couple bien uni. Elle s'est jetée par la fenêtre, sans qu'il bougeât de son lit !

Plautius répétait en bégayant :

— Rien n'était comme cela, quand je suis parti ce matin. Je peux te le jurer, César, sur les Mânes d'Apronia, si tu le veux.

— Voyons, dit Tibère, pourquoi as-tu quitté cette chambre où tu disais dormir lourdement ?

Ce fut Apronius qui répondit :

— Je l'ai appelé depuis le jardin, quand j'ai vu ma fille. J'ai dû l'appeler plusieurs fois.

— Es-tu monté ?

— Non, je ne pouvais m'arracher au corps de ma pauvre enfant. J'ai hurlé ; il a fini par se montrer à la fenêtre, et je lui ai enjoint de descendre sans tarder. Tu vois bien qu'elle s'est défendue ; il l'a poursuivie ; dans sa course, il a dérangé le lit et tout jeté par terre. Ma pauvre enfant, elle ne voulait pas mourir. Justice, César !

— Cesse de radoter, Apronius, dit Tanaquil. Qui nous dit que cette chambre n'a pas été bouleversée après le départ de Marcus. Il te dit qu'il ne l'a pas laissée dans cet état.

— Il ment, criait Apronius. Qui aurait pu faire cela, et pourquoi ?

— S'il avait tué ta fille, il aurait remis la chambre en ordre. Tout ceci l'accuse trop évidemment pour que ce ne soit pas un coup monté.

— Il n'en a pas eu le temps, dit Apronius. J'allais monter le chercher, il est descendu pour m'empêcher de voir la chambre dans cet état.

— Il aurait remis tout en ordre, juste après l'avoir tuée, comme tu prétends qu'il l'a fait.

Tibère regardait Plautius :

— Tu es certain que la chambre était en ordre, quand tu es parti ? Comment expliques-tu tout ce désordre ?

— Je ne l'explique pas, César. Je le constate et ne le comprends pas.

— Il va bien falloir que nous comprenions.

Tout en parlant, il alla se pencher par la fenêtre. Le toit de tuiles était intact. Ou bien Apronia avait pris un grand élan pour se jeter dans le vide, ou bien elle y avait été jetée avec une force considérable.

Tibère réfléchit, puis demanda qui occupait les chambres voisines.

— Une seule était occupée hier soir. C'est celle de Claude, ton neveu. Rappelle-toi que tu me l'as confié jadis. Il habitait ici régulièrement, avant d'épouser

Plautia, ma sœur. Cette chambre leur est toujours réservée. Hier soir, ils ont dîné ici. Quand elle a voulu se retirer, Claude avait encore soif. Il lui a dit de monter se coucher ici. Il la rejoindrait plus tard. Il est monté en même temps que moi.

— Allons voir, dit Tibère.

Il poussa les battants de la porte. Derrière lui, tous, sur la pointe des pieds, essayaient de voir ce qui se passait dans la chambre. Ils furent tous surpris du spectacle qui s'offrait à eux. Deux têtes dépassaient du couvre-lit. Plautia, la première, ouvrit les yeux ; ils s'arrondirent de stupéfaction et se fixèrent, incrédules, sur le groupe qui entourait maintenant le lit.

— Grand-mère, dit-elle, que fais-tu là ?

Et, en parlant, elle secouait Claude qui ronflait, la bouche ouverte, un filet de salive au coin des lèvres.

— Quoi, qu'y-a-t-il ? grommela-t-il.

Et il vit, au bout de son lit, Tibère d'abord. Alors il enfouit sa tête sous le couvre-lit en criant :

— Plautia, je fais un cauchemar ; j'ai vu Tibère au bout du lit.

Tibère se mit à rire franchement. Cet idiot de Claude l'avait toujours fait rire.

— Eh quoi, mon neveu, je suis un cauchemar ! Est-ce une heure pour dormir ? Tu as encore besogné la pauvre Plautia toute la nuit. Avoue.

Claude sortit sa tête :

— Depuis quand, César prends-tu le soin de venir me réveiller ?

Tibère rit encore plus fort, puis il se reprit :

— La maison pourrait brûler que Claude et Plautia ne bougeraient pas. On assassine à votre porte et vous dormez. N'avez-vous donc rien entendu cette nuit, ou ce matin.

— C'est déjà le matin ? dit Claude. Du bruit, cette nuit ? Non je n'ai rien entendu. Et toi, Plautia ?

— Oui, dit-elle, tes ronflements. J'ai cru un moment

qu'un ouragan dévastait la maison, comme si les meubles volaient dans les airs.

— Justement, dit Tibère, des meubles ont volé. Quand as-tu entendu cela ?

— Je ne sais pas, dit Plautia. Il me semble qu'il faisait nuit noire, mais je dormais à moitié. Mais que faites-vous tous là ? Grand-mère, toi aussi, tu es venue nous voir au lit ? Que se passe-t-il ? César, pourquoi as-tu dit qu'on assassinait à notre porte ?

Tanaquil devança Tibère :

— Ton frère est accusé d'avoir tué sa femme, cette nuit.

— Tué sa femme ? Fabia est morte ?

— Non pas Fabia, dit Tanaquil avec impatience. Voilà six mois qu'elle a quitté cette maison. C'est d'Apronia qu'il s'agit.

Plautia parut soulagée. Tibère le remarqua et se promit de l'interroger à ce sujet.

— Il suffit, dit-il. Maintenant, vous allez tous descendre. Je veux interroger tout le monde. Je vous appellerai un à un ; toi, Plautius, fais préparer une pièce où je puisse tenir mon tribunal et tiens-toi prêt à faire exécuter tous les ordres que je donnerai. Réunis ici toute ta domesticité. Séjan, tu m'assisteras.

— Et moi ? dit Tanaquil, moi la grand-mère de l'innocent qu'on suspecte, je n'ai pas le droit de le défendre ?

— S'il a besoin d'être défendu, il prendra un avocat. Ce n'est pas le rôle d'une femme.

— A moi, il parlera, dit Tanaquil.

— Pourquoi à toi, plutôt qu'à moi ? Le croirais-tu coupable, ou complice ? N'insiste pas ; tu attendras avec les autres, dans l'atrium. Tu viendras à ton tour. Inutile de rougir comme si tu allais exploser, Tanaquil, j'ai dit : non !

Dans la salle à manger d'été, les esclaves de Plautius avaient, sur son ordre, disposé une table, deux sièges à haut dossier pour Tibère et Séjan et un tabouret pliant. Tibère admira les peintures qui couvraient les murs de la plinthe jusqu'à la naissance de la voûte.

— On se croirait, dit-il, dans le salon de ma mère à Prima Porta. Tu connais le jardin merveilleux qu'elle y a fait peindre par Ludius, avec des lauriers et des grenadiers si bien imités qu'on les reconnaît, et avec des oiseaux bigarrés qui se posent sur les branches légères sans les faire fléchir ? C'est en même temps l'image d'un jardin et un décor de théâtre.

— Livie ne m'a jamais convié dans sa villa suburbaine, dit Séjan, mais je connais la manière de Ludius. Il était à la mode autrefois, parce qu'il savait créer l'illusion dans laquelle nos pères aimaient à fuir les cruautés de l'histoire.

— Crois-tu, répondit Tibère, que l'histoire soit moins cruelle aujourd'hui ? Quelle autre solution avons-nous que le refuge dans le rêve ou la retraite ? Je voudrais tant être loin d'ici, dans quelque île solitaire.

Il se tut. Séjan, respectant sa méditation, attendit sans impatience qu'il revînt d'un autre monde où sa pensée semblait s'être envolée. Il en revint en effet :

— Qu'on fasse entrer Apronius, soupira-t-il.

Il arriva, encore agité. Assieds-toi, dit Tibère, et reprends ton histoire depuis le début.

— J'étais couché, mais je ne dormais plus. Le jour allait se lever. J'ai entendu frapper violemment à ma porte. Le portier a été long à répondre. Je suis arrivé dans l'atrium, en même temps qu'y entrait un esclave volubile et essoufflé :

— C'est ta fille, Apronius, dit-il.

— Quoi, ma fille, dis-je, déjà vaguement inquiet. Que me veut-elle, à cette heure ? Parle.

— Ta fille, elle est...

— Eh bien, qu'est-elle ?

— Je l'ai trouvée, là-bas, dans le jardin de sa maison. Je crois qu'elle est morte.

— Je suis resté longtemps sans voix, comme tu t'en doutes, César. Une telle nouvelle, au sortir de la quiétude du lit, quand tu penses que ta fille est heureuse et qu'elle...

— Abrège, dit Tibère. Va droit à l'essentiel. Qu'as-tu fait ?

— Qu'aurais-tu fait à ma place ? J'ai couru jusqu'ici. Ah ! l'horrible spectacle, ah, pour un cœur de père la terrible douleur !

— Qu'as-tu vu ?

— Ma fille. Elle était allongée, le visage contre le bord du bassin. Je me suis jeté sur elle. Je l'ai retournée, et j'ai vu la chose la plus effrayante qui soit. Son visage-tu connaissais Apronia, César, elle était belle comme une déesse, et si douce...

— Apronius, si tu dévies sans cesse de ton propos, comment pourrons-nous nous sortir de tes récits. Elle était belle et douce, soit, mais, comment était son visage, quand tu l'as trouvée morte ?

— Il était couvert de sang. J'ai demandé un linge pour l'essuyer, mais il n'y avait personne auprès de moi. Alors je l'ai fait avec un pan de ma tunique. Regarde, César, ce sang qui la souille, c'est celui de ma fille.

Sur un geste de Tibère, Apronius retint toute une litanie de plaintes, et poursuivit :

— Quand le sang eut été enlevé, j'ai vu que son visage était écrasé, comme tu l'as vu. Et c'est alors que j'ai crié, pour appeler Plautius. En même temps, je tenais ma fille dans mes bras ; elle était toute tiède ; il me semblait qu'en la réchauffant j'allais lui rendre la vie.

— Pourquoi, demanda Tibère, as-tu pensé aussitôt que c'était Plautius qui l'avait tuée ?

— Je n'y ai pas pensé aussitôt, César. Je n'ai rien pensé. J'ai simplement appelé Plautius. C'est quand il m'a dit qu'elle s'était jetée par la fenêtre que j'ai commencé à me méfier. Et puis ses explications étaient si embrouillées que je me suis dit qu'il était coupable.

— Connais-tu l'esclave qui est venu te prévenir ?

— Non, dit Apronius, je ne connais pas tous les esclaves de cette maison. A moins que dans l'obscurité je ne l'aie pas reconnu. C'est sans doute le jardinier, ou l'un de ses aides.

Tibère agita une clochette de bronze ; le tribun fit aussitôt son apparition.

— Fais chercher l'esclave qui a découvert le corps d'Apronia, dit-il. Et préviens-moi dès que tu l'auras trouvé

Le tribun sortit.

— Reprenons, dit Tibère. Sais-tu en quels termes étaient Plautius et ta fille ?

— Je pensais que tout allait bien entre eux. Elle ne s'est jamais plainte devant moi. Ils étaient mariés depuis à peine six mois.

— Pourquoi as-tu donné ta fille à Plautius ?

— C'est Tanaquil qui me l'a demandée. Nous sommes Etrusques tous les deux, enfin...d'origine étrusque. Elle voulait que son petit-fils épousât une fille de notre race, mais je crois que c'est aussi qu'elle détestait Fabia, la précédente épouse de Plautius. Elle a été contente qu'il la répudiât. Moi aussi j'étais content. Plautius était un beau parti. Il promettait de faire une belle carrière. Il avait des dettes, c'est vrai, mais j'ai de l'argent, tout s'arrangeait. Pour l'âge même, tout allait bien ; il avait à peine dix ans de plus qu'elle. Elle allait avoir 20 ans. La malheureuse, si jeune, passer des torches du mariage à celles des funérailles...

— C'est bon, tu pleureras chez toi, dit Tibère. Séjan, va voir pourquoi on ne nous a pas encore amené l'esclave qui a découvert le corps ?

Séjan allait quitter la pièce, quand le tribun parut :

— César, dit-il, tous les esclaves sont réunis dans l'atrium. Aucun ne reconnaît avoir trouvé le corps.

— Allons les interroger, dit Tibère. Apronius, tu les regarderas tous attentivement et tu nous désigneras l'homme que tu as vu ce matin.

Les esclaves attendaient dans l'atrium. Ils avaient tous les yeux baissés et semblaient terrorisés.

— Les hommes d'un côté, les femmes de l'autrc, ordonna Tibère.

En silence deux groupes se formèrent.

— Ils sont tous là, demanda Tibère.

L'intendant, un homme d'environ 40 ans, avança d'un pas :

— Tous, César. Ils sont cinquante dans la maison. Je les ai tous retenus, quand j'ai eu connaissance du drame.

Apronius passa silencieusement devant les hommes alignés. Devant chacun, il secouait la tête et faisait une remarque :

— Non, pas celui-là, l'autre était plus grand, moins gros, plus jeune, plus brun...

— En bref, dit Tibère, tu cherches un homme assez grand, assez jeune, ni trop gros, ni trop maigre. Quelle précision ! Enfin, était-il brun comme celui-ci ?

Et Il désignait un grand garçon brun dont les paupières baissées découvrirent, quand il les releva, deux yeux bleu foncé brillants d'intelligence.

— Ce n'est pas moi, César, dit-il simplement.

Tibère se retourna vers Apronius :

— Reconnais-tu sa voix au moins ?

Apronius secoua la tête :

— Sa voix ? Non. L'autre avait une voix plus basse, un peu étouffée. Inutile d'insister, César, je ne le reconnaîtrai pas.

— Es-tu sûr au moins que c'était un homme ? demanda Tibère avec ironie.

— Oui, dit Apronius, après un instant d'hésitation.

— A quoi l'as-tu vu ? A son torse velu, comme celui-ci ?

Et il montrait du doigt un jeune homme dont l'échancrure de la tunique laissait passer une épaisse toison.

— Cesse de me tourmenter, gémit Apronius. J'étais si troublé. Je n'ai pas fait attention.

— Voilà un premier résultat de notre enquête, dit Tibère. Un esclave fantomatique est allé prévenir Apronius qu'il y avait un corps près du bassin dans le jardin de Plautius et que c'était celui de sa fille. Que fait alors Apronius ? Il ne regarde pas qui lui parle. Il court. Quant à vous, dit-il en se tournant vers les esclaves, vous êtes cinquante dans une maison où un crime a lieu. Vous êtes, comme tous les esclaves, curieux et à l'affût de tout ce qui se passe. Et là, non. Personne n'entend rien. Vous vous croyez à l'abri, parce que la loi interdit de torturer des esclaves pour leur faire dénoncer leur maître. Mais je peux tous vous acheter, et quand vous ne serez plus à Plautius, je vous ferai torturer jusqu'à ce que vous avouiez ce que vous savez.

Les esclaves frémirent silencieusement. Tibère attendit en vain que quelqu'un d'entre eux prît la parole. Il avait beau leur crier qu'ils étaient donc tous complices, personne ne répondait. L'intendant de nouveau s'avança :

— A part le portier et sa concubine, dit-il, tous les esclaves logent dans les bâtiments qui sont au fond du jardin. De là on n'entend rien de ce qui se passe dans la maison.

— Où sont donc le portier et sa concubine ? demanda Tibère.

Un homme, d'environ 50 ans, et une femme, bien plus jeune que lui, sortirent des rangs. Ils gardaient la tête baissée.

— Avez-vous entendu du bruit ? demanda Tibère.

— Non, dirent-ils en même temps.

— Vous n'avez rien remarqué d'anormal ?

Ils se turent, embarrassés. La femme regardait l'homme d'un air inquiet. Elle ouvrait la bouche pour parler. Le regard de l'homme la fit taire. Tibère le remarqua :

— Toi, la femme, approche. Qu'as-tu remarqué d'anormal ?

— Ne l'écoute pas, César, intervint l'homme. Elle radote.

— Qu'elle radote, s'il lui plaît, mais qu'elle me dise ce qu'elle a vu. Parle.

Sa voix était si ferme que la femme se mit à trembler. Puis elle se décida :

— Pitié, César, ce n'est pas notre faute. Nous avons fermé la porte, après le départ des invités du maître.

Elle se tut, l'air épouvanté de ce qu'il lui restait à dire. L'homme vint à son aide :

— Cette nuit, j'ai cru entendre du bruit, comme des chuchotements. C'était presque la première heure du jour. J'allais me lever pour l'annoncer. J'ai fait le tour de la maison et je n'ai vu personne. Il n'y avait pas de corps près du bassin, mais la porte était ouverte. Et nous sommes les seuls à avoir la clef.

— Nous verrons plus tard si vous mentez, dit Tibère.

Et il ajouta, se tournant vers Séjan, qu'il allait reprendre son interrogatoire en écoutant Plautius. Dans la salle à manger d'été, Plautius s'assit sur le pliant. Il avait gardé sur son visage l'air hébété qu'il avait pris en entrant dans sa chambre.

— Plautius, commença Tibère, tu as l'air d'un coupable. C'est très mauvais pour un innocent. Je ne te cache pas que ton affaire est grave. Explique-nous d'abord pourquoi ta chambre est dans un tel désordre.

— Je te l'ai déjà dit, César. Je ne sais pas.

— Maintiens-tu que tu dormais, ou presque, et que ta femme s'est jetée d'elle-même par la fenêtre ? Réfléchis bien. Tu pourrais avoir tenté de la retenir, de lui barrer l'accès à la fenêtre. Ce serait plus vraisemblable. C'est ce que tu as fait ?

Plautius hésita. Dans sa tête, où tapait la migraine, il ne parvenait pas à classer tous les éléments de l'affaire. Devait-il dire qu'il avait voulu retenir Apronia, était-ce meilleur pour sa cause ? Il ne pouvait en décider.

— Peut-être, finit-il par dire.

— Comment, peut-être ! Tu as voulu la retenir ou non.

— Sans doute, j'ai voulu le faire.

— « Peut-être »,« sans doute », tu ne m'aides guère, Plautius. Tu dormais et tu ne dormais pas, tu la laisses se jeter par la fenêtre et tu la retiens. Comment veux-tu que je juge de cette affaire ? Qu'as-tu à la main droite, dit-il soudain ? J'observe que tu la tiens cachée sous ta main gauche. Allons, montre-la.

Plautius dut montrer la longue balafre qui déchirait sa main. La plaie était toute fraîche.

— Est-ce le dernier souvenir que t'a laissé ton épouse, au moment de sauter par la fenêtre ?

Plautius resta silencieux. Tibère n'insista pas.

— Passons à autre chose : en quels termes étais-tu avec ta femme ? La haïssais-tu, au point de la tuer ? Te rendait-elle jaloux ?

— Non, rien de tout cela.

— Alors l'aimais-tu ?

— Doit-on aimer sa femme, César ? Je l'ai épousée pour avoir des enfants. J'étais content qu'elle fût belle. Je prenais plaisir à son corps. Mais de là à l'aimer...

Tibère n'avait pas entendu la fin de la réponse. Il songeait à sa femme, qu'il avait jadis aimée. Auguste et Livie l'avaient contraint de la répudier pour qu'il pû épouser la fille d'Auguste. Jamais, il n'avait cessé de l'aimer. Elle était si discrète et si douce. Mais, cela faisait si longtemps déjà...Il reporta son attention sur Plautius :

— Peut-être aimes-tu une autre femme ? Apronia s'en est aperçue ; elle t'a fait des reproches. La discussion s'est envenimée...

— Cela n'est jamais arrivé.

— Qu'est-ce qui n'est jamais arrivé ? Que tu aimes une autre femme ?

— Qu'Apronia me fasse de tels reproches.

— Pourquoi as-tu répudié Fabia ?

— Nous nous disputions sans cesse. Et puis ma grand-mère insistait chaque jour pour me faire divorcer. Elle me montrait tous les défauts de Fabia et me vantait les mérites d'Apronia. Elle voulait surtout me faire épouser une Etrusque qui me donnerait des enfants de meilleure race. J'ai fini par céder.

— Fabia a-t-elle accepté ce divorce sans protester ?

— Je ne sais pas bien pourquoi elle n'a pas voulu que nous divorcions d'un commun accord. Je crois qu'elle ne m'aimait pas, ou plus. Cependant, elle a préféré être répudiée.

— Y avait-il des différends financiers entre vous ?

Plautius hésita :

— Oui, parfois. Elle me reprochait d'avoir dépensé sa dot. Mais tu sais, César, comme les charges officielles coûtent cher. Je me suis endetté pour organiser des jeux lorsque j'étais édile. Apronius a proposé de rembourser la dot de Fabia et d'en donner une à sa fille. J'ai fini par accepter.

— Crois-tu que Fabia aurait pu songer à se venger ?

— Elle m'en a menacé. Elle disait qu'elle était magicienne, et qu'elle pouvait opérer toutes sortes de prodiges.

— Comme de déplacer les meubles en ton absence ? Ou de faire voler Apronia à travers les airs ?

— Je n'ai pas dit cela, César. Un homme robuste peut en faire autant.

— Je ne te le fais pas dire. Ce pourrait être ton cas, dit Tibère, en regardant les bras musclés de Plautius.

— Peut-être, dit Plautius, mais j'aurais utilisé ma force aussi à remettre les meubles en place.

— Peut-être as-tu voulu faire croire que quelqu'un les avait déplacés en ton absence ? Ou, comme le dit ton beau-père, tu n'as pas eu le temps de tout remettre en place. Autre chose, quand as-tu vu ta femme pour la dernière fois ?

— Je te l'ai déjà dit, César. Hier, au matin, très tôt.

Oui, très tôt, car je me souviens d'avoir regardé dans le ciel les dernières étoiles qui s'éteignaient à l'arrivée de Lucifer.

— Tu parles comme un poète, ne put s'empêcher de remarquer Tibère. Et revenant au sujet :

— Tu as dit aussi qu'elle était fiévreuse.

— Oui je l'ai dit, mais je n'y ai pas porté grande attention. Il arrive fréquemment aux femmes d'avoir de semblables indispositions. Il me semble maintenant, en y repensant, qu'elle était pressée de me voir partir ; mais c'est peut-être une imagination.

— Qui l'a vue vivante pour la dernière fois ?

— Sa suivante favorite, je pense, Némésis qu'elle avait amenée de chez son père, en même temps que sa nourrice.

— Qu'on la fasse venir, dit Tibère, en se tournant vers Séjan. Toi, Plautius, va nous attendre dehors.

Peu après, entrait Némésis. C'était une jeune esclave dont la grâce et la douceur démentaient les menaces de son nom. Tibère admira qu'elle gardât une beauté troublante, malgré les grands cernes qui ombraient ses yeux rougis de larmes. Peut-être même, se dit-il, est-elle encore plus belle d'être ainsi désolée. Il n'y a qu'aux toutes jeunes filles que le chagrin sied si bien. Un air inquiet donnait à son regard une profondeur émouvante.

— Tu étais la servante d'Apronia, lui dit Tibère. Raconte-nous ce que ta maîtresse a fait hier.

Némésis dissimula un instant sous ses paupières le bleu profond de ses yeux, où venait de poindre l'angoisse.

— Regarde-nous, gronda Tibère, et réponds.

Elle releva craintivement ses paupières :

— Il n'y a rien de particulier à dire. Apronia s'est levée juste après le départ de Plautius. Elle avait projeté depuis la veille d'aller faire des visites le matin et de flâner dans les boutiques l'après-midi. C'est ce que nous avons fait. Mais il y avait tant de monde et il faisait si chaud qu'elle s'est sentie fatiguée. Et nous sommes rentrées plus tôt que prévu. Elle m'a demandé de la laisser seule et d'interdire à tout le monde de la déranger, même à son mari. Elle pensait qu'elle ne serait pas remise pour le dîner du soir.

— C'est vraiment tout ? demanda Tibère.

La jeune esclave garda la tête baissée. Quelque chose l'inquiétait ; elle n'avait pas tout dit. Tibère en était sûr, mais il était las de ces interrogatoires. Il laisserait le soin aux enquêteurs de l'interroger à nouveau. Il avait hâte maintenant d'en finir avec Némésis :

— Réfléchis bien. Tout détail, même s'il te paraît insignifiant, peut avoir une grande importance. Penses-tu que ta maîtresse a été assassinée ou qu'elle s'est jetée par la fenêtre ?

— Je ne peux croire à ce malheur, murmura Némésis. Ma maîtresse n'était pas femme à se donner la mort. Mais il est impossible que Plautius l'ait tuée. Il était très attentif envers elle et je ne les ai jamais entendus se quereller. Du reste, Marcus Plautius est si doux, si bon...

Elle se tut rougissante. Et Tibère comprit que Némésis, dans le secret de son cœur, aimait Plautius. Il songea qu'il lui faudrait le signaler aux enquêteurs, et il la congédia. Tourné vers Séjan, il lui dit :

— L'affaire de Plautius me semble mal engagée. Il est invraisemblable qu'une femme jeune comme Apronia se donne la mort, et plus invraisemblable encore qu'elle choisisse de se jeter par une fenêtre. Il me paraît manifeste qu'il est coupable. Je vais faire un rapport en ce sens au Sénat. Qu'en dis-tu, Séjan ?

— Je pense comme toi, César. Il faut maintenant laisser à des juges le soin de démêler cette affaire.

— A des juges oui, reprit Tibère. Cependant, avant de partir, je vais entendre mon idiot de neveu. Oh ! Pardonne-moi, Séjan, j'oubliais que tu venais de promettre ta fille à son fils. Peut-être ne souhaites-tu pas que je traite d'idiot le futur beau-père de ta fille ?

Et Tibère riait, content de cette malice. Séjan rit à son tour :

— Les fiancés sont jeunes, César ; ils ont à peine 7 ans. D'ici qu'ils se marient, Claude aura changé... peut-être.

— Les dieux t'entendent, Séjan. Allez, va le chercher et dis aussi à Plautia que je l'entendrai après son mari.

Claude entra d'un pas maladroit, glissa sur les dalles lisses, évita à grand peine la chute, en se cramponnant à la lourde table, et attendit, les bras ballants et la tête basse.

— Eh bien, mon neveu. Voilà une belle entrée en scène. Assieds-toi et raconte-moi ce que tu sais de cette maison, où tu as vécu longtemps et dont tu es l'hôte habituel.

— Que, que, que,que puis-je te dire, César ? Plautius est pour moi com, com, comme un frère.

— A ce rythme, nous en avons pour la journée, ironisa Tibère, oubliant que lui-même souvent bégayait.

— Je, je, je ne bégaye pas toujours, César. Seul, seul, seulement, quand, quand je suis intimidé.

Pardonne-moi, ma chère lectrice, d'intervenir brusquement dans mon récit. Mais si je voulais transcrire la déposition de Claude, avec ses bégaiements, ses borborygmes, ses silences, il me faudrait un cahier complet, pour bien peu de choses. Il n'avait rien à dire. Il n'avait rien entendu ; il pensait que Plautius et Apronia s'entendaient bien...

Les réponses de Plautia ont été plus intéressantes. Tibère lui a fait avouer qu'elle avait été l'amie intime de Fabia, et que par suite elle détestait Apronia. Elle prétend que les esclaves eux-mêmes étaient très attachés à leur ancienne maîtresse et qu'ils méprisaient la nouvelle. C'était, disait-elle, une petite pécore, provinciale et prétentieuse, sans esprit, sans conversation, et si Plautius l'avait jetée par la fenêtre, il avait fort bien fait. Si elle avait un amant ? Elle n'en savait rien, mais elle en doutait. Qui pourrait s'amouracher d'une dinde de ce genre ? Si elle avait des amis ou des amies ? Oui, croyait-elle, elle s'entendait au moins très bien avec Livilla, la sœur de Claude, la veuve de Drusus. Une pas grand-chose non plus, celle-là...D'ailleurs Fabia la détestait. En bref, Plautia a déversé beaucoup de fiel. Elle a même parlé d'Agrippine comme d'une intrigante et d'une garce. – « Elle a beau être la veuve de Germanicus, la belle-sœur de Claude et donc la mienne, disait-elle, elle est avec nous d'une suffisance insupportable » – « Apronia la connaissait-elle ? » lui a demandé Tibère. Elle a dû reconnaître qu'elle n'en savait rien.

Lorsqu'elle fut sortie, Tibère haussa les épaules d'un air résigné :

– Et voilà, dit-il, comme sont toutes les femmes de la famille. Celle-là ne vaut guère mieux que Livilla et qu'Agrippine, sans parler des générations précédentes. Tout cela me fatigue. Je laisse cette enquête aux gens compétents. Tiens ! à toi, Séjan. Tu es le Préfet de ma garde, tu seras aussi, à ma place, juge suprême, sauf lorsque je souhaiterai m'informer moi-même d'une affaire. Allons, partons.

Comme pour justifier sa misogynie et la conforter, Tanaquil surgit devant eux, alors qu'ils quittaient la salle à manger d'été. Cette antique furie se jeta dans leurs jambes, manquant de les faire choir. Ses yeux brillaient d'une colère dont on sentait bien qu'elle ne la retiendrait pas.

– Tibère, que se passe-t-il ? Sais-tu depuis combien de temps j'attends que tu daignes m'appeler ? Des heures, oui des heures.

Pendant tout le temps des interrogatoires, Tanaquil était restée assise, sous le péristyle sur un siège à haut dossier qu'on avait sorti tout exprès pour elle. Elle avait envoyé chercher chez elle une esclave. « je veux que ce soit Corinne », avait-elle dit. Qu'elle apporte un éventail et des mouchoirs. Corinne était venue. Elle avait essuyé le visage et le cou de Tanaquil, lui avait donné le verre d'eau qu'elle réclamait, puis sur son ordre s'était écartée. Tanaquil s'était mise à réfléchir. Son intelligence restait parfaitement claire, malgré son âge, même si, de temps à autre, elle s'interrompait de fonctionner et se relâchait en une rêverie vagabonde. Elle avait regardé le bassin, auprès duquel le corps avait été retrouvé, et puis la fenêtre. Quel bond avait-il fallu que fît Apronia pour tomber là, sans briser les tuiles, ou quelle force herculéenne avait dû déployer Plautius pour projeter si loin le corps de sa femme. Et puis elle avait respiré les parfums légers des roses d'octobre, dont le rouge pâli s'harmonisait à la poussière dorée que le soleil matinal posait avec délicatesse ici ou là, saupoudrant le vert foncé du romarin, du thym, du serpolet. Les parfums et les couleurs se mêlaient au jet cristallin que déversaient les dauphins de bronze du bassin, et cette harmonie semblait éternelle, sous le patronage du faune rieur qui dansait au centre de l'eau vive. L'imagination de Tanaquil y posait une touche de rouge foncé, la tache de sang qu'aurait dû laisser le corps pantelant d'Apronia. Et son intelligence, de nouveau, examinait les mystères qui l'intriguaient. Pourquoi la porte ouverte ? Où était l'esclave qui était allé chercher Apronius ? Pourquoi personne ne reconnaissait avoir entendu du bruit ? Les yeux fermés, semblant somnoler, elle retournait toutes ces questions dans sa tête, quand elle entendit sortir Tibère et Séjan. Elle vit bien que Tibère était mécontent de la voir se précipiter sur lui, mais qu'importait son mécontentement, quand il y allait de l'honneur de sa maison.

— Alors, quelle est ta conclusion ? demanda-t-elle vivement. Il est innocent, n'est-ce pas ? Rien ne peut prouver sa culpabilité.

— Ce n'est pas mon avis, répondit Tibère. Je remets l'affaire au Sénat. Plautius sera jugé ; à lui de prouver son innocence.

— Jugé ! cria Tanaquil, et par le Sénat ! Tibère, cherches-tu sa perte ?

— Je cherche la justice.

— Que comptes-tu faire de Marcus ?

— Il peut rester ici, par une grâce spéciale que je lui accorde, pour te faire plaisir. Mais n'essaye pas de le voir. Je laisse ici des gardes qui t'empêcheront de l'approcher.

Et il la laissa rageuse et impuissante, seule dans le jardin, assise à nouveau dans sa haute cathèdre, de nouveau immobile comme une statue. Dans l'atrium, Tibère s'arrêta devant les fresques qui couvraient les murs. Il était incorrigible. Il ne pouvait s'empêcher de poser sur les histoires mythologiques les plus rares, qu'il était souvent seul à connaître, les questions les plus impromptues et les plus embarrassantes. Et il mettait ses interlocuteurs dans une gêne qui le ravissait.

— Tiens, dit-il, devant un petit tableau peint sur la paroi du fond, Séjan, reconnais-tu cette histoire ?

En bas du tableau, dans un angle, un oiseau blanc, immobile, regardait voler un oiseau noir qui lui ressemblait. Dans l'autre angle, un troisième oiseau prenait son envol. On le revoyait, plus haut, rejoindre l'oiseau noir. Tous deux volaient de concert, comme s'ils échangeaient une conversation. Le ciel était un infini de bleu composé de touches légères dont les nuances étaient dégradées du turquin à l'azurin.

— J'intitulerais cela « Ciel de printemps avec oiseaux », dit Séjan. Je n'y vois aucune histoire.

Tibère se mit à rire :

— Ignorant que tu es. Tu ne sais donc pas ta mythologie ?

Et il lui expliqua qu'autrefois les corbeaux étaient blancs. L'un d'eux avait bavardé plus qu'il ne fallait et Apollon avait changé la couleur de son plumage. On voyait sur le tableau le corbeau blanc qui regardait s'envoler le corbeau noir qu'il était devenu. Quant à l'autre oiseau, c'était une corneille. Elle aussi avait mérité la haine d'une divinité à cause de son bavardage.

— Et voilà, conclut Tibère, bien des détours pour nous faire comprendre que la parole est parfois dangereuse. Maintenant rentrons au palais.

A peine arrivé, il rédigea un bref rapport pour le Sénat. Ma chère lectrice, je ne t'en donnerai qu'un aperçu. Sans doute le connais-tu déjà, par une indiscrétion de Livie :

« Pères conscrits, si j'ai distrait un moment du temps qu'un Prince doit aux affaires de la République pour une enquête privée, c'est qu'est suspecté d'un crime un préteur du Peuple Romain qui appartient à une famille de longue date liée à la mienne par l'affection que lui porte Julia Augusta, la veuve du divin Auguste, ma mère vénérée. J'ai donc personnellement enquêté sur la mort d'Apronia et, malgré les dénégations de Marcus Plautius, je n'ai pu établir son innocence. La mort de sa femme est un attentat dont les traces sont encore visibles dans la chambre... Je vous prie donc, Pères conscrits, de nommer les juges qui seront chargés de cette affaire, et, si je ne demande pas l'indulgence pour l'accusé, je souhaite que justice lui soit rendue ».

4

Pendant ce temps, Tanaquil était restée dans la demeure de Plautius. Des gardes impériaux en gardaient les deux issues, l'entrée principale sur la façade et le grand portail qui, sur l'arrière, donnait accès à la cour qu'entouraient les bâtiments réservés aux esclaves. Un porche faisait communiquer cette cour avec le jardin. D'autres s'étaient installés dans l'atrium et sous le péristyle. La maison était comme assiégée. Les esclaves n'osaient y circuler. Ils étaient tapis dans leur quartier qui bruissait de conversations qu'ils croyaient discrètes.

Tanaquil écoutait ce bruit de voix derrière le silence du jardin, et elle réfléchissait. Elle ne pouvait ainsi demeurer assise à ne rien faire et cependant une langueur l'avait saisie tout entière. C'était la chaleur sans doute. L'enquête officielle commencerait demain. Que faire d'ici-là ? Il lui fallait revoir Plautius, l'aider à préparer sa défense. Mais où était-il ? Elle eut un mouvement d'humeur à son endroit. Comment, par tous les dieux, s'était-il mis dans un aussi mauvais pas ? Elle ne pouvait croire qu'il avait tué Apronia. C'était un faible, un mou — d'autres, plus indulgentes, auraient dit « un tendre »-, comme l'avaient été son père et son grand-père. La fête, le jeu, les femmes, voilà ce qui le passionnait d'abord, avant la carrière politique. Il avait trop lu les poètes à la mode. Il aimait l'amour. C'est elle qui avait manigancé ses mariages. Fabia était un beau parti. Elle avait un grand nom, une belle dot, une famille chère à Auguste. Mais, comme toutes ces aristocrates romaines, elle était orgueilleuse, dominatrice, intrigante. Elle faisait partie de la coterie d'Agrippine que Tibère et Livie détestaient. Plautius filait doux avec elle. Il se serait déclaré du parti d'Agrippine, si Tanaquil ne l'avait prévenu des risques qu'il courrait. Enfin elle l'avait convaincu de la répudier. Plus tard, elle avait négocié son mariage avec Apronia. Avec elle, elle se croyait tranquille. Apronia était la dernière femme de qui l'on aurait pu attendre un tel scandale.

Tanaquil lui en voulait d'être morte dans de telles conditions. Bientôt, elle se reprit. Ce n'était pas ainsi qu'il fallait voir les choses. Après tout, Apronia était la victime. Tanaquil l'avait vue, tout à l'heure, sur son lit funèbre. Elle avait regardé son visage défiguré. Une pensée lui traversa l'esprit, un bref instant, une pensée qui lui fit froncer légèrement les sourcils. Et puis cette pensée s'évanouit. Elle essaya de la retrouver, mais son cerveau s'y refusa. Il se remit à dévider de nouvelles histoires qui finissaient toutes dans l'impasse d'une chambre où un homme et une femme s'étaient retrouvés seuls, au milieu de la nuit. Seuls, à moins que, caché sous le lit élevé, quelqu'un ait guetté le retour de Plautius, ou s'y soit glissé, surpris par son arrivée. Un homme avec lequel Plautius se serait battu, un rival qu'il aurait mis en fuite. Ensuite, il aurait châtié sa femme en la jetant par la fenêtre. C'était matériellement plausible, mais Plautius n'était pas du genre à aimer une femme au point de la tuer, si elle l'avait trahi. Il n'était pas même assez orgueilleux pour avoir voulu venger ainsi son honneur.

Elle continuait de penser, les yeux mi-clos, dans le

jardin tranquille. Le soleil disparaissait de temps à autre sous les nuages qui devenaient de plus en plus denses. A un moment ses rayons se faufilèrent à travers la masse nuageuse ; ils atteignirent le coin d'ombre où elle était assise. Elle ouvrit les yeux, et elle la vit. Depuis un moment, Némésis, plaquée contre une colonne avec laquelle elle semblait faire corps, attendait impatiemment que Tanaquil s'aperçût de sa présence. D'un signe discret, elle désigna une pièce, derrière elle, et, lestement, elle y pénétra.

Les gardes jouaient aux dés dans un petit salon. Parfois, l'un d'eux jetait un regard sur une fille rousse qui, assise au pied d'une colonne, semblait somnoler. Elle goûtait sur son visage la chaleur du soleil, et elle entrouvrait les yeux, quand les nuages, soudain, en cachaient les rayons. A tour de rôle, ils allèrent lui demander qui elle était. Elle se taisait et feignait de ne pas les entendre. C'étaient alors des rires gras et des grossièretés chuchotées qui interrompaient leur partie. L'un d'eux, finalement, plus courtois, ou cachant mieux sa trivialité, finit par obtenir d'elle quelques mots. Elle était esclave de Tanaquil, et elle l'attendait. Elle s'appelait Corinne. Il revint vers ses camarades, tout fier d'avoir réussi là où ils avaient échoué. Occupés par cette jeune beauté, ils ne regardaient pas du côté de Tanaquil. Alors, d'un air naturel, elle se leva et, à pas lents, comme une vieille femme fatiguée, elle traversa le jardin, et gagna la pièce où Némésis avait disparu.

C'était la bibliothèque. Elle était garnie d'armoires où reposaient des siècles de savoir enroulés autour des cylindres de bois précieux. Au fond, une lourde tenture bougea légèrement. Une main en sortit, appelant Tanaquil. Le cœur battant, elle répondit à l'invitation. Elle se trouva dans un cabinet obscur, éclairé par deux torches. Sur le lit de lecture, Plautius était assis ; Némésis se tenait debout à ses côtés. Plautius se jeta en sanglotant dans les bras de sa grand-mère. Elle attendit que la crise se fût passée avec un sentiment d'impatience méprisante. Elle n'avait jamais été sujette aux larmes, à la faiblesse. Némésis le comprit :

— Il faut lui pardonner, maîtresse, dit-elle. Depuis ce matin, il vit un cauchemar.

— Je sais, répondit Tanaquil, mais il faut agir maintenant. Plautius dis-moi d'abord la vérité. Nous verrons ensuite ce qu'il convient de faire.

Et Plautius raconta son histoire. A son arrivée dans la chambre conjugale, il avait trouvé sa femme dans leur lit. Elle l'avait couvert d'injures si obscènes qu'il n'osait les répéter devant sa grand-mère. Il n'aurait jamais cru qu'elle connaissait les mots orduriers qu'elle lui avait jetés au visage. Et tout cela était proféré d'une voix basse, un peu rauque, qu'il n'avait jamais entendue. Ensuite, elle s'était levée, s'était jetée sur lui et l'avait griffé à la main. Stupéfait et soudain dégrisé, il avait voulu la maîtriser. Elle s'était débattue comme une forcenée, montrant une force qu'il ne soupçonnait pas chez elle. Puis, lui échappant, elle était montée sur l'appui de la fenêtre et avait sauté. Il était resté immobile, pétrifié comme s'il avait regardé de face la Méduse. Il ne pouvait dire combien de temps cette stupeur s'était prolongée. Il en avait été tiré par les cris d'Apronius. Le reste était connu.

— Mais, précisa-t-il, la chambre n'était pas saccagée comme nous l'avons trouvée ce matin.

— Tu es sûr de ne rien me cacher ? demanda Tanaquil. Ton histoire est invraisemblable, mais j'y croirai, si tu me jures qu'elle est vraie. L'art du récit n'est pas, comme on le croit souvent, de rendre vraisemblables les fictions de l'imagination, mais les productions de la réalité. Tu aurais dû raconter tout cela ce matin à Tibère ; ce n'est pas plus invraisemblable que le vague récit que tu lui as fait et sur lequel tu ne pourras pas revenir sans passer pour un menteur.

Plautius jura qu'il venait de dire la vérité. Du reste,

ajouta-t-il, Apronia avait eu un comportement curieux pendant la journée. C'est Némésis qui le lui avait raconté.

— Oui, dit la jeune esclavc, je n'en ai pas parlé à César, parce que je ne savais pas si cela allait servir ou desservir Plautius. Hier matin, de très bonne heure, elle est sortie faire quelques visites Elle m'a dit qu'elle n'avait pas besoin de moi. Elle est revenue peu de temps après. Elle semblait nerveuse. Elle avait un souci qu'elle désirait me confier sans parvenir à s'y décider. Elle est restée dans le jardin ; elle marchait en long et en large. Elle m'appelait puis me renvoyait aussitôt. Vers le milieu de la matinée, un esclave lui a apporté un message. C'étaient deux tablettes de cire liées par un cordonnet. Elle l'a défait, les a lues, puis elle est montée dans sa chambre. Plus tard, elle m'a demandé de lui préparer une tenue de sortie. Elle avait à faire une visite très importante et, me dit-elle, très secrète. A moi-même, en qui elle avait toute confiance, elle ne voulait pas en dire plus. « Il vaut mieux que tu ne saches rien ; ce sera plus sûr pour toi », me dit-elle. Je devrais l'accompagner, mais elle me fit jurer de n'en parler à personne. « Nous allons prendre une litière pour aller en ville, me dit-elle. Tu en descendras avec moi, quand je t'en donnerai l'ordre et nous partirons ensemble, comme si nous allions faire les boutiques. Ensuite, je te quitterai. Tu m'attendras le temps qu'il faudra, et nous rentrerons ensemble ». J'ai compris qu'elle ne me dirait rien de plus.

Alors nous avons fait comme elle voulait. Après être descendues de la litière, nous avons marché un moment, toutes les deux, au milieu de la foule. Puis, à un carrefour, elle m'a dit que c'était là que j'allais l'attendre. Quand elle est revenue, elle m'a entraînée rapidement vers la litière, sans dire un mot. Elle ne m'a plus adressé la parole jusqu'à notre arrivée ici. Au bas de l'escalier, comme je m'apprêtais à monter avec elle,

elle m'a chuchoté à l'oreille : « pas un mot à qui que ce soit. Tu l'as promis. Tu diras à Plautius que je suis malade et qu'il ne me dérange pas. Toi, laisse-moi. Je vais me mettre au lit tout de suite. Je ne veux voir personne, pas même ma nourrice, dis-le-lui ». Sa voix était étrange, plus sourde que d'habitude, mais impérative. J'ai obéi. Je l'ai revue, ce matin, près du bassin. Elle était morte.

— Tu n'as pas idée, demanda Tanaquil, de ce que disait ce message ?

Némésis n'en avait aucune idée. Elle avait retrouvé les tablettes dans la chambre d'Apronia, mais le texte avait été effacé. Elle ne pouvait pas non plus préciser en quel endroit de Rome avait eu lieu le curieux rendez-vous ; elle ne saurait pas y retourner. Peut-être le reconnaîtrait-elle, si elle le revoyait. Tanaquil continuait de l'interroger :

— Tu l'as suivie du regard jusqu'à ce qu'elle disparût, je suppose. Tu n'as pas vu si elle rencontrait quelqu'un.

Némésis rougit. Elle redoutait cette question. Elle ne voulait pas trahir sa maîtresse, même morte, et elle voulait de toutes ses forces sauver Plautius. Elle se tut, incertaine de ce qu'elle devait faire.

— Tu sais, lui dit Tanaquil, qu'il y va peut-être du destin de Plautius ?

C'était le meilleur argument qui pouvait impressionner la jeune esclave.

— Oui, dit-elle, je l'ai suivie des yeux. Elle avait beau avoir dissimulé son visage sous le capuchon de son manteau, j'avais peur pour elle. J'ai vu qu'elle montait dans une litière qui attendait tout près du carrefour et qui s'est tout de suite éloignée.

— As-tu vu les porteurs ? demanda Tanaquil.

— Je les ai vus. C'étaient de grands gaillards, comme ils le sont tous. Et ils portaient une tunique blanche, sans signe distinctif.

— Je te remercie, Némésis. Ton témoignage est très important. On jurerait qu'il s'agit d'un rendez-vous galant. Je n'aurais jamais cru que cette petite sotte...

Sa phrase resta en suspens ; elle venait de se rappeler que la « petite sotte » reposait non loin de là sur son lit de mort.

— Tu es sûre de nous avoir tout dit ? Rien n'a frappé ton attention ? Réfléchis bien. Le moindre détail parfois suffit à éclairer un mystère que l'on croyait opaque.

Némésis resta pensive ; quelque chose la tourmentait, Tanaquil en était certaine. Elle insista. Alors Némésis se décida :

— Quand elle est revenue, elle ne portait pas les mêmes chaussures.

Elle s'interrompit, comme si elle avait dit une incongruité. Tanaquil dut insister pour qu'elle précisât ce qu'elle voulait dire.

— Elle avait en partant ses chaussures de cuir rouge. Elles étaient presque neuves ; elle commençait de pouvoir les mettre sans souffrir des pieds. Elle est revenue avec des chaussures de la même couleur, mais qui avaient été déjà portées. Elles m'ont paru même plus grandes.

Tanaquil et Plautius haussèrent les sourcils, incrédules. En l'écoutant, Tanaquil eut une pensée fugitive, la même que tout à l'heure, dans le jardin. C'était une lueur fulgurante, qui s'éteignit aussi vite qu'elle s'était allumée. Némésis le vit :

— Tu viens d'avoir une idée, maîtresse ?

— Hélas, petite, elle n'a fait que passer. Peut-être reviendra-t-elle. Tout à l'heure, tu vas aller dans la garde-robe de ta maîtresse, tu y retrouveras sans doute ces chaussures que tu décris. Tu me les montreras demain, nous aviserons sur ce qu'il faudra dire aux enquêteurs.

Elle allait continuer, quand elle tressaillit. La portière venait de bouger.

— Quelqu'un nous écoute, souffla-t-elle.

Plautius bondit, écarta la tenture d'un geste vif. Il n'y avait personne.

— Cette affaire nous a mis les nerfs à vif, s'excusa Tanaquil, honteuse d'avoir eu peur et de l'avoir manifesté.

— Que vas-tu pouvoir faire pour Plautius, demanda Némésis. Il faut que tu le sauves. Parle à Livie, à César, au Sénat, ou à Séjan que César semble écouter avec faveur. Ah ! si je n'étais pas esclave...

— Tu l'es, coupa Tanaquil, même si tes sentiments honoreraient plus d'une femme libre, et même plus d'un homme libre. Séjan, disais-tu ? Pourquoi pas ? Il ne m'aime guère, et je le lui rends bien. C'est un arriviste sans grands scrupules. J'ai connu sa famille, naguère. Elle est originaire de Volsinies, comme l'était ma mère. Je lui ai autrefois refusé la main de Plautia. Mais peut-être par moi espèrera-t-il gagner la sympathie de Livie. Je vais vous laisser maintenant. Je pars aux nouvelles. Je vous tiendrai au courant. Et elle partit. A peine avait-elle franchi le seuil qu'il lui sembla que quelqu'un était derrière elle :

— Inutile de me raccompagner, Némésis, dit-elle, en se retournant. Je connais le...

Elle se tut. Il n'y avait personne. Elle traversa le jardin. Les gardes ne firent même pas attention à elle, mais elle sentait peser sur elle un regard qui ne la lâchait pas. Elle accéléra le pas, malgré elle, et frissonna au moment de s'engager dans le corridor conduisant à l'atrium. Elle qui n'avait jamais eu peur...Je suis bien vieille, se dit-elle, en soulevant la portière qui sépare le corridor du jardin. Elle sentit une humidité sur sa main ; elle lâcha la lourde étoffe, saisie de panique, comme si elle avait posé la main sur un serpent visqueux et glacé. Une fois encore, elle se reprit, mais quand elle tendit à nouveau la main pour écarter la tenture, elle vit que cette humidité était du sang et que l'étoffe, à sa lisière, avait été longuement griffée. Elle cria, elle hurla :

— Corinne, nous rentrons.

Elle avait à peine poussé un premier cri que Corinne était à côté d'elle. Tanaquil saisit sa main. C'est presque en courant qu'elles traversèrent le corridor et l'atrium. A la porte, attendait la chaise à porteurs que Tibère lui avait laissée. Elle s'y réfugia, ferma les rideaux et put enfin respirer plus calmement. Elle avait fait monter Corinne dans la même chaise. Elles seraient serrées, mais peu lui importait. Tout plutôt que la solitude.

5

Depuis longtemps, elle habitait sur le Palatin, dans le voisinage de la maison d'Auguste et de Livie et du palais que Tibère venait de faire construire. Calfeutrée dans sa chaise, elle ne vit rien de l'étroite vallée qui sépare l'Oppius du Palatin ; elle ignora les rumeurs de la foule. Ses pensées l'absorbaient complètement. Elle faisait la liste des étrangetés que présentait cette histoire à laquelle venait de s'ajouter ce sang dont sa main était salie et qu'elle essuyait avec son foulard de soie, sans parvenir à le faire disparaître totalement. Et puis cette Apronia qui se métamorphose en mégère, après un étrange rendez-vous. L'afflux des pensées la fatigue. Voilà qu'elle dodeline la tête. Tanaquil, dans sa chaise mollement bercée par les adroits porteurs, s'est endormie pour un bref sommeil, comme en ont les vieillards. Elle se voit assaillie d'assassins. Elle crie. Elle ouvre les yeux. Elle vient de faire un songe. Corinne la secoue doucement :

— Te voilà chez toi, Maîtresse, lui dit-elle.

L'esprit encore embrumé, le cœur battant, ne sachant plus si elle vit ou si elle songe, Tanaquil regagne sa maison. Ses femmes l'entourent :

— Où étais-tu, Maîtresse. Il y a un temps fou que Julia Augusta t'attend. Elle est installée dans le jardin.

Le cœur de Tanaquil s'apaise. Livie, enfin, l'amie de toujours, est là. Elle va l'aider à sauver Plautius. Livie était assise dans le jardin, offerte aux brises qui annoncent les orages. Le buste droit, appuyé sur le dossier du banc de marbre, elle avait sur son visage cette dignité hiératique qui lui avait longtemps évité les ravages des rides. Elle était pensive, quand Tanaquil s'approcha d'elle.

— Te voilà enfin ! Je m'inquiétais de toi. Viens t'asseoir auprès de moi. Il y a quelque fraîcheur ici. Quelle affaire terrible vient encore déranger notre vieillesse ! Ne goûterons-nous jamais la paix qu'on dit être le dernier privilège des vieillards ?

Livie savait déjà tout, ou presque. Tibère s'était empressé de lui raconter le scandale qui frappait la maison de sa meilleure amie.

— Il ne me rend visite que pour m'infliger quelque nouveau coup, dit-elle. Il avait l'air satisfait, tout à l'heure, en me disant par le menu ce qui arrivait à Plautius. Qu'en penses-tu, Tanaquil ? Est-ce un complot contre toi, donc contre moi, ou un stupide meurtre passionnel ?

Tanaquil raconta tout, longuement, et les servantes virent les ombres des deux vieilles dames penchées l'une vers l'autre et qui s'estompaient dans la nuit qui tombait. Quand elles sentirent les premières gouttes de pluie, appuyées l'une sur l'autre, elles s'en allèrent continuer leur longue conversation dans un petit salon.

— Oui, disait Livie, l'affaire est mal engagée pour Plautius. Vois la liste des juges que le Sénat a désignés. Pas un n'est de nos amis. Quand je lui en ai fait la remarque, Tibère m'a répondu que le Sénat était libre de ses choix. « Va le dire à d'autres, lui ai-je répondu, à ceux, si tu en trouves, qui croient encore que tu laisses le Sénat agir à sa guise ».

Tanaquil n'écoutait plus. Elle regardait la tablette enduite de cire sur laquelle Livie avait noté les cinq noms que Tibère lui avait indiqués. Elle les connaissait bien, ces magistrats qui allaient juger Plautius ; ils étaient redoutables, toujours prêts à condamner les accusés que Tibère leur confiait. En vain elle cherchait comment influencer leur jugement. N'était-elle pas bien avec la femme de l'un, la mère d'un autre, le cousin ou le parent d'un troisième ? Et elle secouait sa tête découragée :

— Aucun de nos amis, dit-elle, reprenant le dernier mot de Livie qu'elle avait entendu, tous même de nos ennemis.

Livie n'avait pas cessé de dévider la litanie habituelle des griefs qu'elle avait contre Tibère.

— « Ennemis », reprit-elle, comme en écho, croyant que Tanaquil intervenait dans son monologue. Oui, Séjan est mon ennemi. Il attise les haines de mon fils. Je suis sa première victime, mais pas la seule. Regarde Agrippine. Tu sais combien je déteste son orgueil. Elle n'oublie jamais qu'elle est la petite-fille d'Auguste. C'est ce sang sacré qui coule dans les veines de ses fils et fait d'eux les seuls maîtres légitimes de l'Empire. Mais ils ont aussi le sang de leur père, Germanicus, mon petit-fils. Crois-tu qu'elle leur rappelle que je suis leur arrière-grand-mère ? Au contraire, elle les dresse contre moi, moi qui...

Tanaquil avait de nouveau cessé d'écouter. Elle savait aussi par cœur ce chapitre des rancœurs de Livie. Elle pouvait finir la phrase commencée : « moi qui, malgré tout, défend Agrippine contre l'impatience de Tibère... moi qui... ». Elle soupira et mobilisa sa réflexion sur un nom qui, pour l'instant, occupait son esprit. Séjan. Lui seul pouvait agir sur Tibère. Bien sûr elle lui avait refusé son alliance, mais avec courtoisie et pour de bons motifs, puisque Plautia était depuis toujours promise à Claude. A part cela, elle cherchait si un jour ou l'autre elle avait eu maille à partir avec lui. Elle ne trouvait aucune occasion où elle lui aurait marqué son mépris. Elle était présente, quand le fils de Tibère l'avait giflé, mais elle n'avait rien dit, même si elle avait été contente de voir la joue de ce parvenu marquée par les cinq doigts de Drusus et ensanglantée par le sceau que la bague y avait imprimé.

— Séjan dit-elle, à voix basse, sans que Livie l'entendît. J'irai le voir, dès demain.

Livie s'était levée.

— Je te laisse, dit-elle, ne me raccompagne pas.

Tanaquil la regarda s'éloigner, sans la voir. Elle préparait la conversation qu'elle aurait avec Séjan. Elle n'eut qu'à lever la main. Les servantes accoururent :

— Il faut prendre un bain maîtresse, et puis manger. Tu n'as rien pris depuis hier soir.

Elle se laissa faire. Le bain la délassa un peu. Elle n'avait pas faim, mais elle ne protesta pas. Elle devait manger, prendre des forces pour le lendemain. Elle irait dormir ensuite.

Et voici que dans sa chambre étroite qu'éclairent les trois cierges d'une haute girandole de bronze, Tanaquil est allongée. Elle sent ce soir, après la lourde journée qu'elle vient de passer, tout le poids des années qu'elle a vécues...Elle va bientôt trouver le manuscrit sous sa courtepointe. Pauvre Tanaquil qui ne souhaite que de dormir, elle va lire toute la nuit avec ses yeux myopes ce manuscrit qui lui dit tout, à mots couverts, et son ongle va griffer les marges, et sa vieille tête va bourdonner de cent hypothèses. Ou alors — et qui pourra discerner la vérité ? — sa vieille main va écrire pendant toute la nuit ce texte qu'elle feindra le lendemain d'avoir découvert, et ses yeux myopes seront encore plus fatigués que si elle avait dû seulement le lire. Bonne nuit, chère Tanaquil. Tu arriveras à la fin et tu pourras dormir.

II

Corinne et Hylas

1

Allez savoir pourquoi Julius Postumus était bien vu de Livie et de Tanaquil ? Il était jeune et beau, certes, mais ce n'était pas ce que ces vieilles dames aimaient en lui, encore qu'elles n'y fussent pas insensibles. Elles appréciaient surtout l'extrême courtoisie qu'il leur témoignait et le temps qu'il consacrait à les visiter de temps à autre. Elles lui pardonnaient ce qu'on disait de lui et feignaient de ne pas croire qu'il avait de multiples maîtresses, certaines mariées. Il ne détestait pas non plus les petites esclaves. Aussi avait-il remarqué la jeune Corinne, dès qu'elle était arrivée à Rome, venant du domaine que Tanaquil possédait à Volsinies. C'était il y avait environ un an. Postumus avait appris qu'elle pratiquait avec un égal bonheur la comédie, la danse et le chant. Elle faisait partie du groupe d'esclaves auxquels Tanaquil faisait appel quand il lui plaisait de s'offrir quelque spectacle divertissant. Julius avait si bien enjôlé la vieille dame qu'elle avait accepté de la lui prêter, à plusieurs reprises. Cette fois l'affaire se présentait mal. Il voulait célébrer le soir même la fête des *Meditrinalia,* et il avait besoin d'une jolie comédienne pour jouer dans une petite pièce dont il refusait de dire le sujet. Mais il lui paraissait impossible d'importuner Tanaquil en ce moment tragique. Il décida Corinne à quitter la maison subrepticement. Ce n'était pas qu'elle fût curieuse de voir la fête, au contraire. Elle était trop soucieuse pour Plautius, et elle n'avait pas le cœur à s'amuser, mais elle était reconnaissante à Julius de lui faire la cour, comme si elle était une femme libre et même de haute condition. Il lui démontra que Tanaquil était trop absorbée par ses soucis pour remarquer son absence, alors que lui ne manquerait pas d'en souffrir. En bref, elle lui céda.

Quand elle arriva, le soir tombait. Julius lui fit quelques caresses appuyées, tout en lui expliquant courtoisement que les grandes jarres qu'elle voyait contenaient le vin de l'année passée ; on y avait mêlé le moût de la dernière récolte.

— C'est cela, les *Meditrinalia*. On célèbre ce premier mélange. C'est une coutume aussi ancienne que Rome. Les paysans, jadis, goûtaient seulement cette mixture à laquelle ils attribuaient des vertus médicales. C'est pourquoi ils chantaient :

Je bois du vin nouveau, du vieux ;

De la nouvelle maladie, de la vieille je me guéris. Aujourd'hui, certains en boivent jusqu'à l'ivresse, mais ils continuent de chanter le vieux couplet rituel, à chaque coupe. Quand il fera nuit, la troupe de comédiens nous jouera les mystères de Dionysos. C'est pour cela que j'avais besoin de toi, ce soir. Tu dois savoir mimer le rôle de la femme frappée de panique devant le visage du dieu. Tu vois lequel je veux dire ?

Corinne avait compris. Elle écarta doucement la main de Julius qui s'appesantissait sur ses seins et commençait de faire monter dans son ventre une douce chaleur. Il ne lui racontait tout cela que pour rester plus longtemps à côté d'elle et lui agacer la pointe des seins. Il se rappelait qu'elle ne résistait pas longtemps à cette excitation et qu'elle lui avait plusieurs fois donné son corps. Mais ce soir, c'était juste pour le plaisir d'une petite sensation. Il n'avait pas le temps de l'emmener dans une chambre ; ses invités arrivaient. Leurs ombres incertaines vacillaient sur les murs où les renvoyaient les flammes des torches que les esclaves allumaient une à une. Elle lui dit qu'elle jouerait ce rôle, qu'elle l'avait déjà tenu.

— Mes amis, dit à voix haute Julius grimpé sur le bord du grand bassin d'où jaillissait une eau murmurante, ce soir, tout est permis. C'est maintenant qu'il faut boire, sans mettre de terme à notre désir d'ivresse, sans nous refuser les excès que nous inspireront Dionysos et Vénus. Cueillons cette nuit, sans songer à demain. Sommes-nous même sûrs que demain existera pour nous ? S'il arrive, il sera bien temps de soigner nos têtes alourdies et nos corps alanguis.

De grands cris saluèrent cette profession de foi hédoniste. Ils se mêlaient aux éclats du tonnerre qui cernaient Rome de plus en plus près. Corinne s'était placée près d'une colonne. Elle regardait de tous ses yeux les invités. Elle reconnaissait quelques-uns d'entre eux qu'elle avait vus chez Tanaquil, mais la plupart lui étaient inconnus, et certains, qui portaient des masques, le resteraient. Plaqué contre une colonne voisine, un homme semblait se cacher. Elle s'approcha de lui. Bientôt, il lui parla, et, lorsqu'un éclair l'illumina pour un bref instant, elle vit qu'il était jeune et beau. Il avait les cheveux noirs, frisés, les yeux clairs, peut-être bleus, et son corps, à peine caché par une courte tunique, était à la fois mince et puissant. Elle reconnut le fameux comédien Hylas. Il lui nommait les invités, au fur et à mesure de leur arrivée. Il était si familier de ce monde qu'il reconnaissait même ceux qui avaient cru dissimuler leur identité en portant des masques.

— Tiens, disait-il, Julius a réussi à convaincre Livilla de venir.

— Qui est Livilla ?, demandait Corinne qui le savait mais voulait le faire parler.

— C'est la belle-fille de Tibère, la veuve de Drusus. Elle est une grande amie de Julius.

Et Corinne ouvrait tout grands ses yeux, comme si elle n'avait jamais vu une princesse de la famille impériale. Elle disait qu'elle s'était imaginée que les princesses portaient toujours les longues robes des matrones et qu'elles étaient toujours distinguées des autres femmes par elle ne savait quelle gravité innée. Elle admira sincèrement la fine silhouette, enveloppée de longs voiles diaphanes qui moulaient ses formes et cachaient à peine les plus secrètes retraites de sa féminité.

— Regarde, reprit-il, cet homme masqué. C'est Séjan, le favori de Tibère.

Admirant tant de savoir, elle s'enhardit à interroger le jeune homme, en feignant de ne pas le connaître :

— Qui es-tu ? Un esclave de la maison ?

Il eut un petit rire, sans gaieté, avant de répondre :

— Il y a bien longtemps qu'une jolie femme ne m'a pas posé une pareille question. Je m'appelle Hylas, et je suis acteur. Tout Rome me connaît, et je traîne après moi tous les cœurs de ces dames, mais elles ne m'intéressent pas. Julius était mon maître ; il m'a affranchi. J'aimais une de ses esclaves, Glycère ; il l'a affranchie aussi, pour que nous puissions nous marier.

Corinne eut un petit pincement au cœur. Quel dommage ! pensa-t-elle. Mais elle se dit aussitôt que ce n'était pas nécessairement un obstacle. Elle commençait de désirer cet homme. Il était rare en ce cas qu'elle rencontrât un refus. L'image d'un grand garçon blond qui l'aimait et qu'elle croyait aimer traversa furtivement sa mémoire, et n'y laissa aucune trace.

— Tu es marié, dit-elle songeusement. Où est ta femme ?

Le visage de l'homme s'assombrit et sa voix trembla légèrement pour répondre :

— Nous ne sommes pas encore mariés. Je ne sais pas

si elle y tient vraiment, ni moi non plus. Ce soir encore, je l'attends. Nous sommes engagés tous les deux, avec notre troupe pour jouer, tout à l'heure, les noces de Dionysos et d'Ariane. Je suis inquiet. Elle devrait être là.

— Elle est actrice, comme toi ?

— Oui, dit Hylas ; nous sommes aussi acrobates, mimes, danseurs, tout ce que tu veux.

Tout en bavardant, il regardait les invités.

— Ils seront bientôt prêts pour la Bacchanale, dit-il, et Glycère qui n'est pas là !

Il s'aperçut soudain qu'il ne savait pas même à qui il parlait. Il était tellement inquiet qu'il n'avait pas eu la courtoisie de demander son nom à la jeune fille

— Je crois que je ne t'ai jamais vue. Tu es une nouvelle esclave de Julius ?

Corinne comprit bien que la réponse ne l'intéressait pas, mais elle avait envie de lui parler. Aussi répondit-elle.

— Non, je suis une esclave de Tanaquil. Elle m'a prêtée à Julius Postumus pour que je joue un rôle dans votre pièce. Je dois mimer la femme frappée de panique, tu sais ?

— Oui, dit-il. Il nous manquait une actrice pour ce rôle. C'est bien que ce soit toi.

— Oui, répondit-elle. Et j'ai bien de la chance d'être là, parce qu'après le malheur qui a frappé la maison de Tanaquil je risquais de ne pas pouvoir venir.

— Un malheur ? Quel malheur ? demanda-t-il distraitement.

— Eh bien, la femme de son petit-fils est morte ce matin. Tu ne le sais pas. Tout Rome en parle.

— Non, dit-il, j'écoute peu les rumeurs de Rome. Comment s'appelait-elle ?

— Apronia, et son mari s'appelle Marcus Plautius.

Corinne sentit que brusquement il devenait attentif.

— Apronia la femme de Plautius est morte ? De quelle façon ?

Elle lui expliqua qu'elle était tombée de la fenêtre et qu'on soupçonnait le mari.

— Je ne comprends pas. Ce n'est pas possible, murmura-t-il. Ce n'est pas ce qui était prévu.

— Que dis-tu ? Bien sûr que ce n'était pas prévu.

Il était maintenant très agité.

— Non, c'est impossible, répétait-il. Mais alors, Glycère...

Corinne ouvrait de grands yeux. Elle l'interrompit :

— Que se passe-t-il ? Hylas, voyons, reviens à toi.

Julius s'approchait d'eux ; sa démarche était un peu vacillante.

— Surtout, ne dis rien, chuchota Hylas à l'oreille de Corinne. Si Glycère ne revient pas, il faudra que je voie Tanaquil. C'est très important. Tu m'accompagneras.

Corinne allait répondre, mais Julius était devant eux. Il demandait où était Glycère. Bientôt, il faudrait se mettre en place pour jouer la saynète qu'il avait commandée. Il remarqua que, d'ordinaire, c'était Ariane qui attendait Dionysos, et il partit d'un de ces grands rires dont l'ivresse accompagne les plaisanteries les plus banales. En effet, une sarabande effrénée se mettait en place. Des ombres du péristyle étaient sorties des musiciennes. Elles jouaient du tympanon et frappaient des cymbales. Certaines des invitées avaient abandonné leur longue robe. Elles portaient maintenant de courtes tuniques taillées dans des peaux exotiques. Elles brandissaient des bâtons enguirlandés de lierre et terminés par une pomme de pin, et elles dansaient au rythme des symphonies qui s'accélérait. Des hommes vêtus de brèves tuniques qui laissaient leur torse presque entièrement nu feignaient de les poursuivre sur le même rythme. Tous et toutes avaient bu beaucoup de vin. On voyait les regards s'emplir d'un vague extatique, les pas devenaient précipités et les corps se contorsionnaient, comme possédés d'une fureur divine.

— Ils miment les fureurs des adeptes de Dionysos, expliqua Hylas. Bientôt, ils seront possédés pour de bon, et ils voudront voir la représentation de leur dieu et d'Ariane.

Il s'interrompit brusquement. Un homme était devant eux. Il portait un masque. Son regard était fixé sur Hylas, qui le regardait, comme médusé. L'inconnu mit un doigt sur ses lèvres, comme pour lui ordonner de se taire. Puis il se tourna vers Corinne :

— Qui es-tu, toi que je ne connais pas ?

— C'est une esclave de Julius, dit précipitamment Hylas. Elle était jusque-là dans un de ses domaines, à la campagne.

— Tu la connais donc ? demanda l'homme.

— C'est la première fois que je la vois, Seigneur.

Et l'homme s'éloigna lentement. Corinne était stupéfaite de l'empressement qu'avait mis Hylas à répondre, et indignée qu'il l'eût devancée. Mais, lorsqu'elle voulut se plaindre à lui de son mensonge, il lui lança un regard si chargé d'angoisse qu'elle ravala ses reproches. Elle demanda seulement à voix basse qui était cet inconnu masqué, et elle lui en voulut beaucoup quand il lui répondit qu'il l'ignorait. Elle ne pouvait savoir qu'il disait alors la vérité. Julius Postumus vint à eux de nouveau. D'une voix pâteuse, il déclara qu'il fallait commencer le spectacle. De grosses gouttes tombaient d'un ciel noirci de nuages et zébré d'éclairs que suivaient, presque immédiatement, les éclats du tonnerre.

— « Nous allons dans le salon d'été, dit-il, tout y a été préparé. »

Et il retourna vers ses invités. La ronde tournait, de plus en plus affolée. Le vent et la danse soulevaient les courtes tuniques ; les épaules étaient dénudées et des seins apparaissaient que les danseuses ne songeaient pas à recouvrir.

— Corinne, dit Hylas. Il faut que tu m'aides. Glycère n'est pas là. Quelque raison très grave sans doute l'a empêchée de venir. Il faut que tu joues le rôle d'Ariane. Ne refuse pas, je t'en prie.

Et il lui expliqua rapidement ce qu'elle devait faire, mais elle connaissait ce rôle aussi. Elle savait par cœur les plaintes que Catulle prête à Ariane abandonnée. Elle se les réciterait pour mieux mimer le désespoir, puis la lassitude. Elle feindrait ensuite de dormir, et il arriverait, lui, Hylas, comme était arrivé le dieu Dionysos, sur l'île de Naxos où elle se languissait. Il la verrait, et il l'aimerait. Ce dénouement lui plaisait ; elle accepta.

Elle le suivit dans une petite pièce située derrière le salon. Une porte, au fond, donnait dans le quartier des esclaves de la maison. Elle permettait aux comédiens d'entrer et de sortir. La pièce leur servait de loge. Ils étaient là, plusieurs, qui achevaient de se préparer. Corinne vit sans surprise des hommes et de jeunes garçons qui mettaient des bonnets portant de fausses oreilles de chèvre, des femmes qui se drapaient dans de longues robes de matrones et d'autres qui, au contraire, se dévêtaient jusqu'à être presque nues. Il y en avait une qui se faisait ajuster entre les épaules deux grandes ailes. Il y avait aussi des enfants ; deux d'entre eux portaient des ailes, comme des petits Amours ; un autre, tout nu, tenait un rouleau de parchemin, un autre portait au bas du dos une queue de satyre. Un homme gras et luisant, dont le torse adipeux tombait en plis mous sur un ventre volumineux, tentait d'enrouler une lourde étoffe autour de ses hanches plantureuses. Dans la pièce étroite et sombre, tout ce monde s'agitait, chuchotait, riait, et l'on entendait parfois les éclats d'une voix mal retenue couverts par des « chut ! » encore plus bruyants, et des rires mal étouffés. A la lueur des chandelles, les femmes cherchaient à vérifier leur maquillage, et se disputaient les miroirs de bronze poli où se réfléchissait leur image tremblotante. Tous se rendaient le service mutuel de parfaire leur déguisement.

Hylas tendit à Corinne la courte tunique blanche qu'elle devait porter au début de la pièce ; elle était drapée sur son épaule droite, laissant l'autre découverte. Le long de son bras gauche, il fit glisser, jusqu'au dessus du coude, un large bracelet en forme de serpent. L'argent doré imitait à la perfection les sinuosités rampantes qui s'achevaient par une tête pointue où brillaient deux yeux d'émeraude. Le froid du métal lui sembla celui d'un reptile, et elle frissonna. Mais déjà, sur l'ordre d'Hylas, une actrice se mettait à la maquiller, et docilement Corinne se laissa mettre du rouge sur ses pommettes et du noir sur ses paupières.

— C'est ton tour, dit Hylas. Que Dionysos t'inspire !

Elle sortit de la loge et se trouva sur une scène légèrement surélevée qui avait été aménagée au fond du salon. Elle s'avança, intimidée par les respirations essoufflées et les soupirs langoureux qui lui rendaient perceptible le public entassé dans le salon obscur, et qu'elle ne vit d'abord pas. Elle tenta de calmer les battements de son cœur et prit la première pose de son rôle. Elle s'allongea sur scène, et feignit de dormir. Lentement s'éleva une étrange mélodie. Elle reconnut le son grêle de la flûte oblique. Les musiciens invisibles traduisaient en sonorités languissantes le sommeil qui la gagnait. Elle commençait de se sentir Ariane. Elle allait s'endormir sur la plage de Naxos, confiante en l'amour que venait de lui jurer Thésée. Allongée sur le sable, auprès d'un rocher, elle avait posé sur son bras gauche sa tête inclinée qu'entourait son bras droit relevé. Les yeux fermés, les lèvres à peine ouvertes sur un sourire esquissé, elle était émouvante de beauté sereine et innocente. Elle le savait. Le silence des spectateurs le lui disait, et la musique qui semblait épouser et caresser les courbes douces de son corps le lui répétait. Puis dans la mélodie se glissèrent des notes plus aiguës qui en brisèrent l'harmonie, comme un sanglot. C'était le moment où elle devait commencer de s'éveiller.

Elle agita lentement la tête, battit des paupières, et promena autour d'elle un regard étonné. La musique était maintenant plus rapide ; elle traduisait la fébrilité d'un cœur qui s'affole. Les notes hautes et aigrelettes se précipitaient à mesure qu'elle découvrait l'isolement autour d'elle. Une cascade de notes pointues et promptes la fit se lever d'un bond. Sur son visage, elle posa une angoisse indicible. Elle regardait maintenant vers les spectateurs, comme si elle scrutait l'horizon, au bout de la mer. Et c'est alors qu'elle vit, au fond de la salle, éclairé par les flammes des candélabres qui encadraient la porte du salon, un visage masqué dont le regard sombre qui reflétait les flammes tremblantes au vent d'orage la fixait sans ciller. C'était l'homme qui s'était approché d'eux tout à l'heure. Elle frissonna, comme Ariane apercevant au loin le vaisseau qui emportait Thésée. Elle sentit chez les spectateurs un frémissement d'admiration. Elle jouait si bien son rôle ! Un éclair suivi d'un coup de tonnerre finit d'altérer ses traits, et, quand elle défit le nœud qui retenait ses cheveux, quand, laissant glisser l'étoffe qui couvrait son épaule, elle révéla la naissance de ses seins, elle sembla vraiment la statue de marbre d'une bacchante.

Pour échapper à l'envoûtement du regard posé sur elle, elle se récitait son poème préféré :

Ainsi tu fuis, ingrat, sans crainte des dieux,

Et tu portes chez toi tes parjures maudits,

et son visage marquait toute la détresse du monde. Ses mains se tordaient de désespérance muette et de déréliction. Elle entendait la musique dont les plaintes devenaient plus vives. Malgré elle, elle revenait au regard qui du fond de la salle ne la quittait pas. Elle y lisait une terrible menace, et elle craignait que les éclairs et le tonnerre qui s'acharnaient sur Rome ne l'engloutissent soudain dans une mort atroce. Quand elle s'effondra sur la scène, elle ne savait plus si elle était Ariane désespérée ou Corinne épouvantée.

Mais la musique changea tout à coup sa modulation. Les flûtes glissèrent parmi les notes douloureuses quelques éclats joyeux qui bientôt l'emportèrent et déchirèrent l'air de stridences barbares. Les tambourins y joignirent leur rythme sourd et obsédant, allégé par les grelots suspendus à leurs cerceaux de bois, et qui tintinnabulaient longuement chaque fois que les musiciens frappaient la peau tendue. Puis s'ajoutèrent à la symphonie les folles gaietés des cymbales. Corinne savait que sur la scène Dionysos et son cortège faisaient leur entrée. Les spectateurs se mirent à crier :

— Evohé ! Evohé ! Le dieu, voici le dieu !

Une main caressa le visage de Corinne. C'était le dieu, son dieu. Hylas était penché sur elle. Qu'il était beau, tel qu'on pouvait en effet se représenter Dionysos, avec cette fraîcheur de l'enfance qui colorait ses joues encore imberbes et cette gravité dans le sourire qui semblait d'un jeune homme. Il portait sur la tête une couronne de lierre et tenait à la main la longue hampe enguirlandée de feuillages et terminée par une pomme de pin. Il était à demi nu, les hanches drapées d'une étoffe de cette couleur violâtre dont se parent les nuits avant d'envelopper l'univers de ténèbres.

— Tu as été parfaite, murmura-t-il. Lève-toi, maintenant.

Et elle se leva, accrochée à sa main. Elle n'avait plus peur. Il rajusta sa tunique et lui tendit une longue robe, de la même couleur de crépuscule. Elle la revêtit et drapa par dessus un grand châle safrané. Elle glissa ses pieds dans les sandales qu'il lui tendait. Puis il prit sa main, et comme un roi aurait fait d'une reine, il la conduisit lentement vers un siège de bois précieux placé au milieu de la scène, sur une estrade. Elle s'assit sur les coussins tissés d'or et de pourpre, et arrangea harmonieusement les plis de sa robe. Hylas enleva la sandale de son pied gauche ; il posa le thyrse, et s'assit sur un tabouret placé à côté du trône d'Ariane. Il s'allongea doucement jusqu'à ce que sa tête se trouvât sur les genoux de Corinne. Elle glissa l'une de ses mains sous sa tunique et, doucement, elle se mit à le caresser, tendrement. Il leva vers elle son beau regard qu'il chargea d'extase. Son corps bronzé était nimbé des nuances safranées du châle. Corinne était éperdue d'admiration et de désir. Mais elle savait qu'il jouait un rôle, et elle lisait au fond de ses yeux une lourde angoisse ; elle sentait sous ses mains tressaillir nerveusement le corps qui semblait alangui. Sans presque bouger les lèvres, il chuchota :

— Prends garde à l'homme masqué qui nous surveille.

Elle leva les yeux et vit le même regard immobile qui la fixait. Elle n'osa pas demander de nouveau à Hylas qui était cet homme. Sur la scène les acteurs mimaient les rites de l'initiation aux mystères de Dionysos. Elle vit distraitement l'actrice qui jouait le rôle de la néophyte et qui allait tout à l'heure découvrir au fond du panier le phallos de bois qui symbolisait la fécondité que le dieu apportait à ses adeptes. Son regard s'attarda sur le groupe des trois acteurs qui mimaient une scène étrange. L'un d'eux, ventripotent, tendait une jarre de vin à un jeune garçon qui portait des oreilles pointues et velues, comme celles d'un satyre. Il regardait dans la jarre où se reflétait un masque de théâtre grimaçant que brandissait, derrière lui, un autre jeune satyre. Le masque reflété vibrait légèrement au fond de la jarre et révélait au jeune garçon que la vie n'est que comédie et illusion, et qu'il n'est de vérité que dans l'ivresse. C'est ce qu'enseigne Dionysos aux hommes.

Corinne pensa qu'à cet instant du spectacle, elle aurait dû survenir et jouer la terreur qu'inspire la vue du dieu. Les musiciens prévenus que ce rôle ne serait pas tenu continuaient de jouer une symphonie étrange et paisible. Ellle regarda de nouveau au fond de la salle. L'homme était toujours là, mais il n'était plus immobile ;

il balançait dans les airs un objet qu'elle ne voyait pas, et dans ses yeux brillait une lueur de détermination glaciale. Ce n'était plus elle qu'il regardait. Elle tourna son regard vers la scène, et elle fut stupéfaite. Une femme venait de faire son entrée ; elle avait les cheveux épars, les yeux hagards largement ouverts sur une infinie terreur qui était en elle et qui défaisait son visage. Sa respiration était haletante et elle titubait, comme une bacchante qui court, sans but, dans les montagnes neigeuses, possédée de la folie dionysiaque. D'une main, elle tenait au-dessus de sa tête son châle qui, gonflé par sa course précipitée, formait une sorte de vaste coquille. Les musiciens, un instant surpris, accélérèrent le rythme de la symphonie et soulignèrent par des cascades de notes aigrelettes la peur panique que jette dans les cœurs la proximité de la divinité et que cette femme mimait parfaitement. Les épaules d'Hylas se crispèrent sous les doigts de Corinne. Il était pâle et fixait sur la femme un regard égaré.

— Est-ce Glycère ? demanda Corinne.

Le concert des tambourins, des cymbales et des flûtes se confondit avec un coup de tonnerre. Elle ne put entendre sa réponse. Du reste, elle ne sut même pas s'il lui avait répondu, car, au moment où éclatait le tonnerre, elle vit s'effondrer la femme épouvantée. On crut à un effet théâtral. Les spectateurs, enthousiasmés battirent des mains et crièrent à nouveau :

— Evohé ! Evohé ! Grâces soient rendues à Dionysos ! Evohé ! Evohé !

Et les tambourins, les cymbales et les flûtes faisaient éclater un hymne tonitruant à la gloire du dieu. Sur la scène, la femme parvint à relever la tête vers le couple divin, et Corinne vit avec horreur qu'elle avait au milieu du front un trou rouge d'où coulait un filet de sang. La malheureuse tendit ses mains, ses lèvres s'ouvrirent et tentèrent d'articuler un mot, puis elle retomba et cessa de bouger.

Hylas avait vu la blessure. Il fit le même mouvement que Corinne et se tourna vers l'homme au regard sombre qui brandissait à nouveau quelque chose. Hylas attira violemment la jeune femme vers lui. Elle sentit un objet dur qui lui frôlait la tête et s'écrasait contre le dossier de son siège. Elle le saisit et trouva dans sa main une pierre pointue. Elle releva les yeux ; l'homme était toujours là et agitait à nouveau sa fronde. Elle eut un léger gémissement et se serra contre Hylas :

– Il veut me tuer, dit-elle, pourquoi ?

Hylas se laissa glisser de son tabouret jusqu'au sol et l'entraîna dans sa chute.

– Fuyons, dit-il.

2

Docilement, elle le suivit. Ils gagnèrent en rampant la loge des artistes, ouvrirent la porte du fond et respirèrent. Ils étaient dans le quartier des esclaves. La lune était ensevelie sous de lourds nuages noirs, et la nuit était totale.

— Courons, dit Hylas. Conduis-moi chez Tanaquil. Je dois lui parler, tout de suite.

Ils allèrent en titubant vers le portail. Il était ouvert. Hylas s'élança. Son pied nu le faisait souffrir, mais il n'y prêtait pas attention. Il fallait fuir. Il courait et tirait par la main Corinne qui était embarrassée dans les plis de la lourde robe d'Ariane. Ils descendirent une ruelle obscure qui rampait entre les murs élevés des maisons. Hylas se jeta à l'abri d'un porche :

— Dépêchons-nous, je t'en prie, ou nous sommes morts. Ecoute ces pas précipités. On nous poursuit.

— Mais pourquoi, gémissait Corinne ; je n'ai rien fait de mal.

— Va, dit-il d'une voix soudain autoritaire.

Corinne prit sa main et le conduisit. La maison de Tanaquil était toute proche. La pluie tombait et de violentes rafales plaquaient contre leur corps les étoffes gorgées d'eau de leur vêtement.

— Passons par derrière, dit-il.

Ils tournèrent dans l'étroite rue qui longeait les murs du jardin. Au moment où ils s'y engageaient, parurent à l'autre extrêmité des hommes portant des torches et qui venaient à leur rencontre. Il fallait faire demi-tour, passer par la porte principale. Corinne fit résonner vivement le lourd heurtoir de bronze. L'écho se glissa entre deux éclats du tonnerre ; il leur sembla envahir tout le quartier. Que faisait ce maudit portier ! Elle n'osait plus frapper et elle craignait d'appeler. Derrière la porte, ils entendirent la voix du portier qui faisait sa ronde et qui psalmodiait : « dormez en paix, c'est la septième heure ». Corinne frappa de nouveau. Les pas de leurs poursuivants étaient de plus en plus sonores. Les ombres soulevées par les flammes de leurs torches s'étendaient déjà sur le pavé du carrefour, à deux pas d'eux ; elles allaient bientôt dessiner sur le seuil de la porte leurs figures mouvantes et effrayantes. Hylas et Corinne étaient éclairés par la torche glissée dans un anneau de fer scellé dans le mur et qui brûlait toute la nuit. La poix dont elle était enduite résistait encore aux assauts des pluies. Il ne leur restait plus qu'à s'accroupir dans le creux de la porte, en espérant qu'ils ne seraient pas vus. Ils se tenaient la main et sentaient battre leur pouls précipité. Les hommes passèrent sans les voir. Ils ne les cherchaient pas. C'était une troupe d'esclaves qui entouraient une chaise à porteurs, à l'intérieur de laquelle Corinne crut reconnaître l'homme au regard sombre, leur assassin. Il avait gardé son masque, et il lui sembla qu'en passant devant la porte il jetait sur eux un bref coup d'œil. Illusion, peut-être, créée par la lueur des torches. Le cortège passa son chemin. Hylas et Corinne reprirent leur souffle. Leurs nerfs exacerbés se détendirent soudain en un grand fou-rire qui les tint un moment suffocants sur le seuil. Leur rire augmenta, quand ils entendirent la voix du portier qui leur criait des injures.

Corinne parvint à reprendre son sérieux pour dire à Hylas d'une voix que le rire faisait encore trembloter qu'il valait mieux passer par l'arrière, comme ils l'avaient prévu. Elle avait laissé ouverte une petite porte qui donnait directement dans le quartier des esclaves. Ils y arrivèrent sans autre émotion que quelques éclairs qui semblaient les poursuivre et chercher à les transpercer, et ils gagnèrent rapidement la chambre de Corinne. Elle quitta la lourde robe imprégnée d'eau et revêtit une tunique.

— Tanaquil ne te recevra pas à cette heure-ci, disait-elle, en se changeant. Et je préfère ne pas lui avouer que je suis sortie ce soir sans sa permission.

Hylas insistait. C'était très urgent et très grave. Il y allait de plusieurs vies, de la sienne, sans doute, et de celle de Corinne même. Elle continuait de lui opposer les mêmes objections. Elle finit pas céder à ses instances, à la condition qu'il ne révélât pas son escapade chez Julius Postumus. Il promit.

— Je vais chez Tanaquil, attends-moi là, dit elle en sortant.

3

Tanaquil reposa le manuscrit. Les feuillets écrits à la hâte n'avaient pas été collés les uns à la suite des autres, comme cela se faisait pour les volumes. Certaines pages n'étaient pas écrites jusqu'au bout, comme si le texte avait été composé en plusieurs fois. Elle regarda en transparence le grain du papier. Elle reconnaissait le papier qu'on appelle « papier de Livie » ; une très bonne qualité, moins fine que le « papier d'Auguste », mais qui de ce fait ne se déchire pas si facilement sous le calame. Elle avait commencé de lire les deux derniers feuillets, avant de reprendre depuis le début. Elle vérifia qu'elle avait tout bien remis en ordre, et relut les premières lignes : « personne ne saura jamais qui est l'auteur de ce texte. J'ai pris toutes mes précautions ». Elle soupira. La fatigue brûlait ses yeux et son vieux visage était tout affaissé. Elle sombra dans une profonde méditation où son esprit englouti retournait des images incohérentes et effrayantes. Soudain, elle cria, se débattit. Un pas furtif s'approchait de sa chambre. Le tonnerre éclatait. Elle entrevoyait une main qui tendait un poignard vers son cœur.

— Non, hurlait-elle. Et l'écho de ses cris semblait sortir amplifié des bouches béantes des masques.

Sur son front, une main tentait de l'apaiser. Une voix féminine et douce lui chuchotait de se calmer :

— C'est moi, maîtresse, moi Corinne.

— Corinne ? répétèrent Tanaquil et les masques.

— Oui, Corinne, ta servante, ton esclave.

— Corinne ? Ah, oui. Que viens-tu faire ici, à pareille heure.

Et, en parlant, elle tentait de cacher le manuscrit sous l'étoffe légère qui la recouvrait.

— Pardonne-moi, maîtresse. C'est la nuit, mais un homme a frappé à la porte du quartier des esclaves. Il dit qu'il veut te parler. Je ne l'aurais pas écouté s'il avait été un inconnu, mais tu ne devineras jamais qui c'est.

— Crois-tu ma fille que l'heure soit aux devinettes ? Alors qui est-ce ?

— Hylas, dit Corinne d'un air de triomphe.

— Hylas ! reprit Tanaquil, bien éveillée cette fois. Lequel ? Le petit favori d'Hercule ou l'acteur ?

— L'acteur bien sûr. Il m'a suppliée de te prévenir ; il semble affolé. Que faire, maîtresse ? C'est Hylas.

— En es-tu bien sûre ?

— Mais tout le monde le reconnaîtrait.

— Bien sûr, tu es amoureuse de lui ? Comme toutes ces petites dindes à qui le premier acteur venu tourne la tête. Même des femmes mariées et du meilleur monde...Enfin, laissons cela ; dis-lui que je ne reçois pas à cette heure de la nuit, même le grand acteur Hylas.

— Je le lui ai dit. Il insiste.

Tanaquil réfléchit longuement. Finalement, elle haussa ses vieilles épaules :

— Bien. Va lui demander de quoi il s'agit.

Restée seule, elle fut prise d'angoisse. Ainsi cet homme que le manuscrit venait de rappeler à sa mémoire était à sa porte ? Que voulait-il donc ? L'assassiner et continuer le massacre de sa famille ? Elle avait peur. Corinne était si longue à revenir. Etait-elle sa complice ? Il lui semblait que les masques allaient lui parler encore, de meurtre et de sang, cette fois-ci. Elle regarda avec inquiétude Corinne qui revenait, seule, et chercha à discerner si dans l'obscurité un homme ne la suivait pas :

— Hylas ne veut rien me dire, mais il m'a donné cette tablette pour toi.

Tanaquil lut avec peine les mots gravés précipitamment dans la cire : « c'est à propos de Plautius », déchiffra-t-elle. D'un bond, elle s'assit sur son lit. Elle se mit à réfléchir, et Corinne, qui attendait sa décision, trouvait que le temps durait une éternité.

Hylas, pendant ce temps, s'était assis sur le lit de Corinne. Il ne comprenait pas ce qui se passait. Il n'était pas même sûr de bien faire en révélant à Tanaquil ce qu'il savait de la mort d'Apronia. Il en savait si peu, et c'était si confus. Jamais, il n'aurait pu penser que la comédie qu'on lui avait fait jouer allait s'achever dans le sang. Dès le début, cependant, cette histoire lui avait déplu. Il n'avait pas su résister à la femme qui l'avait ensorcelé. C'est elle qui avait trouvé ce qu'elle appellait « le contrat » qui devait lui apporter plus d'argent qu'il n'en avait jamais vu. Elle l'avait persuadé à force de menaces et de caresses, lui promettant qu'elle lui offrirait enfin son corps qu'elle lui avait toujours refusé et dont le désir le possédait jusqu'à la folie. « Tu te rends compte, insistait-elle, de ce que nous pourrons faire avec tout cet argent ? » Et en échange de quoi ? D'une petite comédie qui lui prendrait quelques heures. Et comme il s'étonnait que tant d'argent vînt récompenser une si petite comédie, elle répondait que c'était là caprice de grand seigneur et que cela ne les regardait pas. « Que t'importe ce qu'ils font de leur fortune et s'ils sont prêts à payer aussi bien une farce qui les fera rire ? ». Et elle ajoutait qu'une fois cette farce révélée il serait invité à une grande fête et qu'il en serait le roi, salué comme tel par celui-là même qu'il aurait abusé. Et maintenant, il y avait une femme morte dans un jardin délicieux et une autre, tuée sous ses yeux. Cette seconde victime, il redoutait qu'elle fût Glycère. Dans le vacillement des torchères, il l'avait mal vue. Il n'avait pas reconnu son regard dans le regard terrifié de la femme qui dansait et qui était morte sur la scène. Lui-même commençait d'éprouver un sentiment de terreur analogue.

Ses nerfs exaspérés, ses sens aiguisés et tout son corps tendu étaient à l'affût, prêts à réagir au moindre signe annonciateur des périls mortels qu'il sentait rôder autour de lui. Il ne savait à qui se fier. Même de Corinne il se méfiait. Il avait parié que l'honnêteté qu'elle manifestait était sincère. De là à lui confier ce qu'il savait... Tanaquil lui paraissait plus sûre. Il imaginait mal qu'elle pût avoir trempé dans un attentat qui mettait en péril son propre petit-fils. Toutefois, avec ces gens de la haute société, on ne pouvait jurer de rien.

Son corps le prévint du péril. Il le sentit tout à coup se raidir. Toute sa pensée, qui vagabondait sur des vagues d'incertitudes, se mobilisa sur les messages qu'il lui envoyait. Dans le provisoire silence de la nuit, entre deux éclats du tonnerre, il perçut des glissements de pas et des chuchotements à peine perceptibles. Il écarta la tenture qui obstruait la porte. La pluie tombait en trombes violentes. Trois hommes étaient à quelques pas de lui, sous le péristyle. L'un d'eux portait simplement un pagne, sans doute un esclave de la maison ; les deux autres avaient de courtes tuniques aussi mouillées que l'était son vêtement à lui. Hylas comprit qu'ils interrogeaient l'esclave. Il imaginait leur question : « il y a dans cette maison une esclave rousse, aux yeux verts. Elle joue la comédie. La connais-tu ? » Et l'esclave reconnaissait évidemment Corinne et il allait leur indiquer sa chambre. La nuit profonde était illuminée presque continûment par le déchaînement des feux célestes. Hylas sortit de la pièce et longea le mur. Il s'y collait dès que la lumière paraissait, profitant des rares instants d'ombre pour avancer. Déjà les deux hommes se précipitaient dans la chambre de Corinne. Hylas ne s'était pas trompé. Son corps se couvrit de sueur. Il était tout proche d'eux. Il n'entendait pas leurs paroles, mais il savait qu'il était question de lui et de Corinne. Il tentait de réprimer les battements de son cœur qui lui semblaient couvrir les éclats du ciel. Les deux hommes ressortirent, déçus. Ils entrèrent dans la chambre voisine. Hylas comprit qu'ils allaient visiter tout le quartier des esclaves. Derrière chaque tenture qu'ils soulevaient, on entendait des ronflements, des soupirs, des protestations vite étouffées dans le sommeil à peine interrompu. Il se glissa de nouveau dans la chambre de Corinne. Mieux valait, pensait-il, s'enfuir. Si les deux hommes l'avaient vu entrer dans la maison, ils ne cesseraient pas de le chercher. Ils s'en prendraient à Corinne, dès qu'ils la verraient revenir. Oui, mieux valait fuir et les entraîner à sa suite.

Il enleva l'étoffe qui drapait ses hanches et l'unique sandale qu'il portait. Il était en pagne ; il se sentait fort, et il avait confiance maintenant dans sa célérité. Il déposa sur le lit le bracelet qu'il avait porté, comme on le lui avait ordonné, pour mieux abuser la victime de la comédie mystérieuse qu'il avait jouée. Cela faisait, paraît-il, partie du jeu. Ce bracelet, maintenant, lui brûlait les mains, et peu lui importaient les conclusions que tireraient Corinne et Tanaquil du fait qu'il fût en sa possession. Il prit une tablette posée près du lit ; il y grava l'adresse de la vieille Périlla chez qui il irait se réfugier, ne pouvant retourner chez lui où il pensait qu'il serait vite retrouvé. De nouveau les pas et les chuchotements se rapprochaient. Sa main trembla ; il griffonna plus qu'il n'écrivit les derniers mots. Il bougea légèrement la tenture de la porte. Les deux hommes étaient tout proches. Ils lui tournaient le dos, indécis sur ce qu'ils devaient faire. Il se glissa sans bruit sous le péristyle. En longeant le mur, il parvint à gagner sans se faire remarquer la petite porte par laquelle ils étaient entrés, Corinne et lui. Arrivé là, il siffla deux fois et s'assura que les deux hommes l'avaient vu. Alors il s'enfuit précipitamment.

4

Corinne revenait de la chambre de Tanaquil, qui, après une longue réflexion, lui avait dit :

— Je vais le recevoir. Mais va d'abord réveiller les porteurs de litière. Ce sont les plus forts de mes esclaves. Qu'ils restent à la porte, prêts à accourir à mon premier appel. Attends, aide-moi à descendre du lit.

Et Corinne l'aida à descendre pesamment les trois marches de l'escabeau placé contre le lit. Puis elle courut au quartier des esclaves, réveilla les grands porteurs des chaises et des litières dont les muscles, dans les rues populeuses, décourageaient les malandrins de s'attaquer au riche équipage qu'ils portaient. Ils se levèrent en maugréant.

Sans les entendre, Corinne courut à sa chambre. Elle la trouva vide, mais sur le lit, il y avait, renvoyant la lueur vacillante de la lampe à huile, un bracelet qui n'était pas à elle. Elle ne s'attarda pas à le regarder et elle sortit par la petite porte, scruta la rue des deux côtés. Deux hommes couraient à vive allure, en direction du Forum. Ils disparurent rapidement. Hylas s'était volatilisé. Corinne, déçue, maudissait Tanaquil d'avoir été si longue à se décider, et puis elle était inquiète. Qui étaient ces deux hommes ? Poursuivaient-ils Hylas ? Pourquoi était-il sorti, avec ce temps et cette mort qui le guettait ? Désespérant d'éclaircir ce mystère, elle retourna dans sa chambre, sans prendre conscience qu'elle était tout imprégnée des averses qu'elle avait reçues.

Elle sentit au poids du bracelet qu'il était précieux. Elle l'approcha de la lampe et s'émerveilla de voir sur le large cercle d'or, dans des rectangles délimités par des milliers de gouttes d'or, des figures de femmes séparées par des palmiers et qui semblaient danser. Et alors, elle le reconnut. C'était une des plus belles pièces du coffret de Tanaquil. Il avait au moins six siècles. Il remontait au temps où les orfèvres étrusques connaissaient des secrets aujourd'hui perdus. Il avait toujours appartenu à la famille de Tanaquil. Et Corinne se souvint qu'elle l'avait vu au moment des noces de Plautius. C'est Apronia qui le portait.

Ce souvenir la plongea dans une profonde stupeur. Hylas et Apronia, Apronia et Hylas, était-ce possible ? Le rendez-vous secret dont avait parlé Némésis, c'était donc avec Hylas. Apronia avait enlevé le bijou trop encombrant pour ce qu'elle avait à faire ; elle l'avait oublié ensuite, ou égaré, ou encore offert à Hylas. Mais non, elle ne pouvait avoir perdu la tête à ce point. Du reste, Hylas n'aurait rien pu faire de ce bijou, sinon le cacher. Il ne pouvait courir le risque de le vendre. A moins que...

Elle cessa de penser tout à coup. Elle venait de découvrir, près de la lampe, à même le sol, une tablette sur laquelle quelques mots avaient été rapidement gravés. Elle les déchiffra péniblement un à un. C'était une adresse : « la troisième maison, après le Vieux Poirier, dernier étage, chez la vieille... » Elle eut beau faire, elle ne put lire le dernier mot. Les lettres étaient mal formées, comme si la main qui écrivait avait été prise de brusques tremblements. Elle se dit que c'était probablement Hylas qui avait laissé ce message, mais comment en être sûre ? Si c'était un piège tendu par l'homme au regard sombre dont le souvenir la faisait trembler ?

Elle avait les larmes aux yeux. Tout cela était trop difficile pour elle. Depuis le début de l'affaire, elle était torturée par le sentiment d'être tombée dans un piège et qu'elle avait participé à un complot monté contre Plautius. Et maintenant, elle ne pouvait décider s'il était bon pour lui ou mauvais que l'adultère de sa femme fût révélé au grand jour. C'était un mobile. Peut-être l'acquitterait-on, à moins qu'au contraire on ne veuille pas encourager tous les maris trompés à tuer ainsi leur femme. Et elle souhaitait tellement qu'il n'eût pas d'ennuis ! Il y avait eu cette soirée chez Julius à laquelle elle n'avait rien compris, sinon que la mort de Glycère — si c'était elle — était liée à celle d'Apronia. Et puis voilà une nouvelle énigme, avec ce bracelet. Elle ne savait pas si elle devait le montrer ou non à Tanaquil. A qui se fier ?

Elle réfléchit un moment, puis elle dissimula le bracelet tout au fond d'une cavité creusée dans le mur. Elle quitta pensivement sa chambre pour aller chez Tanaquil. Dans la cour, attendaient les porteurs de litières ; ils étaient habitués à toutes les intempéries. L'orage les trouvait impassibles sous ses bourrasques. Elle eut une idée :

— Quelqu'un de vous connaît-il le quartier du Vieux Poirier ? demanda-t-elle.

Ils eurent des rires graveleux. Dans leurs réponses hilares et grossières, elle démêla que c'était dans la Suburre, et qu'il y avait par là les plus célèbres lupanars de Rome. Comment on y allait ? il suffisait de remonter la rue de l'Argilète, puis de tourner une fois à droite, ou deux fois... Elle ne comprenait pas bien l'itinéraire qu'ils s'amusaient à compliquer. Du reste, lui disaient-ils, pourquoi voulait-elle aller là-bas ? Ils étaient là, eux. Et les rires reprenaient, et ils faisaient des gestes obscènes, en relevant leur courte tunique sur leurs pagnes déjà gonflés de désir.

— Vous pouvez aller vous coucher, leur dit-elle. La maîtresse n'a plus besoin de vous.

Ils allaient insister, quand parut leur chef, un grand garçon blond. Il posa sur Corinne son regard bleu, plein de tendresse, puis, l'air sévère, il s'approcha de ses hommes. Ils se turent. Corinne en profita pour s'esquiver. Elle se hâta vers la chambre de Tanaquil. Elle se sentait suivie par le regard du jeune homme blond. Elle savait qu'il la désirait toujours, et qu'il souffrirait s'il savait en quel trouble l'avait mise Hylas. Mais elle ne pouvait jamais résister à l'appel de son corps. Elle reprit son souffle sur le seuil de la chambre. Tanaquil s'était assise sur l'escabeau. Sa tête tombait sur sa poitrine ; elle s'endormait.

— Hylas est parti, annonça simplement Corinne.

Tanaquil sursauta. Son esprit ne pouvait plus fonctionner. Elle n'aspirait plus qu'au sommeil. Corinne l'aida à se remettre au lit.

— Demain, dit Tanaquil, j'aurai besoin de toi, dès l'aube. Va te reposer ; nous avons seulement trois petites heures de sommeil devant nous.

Ses derniers mots étaient confus. Elle s'endormit d'un seul coup, indifférente au tonnerre qui crépitait dans le ciel romain. Trois heures, pensa Corinne, c'est bien peu pour retrouver Hylas. Mais sa résolution était prise ; pariant qu'il était l'auteur du message, elle allait partir à sa recherche dans la Suburre.

5

Hylas avait rapidement gagné l'escalier qui descend au Forum ; il passa devant le temple de Vesta, contourna celui de Jules César, et s'arrêta, essoufflé, devant un petit monument. Il avait couru de toutes ses forces, serré de près par ses poursuivants. Il avait sous-estimé leur rapidité. Il lui fallait maintenant reprendre son souffle. Les pas des deux autres se rapprochaient. Il regarda la base de marbre devant laquelle il se trouvait. Elle était ronde et surélevée. Une balustrade l'entourait dans laquelle s'ouvrait une petite porte. Cette base servait de socle à deux statues. Il bondit par dessus la balustrade et se colla à l'une des statues. Il était temps. Ses deux poursuivants s'arrêtèrent devant le monument. Il les entendait haleter. Il scrutait avec inquiétude le ciel que traversaient des nuages rapides. Leur masse sombre offusquait les rayons de la lune. Les deux hommes faisaient le tour du monument. Hylas tournait au même rythme qu'eux et étreignait toujours la statue. Ils hésitaient à s'éloigner, le sachant inévitablement dans les parages.

— Il faut le retrouver, dit l'un des deux. Sans quoi... Tu as entendu les promesses de Lygdus.

— Saloperie de chapon, dit l'autre, il est foutu de les

tenir. Mais où est passé ce salaud ? Il ne s'est quand même pas volatilisé.

Et en maugréant toutes les obscénités possibles, ils scrutaient le petit monument de marbre. Hylas transpirait après l'effort de la course et frissonnait du froid glacial de la peur qui s'emparait de son corps à demi nu que les pluies diluviennes avaient pénétré d'humidité. Il ne savait pas qui était cette déesse qu'il tenait dans ses bras, mais il la priait de toutes ses forces de faire un miracle, d'empêcher la lune de paraître, ou d'engloutir les deux hommes dans un gouffre soudain creusé sous leurs pieds. La déesse l'entendit-elle ? En tout cas, il reconnut d'abord qu'il était dans le petit sanctuaire de Vénus et de Cloacine. Ensuite, il se souvint d'avoir entendu raconter qu'un roi, jadis, avait trouvé dans la Cloaca maxima la statue d'une déesse. Ne sachant qui elle était, il l'avait appelée Cloacine. Il y avait, tout près du temple, une entrée de la Cloaca maxima. S'il y parvenait, il serait sauvé.

Il réussit à s'accroupir sans attirer l'attention des deux sbires qui le guettaient. Il se mit à plat ventre et chercha des yeux l'entrée de l'égout. Il vit, à quelques pas de lui, la plaque qui la protégeait, et la déception accéléra les battements de son cœur. Jamais il ne parviendrait à soulever cette plaque de pierre, sans se faire remarquer. C'est alors qu'il prit conscience d'une douleur qui lui griffait la poitrine. Il était couché sur une pierre pointue. Il l'enleva et sentit sa douleur s'apaiser. Cette pierre qu'il tenait dans sa main lui parut sa dernière chance. S'il parvenait à la projeter loin du petit temple, les deux hommes seraient distraits et il pourrait en profiter pour s'engouffrer dans la Cloaca maxima. Il se releva très lentement, se plaqua de nouveau contre la déesse et leva son bras droit.

Un éclair posa sur lui une fugitive illumination ; elle suffit aux deux hommes pour l'apercevoir. Il n'avait plus le choix. Il ne pouvait plus fuir. Il fallait les vaincre ou mourir. Alors, d'un geste brusque et violent, il lança la pierre. L'un des deux hommes la reçut en plein front. Son compagnon, stupéfait, le vit s'écrouler à côté de lui, le front ouvert d'où sourdait un filet de sang. Hylas profita de sa surprise pour bondir sur lui et pour l'assommer d'un coup sec. Il se pencha sur lui, et vit en frissonnant qu'il tenait dans sa main droite une cordelette avec laquelle il devait l'étrangler. Il portait aussi un poignard à sa ceinture. Hylas pensa que cette arme lui serait utile. Il était en train de s'en saisir, quand il sentit confusément qu'un danger nouveau le menaçait. Il eut à peine le temps de se retourner, son autre adversaire n'était pas mort ; il s'était relevé, il se jetait sur lui. Hylas s'écarta rapidement, l'autre tomba lourdement sur le corps de son complice. Hylas ne le laissa pas se relever ; il lui enfonça le poignard dans la poitrine. La pluie s'acharnait sur leur combat, et le feu du ciel les éclairait, comme si Jupiter voulait purifier les abords du sanctuaire souillé par la violence et la mort.

Hylas n'eut pas le temps de respirer après cette victoire inespérée, ni de se demander si le dieu outragé allait le frapper du zigzag inéluctable d'une de ses flèches enflammées. Des pas précipités et bruyants dévalaient les marches de l'escalier du Palatin. Toute une troupe était lancée à l'assaut de sa solitude. Une voix hurlait qu'il fallait le tuer. C'était une véritable chasse à l'homme qui était organisée. Il se retourna et leva les yeux vers la terrasse du Palatin qui domine le Forum. Un homme se tenait là, sur lequel la lune jeta un bref rayon argenté, avant de disparaître derrière un nuage. Hylas, depuis cette distance, ne pouvait le reconnaître. Il bondit vers la plaque qui fermait l'égout et se félicita que son métier l'obligeât à entretenir la force de son corps. Il en fallait une grande pour soulever la masse de pierre ornée en son milieu de la tête grimaçante d'un dieu fluvial. Il mit la main dans la bouche ouverte par où s'engouffraient en ruisseaux rapides les eaux que le ciel déversait sur la ville. Et il tira de toutes ses forces, parvenant à la soulever légèrement. Il la fit glisser, ouvrant dans le sol un étroit passage par lequel son corps se faufila. Il trouva les échelons de fer scellés dans le mur. Il tenta de replacer la plaque, sans y parvenir complètement. Les nouveaux poursuivants devaient être maintenant devant le petit monument où il s'était dissimulé tout à l'heure. Il entendait leurs voix et voyait leurs ombres projetées par les torches qu'ils portaient. Ils ne tarderaient pas à découvrir le chemin de sa fuite. Sans plus attendre, il descendit les échelons et s'enfonça dans les entrailles de Rome.

Il lui fallut du temps pour s'habituer à la nuit profonde qui y régnait. Il était au bas de l'échelle de fer, comme aveugle, et il croyait entendre au-dessus de lui les cris de ceux qui voulaient le tuer. Avec leurs torches, ils auraient tôt fait de découvrir la plaque déplacée. Il se colla contre le mur, pour échapper aux cataractes qui l'éclaboussaient. Il commença de percevoir, sous de hautes voûtes, un large canal, que bordait un quai. Il se souvint d'avoir entendu dire que la Cloaca maxima était si vaste que toute une flottille pouvait y circuler, mais il ne voyait pas les barques dont se servaient les inspecteurs des égouts. Le collecteur, grossi des pluies qui étaient tombées dans la soirée, roulait fougueusement vers le Tibre qui charrierait jusqu'à la mer les déchets de la ville impériale. Les flots chargés d'immondices se précipitaient avec un infernal fracas dont Hylas était tout abasourdi. Il tenait la tête levée vers la plaque de la rue, et il apercevait l'embrasement du monde déchiré par les éclairs, ébranlé par les roulements du tonnerre. Là-haut, des hommes le cherchaient. Il s'étonnait même de ne pas encore les voir soulever la lourde plaque. Il ne pouvait remonter. Alors, il baissait la tête vers les flots qu'il ne voyait pas et dont les roulements, répercutés contre les voûtes semblaient l'écho souterrain du tumulte céleste. Entre les feux du ciel et les eaux fangeuses, il se figurait aux Enfers, au bord du Styx, déchiré entre l'affreux désir d'être mort et l'espoir qu'il allait s'éveiller d'un cauchemar.

Il lui sembla qu'en haut les hommes s'affairaient autour de la plaque. C'était peut-être une illusion de son imagination, mais elle mit un terme à ses hésitations. Il s'élança vivement, droit devant lui, suivant le quai dans le sens de l'écoulement des flots. Il savait que le canal tumultueux se jetait dans le Tibre, près du Pont Sublicius, après un long parcours souterrain. Il courait et sentait avec épouvante que le niveau de l'eau montait au fur et à mesure qu'il avançait ; il en eut bientôt jusqu'aux chevilles ; elle lapait maintenant ses mollets. Il tremblait en imaginant qu'il lui faudrait nager dans cette eau où étaient emportés les déchets immondes que recrachait la plus grande ville du monde.

L'eau atteignait sa taille, quand il vit devant lui une masse qui flottait et se cognait contre la paroi. C'était une barque. Elle était attachée par une chaîne scellée dans le mur. Il se jeta dans cette fragile embarcation, que les égoutiers utilisaient quand le niveau de l'eau permettait la navigation, et brisa sans peine l'anneau rouillé. Il se sentit emporté, comme un esquif saisi par la tempête. Il se retourna au fond de la barque et vit des torches qui avançaient sur le quai qu'il venait de quitter. Cette fois, il ne pouvait plus douter. Agitées en tous sens, les torches éclairaient les voûtes et, se reflétant dans les flots, semblaient les enflammer miraculeusement. Il venait une nouvelle fois d'échapper à la mort. Mais pour combien de temps ? Ses poursuivants ne pourraient avancer plus longtemps que lui, et ils ne trouveraient plus de barque. Ils renonceraient à le poursuivre. Peut-être le croiraient-ils mort, peut-être iraient-ils l'attendre à la sortie.

L'eau maintenant avait presque atteint la hauteur des voûtes. Il était couché au fond de la barque qui s'en allait, follement emportée, vers le Tibre. Il sentit qu'elle était violemment projetée dans les airs, comme si elle s'envolait. Il ferma les yeux, prêt à mourir. Il les rouvrit en sentant un choc. Il vit au-dessus de lui un éclair, et une grande joie l'envahit. Il était sur le Tibre. La barque virevoltait sur elle-même, prise dans les tourbillons formés par cette sorte d'estuaire qui bouillonnait à l'arrivée de l'égout. Elle tournait sur elle mais ne sombrait pas, et il attendit que le fleuve la prît dans le fil de son cours. Il était presque à la hauteur du Pont Sublicius, qu'il aperçut à la lueur d'un éclair, désert. En ramant des mains, il réussit à diriger la barque vers la berge. Il y aborda.

Il remontait en courant vers le Marché à la viande, quand il entendit les assassins qui arrivaient sur le pont. Il ne se retourna pas, et accéléra sa course. Il atteignit bientôt les premières ruelles de la Suburre. Il se dirigeait dans ce dédale sans hésiter, et il ne tarda pas à arriver au carrefour du Vieux Poirier. Il y était presque, quand il vit deux garçons qui bousculaient une fille. En vain elle se débattait ; en vain elle tentait de crier. L'un des garçons écrasait sa bouche d'une main et levait l'autre pour la frapper. Son compagnon tentait de maîtriser ce corps que la peur agitait et qui se défendait âprement. Hylas pensa fugitivement à Glycère. C'était peut-être elle qui était attaquée. Ils ne l'entendirent pas approcher. L'un d'eux s'écroula sans un cri, quand il le frappa violemment de son poignard. L'autre ne comprit pas tout de suite ce qui se passait. Quand il se retourna, c'était trop tard pour lui, Hylas brandissait à nouveau son poignard et le lui enfonçait dans la poitrine. Du pied il retourna l'un des deux hommes ; il vit qu'il tenait à la main une cordelette, fine au point d'être presque invisible. Il frissonna, puis s'inquiéta de la fille. Elle avait disparu ; il la chercha autour de lui, et la trouva à ses pieds, évanouie. Il la prit dans ses bras, s'étonna de sa légèreté et monta lentement les degrés qui conduisaient au galetas où logeait la vieille Périlla.

6

A peine sortie de la chambre de Tanaquil, Corinne courut jusqu'à la sienne. Elle s'enveloppa dans un long manteau sombre comme la nuit où elle se jeta, à la fois effrayée et déterminée.

— Non, Gallus, dit-elle, au jeune homme blond qui se dressait devant elle. Laisse-moi passer.

— Tu ne sortiras pas, dit-il. Tu resteras avec moi.

Il tenait son bras ; il allait la serrer contre lui. Ses yeux étaient pleins de tendresse et de désir, comme les autres fois, quand elle lui avait cédé. Mais, cette nuit, elle avait d'autres projets. Du regard elle le défiait, et il y lut tant d'impatience, tant de haine, qu'il la lâcha.

— Reste avec moi, dit-il. Tu ne m'aimes donc plus ?

Et il allait la supplier, lui dire, que lui il l'aimait encore.

— Non, cria-t-elle, en frappant du pied, je ne t'aime plus. Pour me retenir, tu devras me tuer.

Et, comme il restait paralysé par tant de violence, elle en profita pour s'enfuir. Déjà elle descendait l'escalier qu'avaient emprunté Hylas et les assassins lancés à sa poursuite. Le ciel se déchirait en violentes zébrures, et, à chaque éclatement du tonnerre, les trombes d'eau redoublaient et s'acharnaient furieusement sur la ville ébranlée. Cette fureur du monde s'accordait à celle des hommes mystérieux qui voulaient la tuer, sans qu'elle en sût la raison. Et sa peur mélangeait confusément les meurtriers et le déchaînement du ciel. Au bout de quelques marches, elle était trempée et aveuglée par l'agression de la pluie qui frappait son visage malgré la protection de son capuchon. Attentive à ne pas glisser et à éviter les flaques profondes, elle ne vit pas les hommes groupés près du temple de Vénus et de Cloacine, ou du moins prit-elle trop tard conscience de leur présence. Elle était déjà presque contre eux. Ils faisaient cercle autour d'une plaque d'égout. Ils la virent et se détournèrent brusquement vers elle. Ils crurent un instant qu'ils tenaient l'homme qu'ils cherchaient. Ils rabaissèrent violemment son capuchon. Ils virent les cheveux de feu qui encadraient un visage effrayé envahi par des yeux verts embués de larmes. Ce joli visage pouvait être aussi bien celui d'une fille que d'un jeune garçon. L'un d'eux déchira d'un geste vif le haut de la tunique, et ils surent qu'ils avaient une fille devant eux. Oubliant leur mission, ils ne purent retenir quelques plaisanteries grossières qui les firent longuement rire. Corinne était au supplice. Elle comprit plus tard que son charme était en train de sauver la vie d'Hylas.

Ils commencèrent à la caresser. Elle se débattait de toutes ses forces. Soudain, ils la lâchèrent. Un homme venait de surgir. Elle soupira de soulagement.

— Tu me sauves la vie, cria-t-elle, merci Gallus.

Et elle s'enfuit en courant le long de la basilique Emilia. Elle s'arrêta un instant pour voir de loin le combat. Gallus n'en avait pas encore fini avec ses agresseurs, mais il serait vainqueur, elle en était sûre. Et après, il ne pourrait plus la poursuivre. Elle prit à droite la rue de l'Argilète et commença de monter vers la Suburre. Après le Forum si bien ordonné, et tout près de lui, commençait un lacis de ruelles dont elle savait la complexité, sans pouvoir s'y reconnaître. Se souvenant des vagues indications des porteurs de litières, elle tourna à droite et grimpa un escalier glissant. Au bout, c'était un autre monde. L'obscurité était percée par de faibles lumières qui éclairaient des portes closes. Dans l'embrasure de quelques-unes, elle aperçut des filles abritées sous de fragiles auvents que le vent agitait. Elle ralentit, prête à les interroger. Elles étaient à demi nues, les seins offerts, le maquillage craquelé, et elles attendaient l'improbable client. Elles la regardaient avec une surprise hostile, craignant une concurrente inconnue qui viendrait occuper leur territoire de chasse. Découragée par leur regard, elle ne leur demanda rien. Elle continua longtemps de monter la ruelle creusée en son milieu par un ruisseau qui emportait des ordures. Les éclairs illuminaient ce sinistre tableau, et, à chacun, elle sursautait, sans ralentir sa course.

Soudain, elle entendit des voix masculines qui criaient : « c'est elle ! rattrapons-la ; elle court bien, la garce ! » Ses genoux tremblèrent, et un immense désespoir la saisit. Gallus avait été vaincu, ou alors c'était encore une autre bande de meurtriers. Elle eut envie de s'arrêter là, de leur offrir sa gorge à trancher ou à serrer dans un lacet meurtrier. La force de la vie l'emporta, et elle tenta de courir encore plus vite. La rue déserte, d'apparence morte, s'animait de ci de là et quelques portes fermées s'entrouvraient comme les paupières d'un dormeur dérangé dans son sommeil. Le bruit faisait sortir sur le seuil des fêtards éméchés, des boutiquiers qui attendaient les livreurs nocturnes, et des filles aux rires profonds et tristes. Ils sortaient sans grande curiosité, habitués à entendre chaque nuit des poursuites et des bagarres et à trouver chaque matin, dans les recoins des cours, des cadavres ensanglantés. Elle n'espérait pas que quelqu'un l'aiderait. Pourtant, alors qu'elle passait devant une porte, une fille l'attira dans la maison et repoussa la porte. Elles étaient dans un cabaret où quelques soûlards fatigués lampaient de grandes rasades de vin.

— Oui, disait l'un, d'une voix pâteuse, il saute dans le vide, il vole un moment dans les airs, et il tombe sur le sol. On le croit mort, et il se relève...

L'autre le regardait d'un œil trouble. Corinne ne leur prêta guère attention. Elle s'assit sur un tabouret, et des sanglots la secouèrent venus du plus profond d'elle-même. La fille la prit dans ses bras, l'apaisa avec des paroles douces qui surprenaient dans sa bouche très maquillée, et ses yeux, noircis pour les œillades aguichantes, avaient des douceurs maternelles inattendues. Elle serra Corinne contre ses seins dont les pointes teintées de carmin saillaient à travers les mailles fines d'une résille dorée. Corinne reprit son souffle et ses esprits :

— Je cherche, dit-elle, une maison près du Vieux Poirier.

— Que te veulent-ils ? demanda la fille, comme si elle n'avait pas entendu.

— Près du Vieux Poirier, reprit Corinne. Est-ce loin ?

La fille comprit qu'elle ne voulait pas se confier :

— Le Vieux Poirier ? C'est tout à côté, un peu plus haut. Tu vas sortir par la porte de derrière.

Et elle lui expliqua comment y parvenir.

— Surtout, dit-elle, ne cherche pas un poirier. Il y a belle lurette qu'il n'y en a plus par ici. Autrefois, sans doute, il y avait ici des jardins, le nom est resté au quartier. Va maintenant, et rappelle-toi bien.

Elle reprit une nouvelle fois ses explications. Il fallait d'abord suivre les flèches qui conduisaient au lupanar de Lycisca, une fois qu'elle y serait arrivée... Corinne tendait son attention pour bien se rappeler cet itinéraire qui lui permettrait de se débrouiller dans ce labyrinthe. Elle sortit. La pluie avait presque cessé. Les éclairs illuminaient encore les hautes maisons aux façades craquelées et sales, dont les fenêtres étaient surchargées de linge qui, gorgé d'eau, faisait ployer les cordes tendues en travers des ruelles. Elle trouva sans peine le premier escalier, et le monta en tâtonnant, cherchant à chaque éclair une des flèches qui devaient la guider. Chacune représentait un phallus en érection. En d'autres circonstances, elle en aurait peut-être souri. Arrivée en haut, elle tourna à droite. C'était bien la courette au fond de laquelle elle devait trouver un passage. Elle entendit des pas. L'affolement s'empara d'elle. Elle courut dans le noir, longea un corridor, trouva une porte qui céda sous sa poussée, descendit un escalier raide et se trouva dans une cour. Elle se plaqua contre un mur. Les pas avançaient, sans se presser ; des rires fusaient. Un couple passa qui s'en allait vers le plus proche lupanar. Elle fut soulagée. Elle fit le tour de la cour et crut retrouver l'escalier qu'elle avait descendu. Elle monta, et se retrouva dans une autre cour. Au fond, il y avait un autre escalier. Elle le descendit et reconnut la porte par où elle était sortie du cabaret.

Lentement, elle refit le chemin, attentive aux phallus gravés dans les murs. Cette fois, elle ne se trompa pas, et parvint au carrefour du Vieux Poirier. Deux rues se croisaient. Dans laquelle des quatre directions chercher la troisième maison ? Elle espérait qu'une porte secourable allait s'ouvrir comme tout à l'heure, qu'une fille au regard lourd saurait lui dire où habitait une vieille dont elle ignorait le nom. Elle attendait en réfléchissant, quand une main saisit brusquement sa gorge et la serra. Elle crut qu'elle allait mourir. Un homme se planta devant elle ; il fit tomber son capuchon et leva une torche vers son visage.

— C'est bien elle, dit-il. Rousse, les yeux verts. Tu t'appelles bien Corinne ?

Elle ne dit rien, à demi étouffée, plus morte que vive. L'homme qui la tenait par derrière, resserra son étreinte :

— Alors tu vas répondre ?

Elle parvint à faire un signe de tête pour nier qu'elle fût celle qu'ils cherchaient.

— Si tu n'es pas Corinne, qui es-tu ?

Elle se tut. Il serrait encore plus fort. Elle hoqueta qu'elle s'appelait Némésis. Alors, il la lâcha et vint la regarder. Avec horreur elle reconnut un esclave qu'elle avait vu dans la maison de Julius Postumus.

— C'est elle. Je la reconnais, dit-il, c'est notre belle Ariane. Alors, ton Dionysos t'a laissé tomber ?

L'autre se mit à la palper sans retenue :

— Quel dommage, disait-il, un si joli minois et un si beau petit cul ! Es-tu rousse, là aussi ?

Et il caressait son ventre.

— On pourrait peut-être...

Son complice l'interrompit :

— Pas question. Tu as entendu ce qu'a dit Lygdus. Si nous ne la lui amenons pas, le lacet sera pour nous.

Et il montrait le lacet qu'il tenait dans sa main.

— Je sais bien, répondit l'autre. Ce n'est pas ce que je voulais dire. On pourrait se la faire avant. Tâte-moi cette belle marchandise.

Et tous deux se mirent à la toucher avec brutalité, en l'insultant et en lui décrivant tout ce qu'ils allaient lui faire avant de la conduire à leur chef qui, de sa propre main, l'étranglerait. Elle était au bout de ses forces. Elle sentit que ses genoux faiblissaient. Une langueur extrême s'emparait d'elle. Que la mort est donc douce, se dit-elle, et elle se laissa tomber avec un soupir de délectation.

7

Elle s'éveilla avec un sursaut d'horreur et de révolte. Elle délirait et criait à la fois qu'elle ne voulait pas mourir et qu'il fallait la tuer tout de suite, sans la faire davantage souffrir. Une main lui passait une étoffe humide sur le visage ; une voix cassée et douce lui disait de se calmer, et elle sentait que sa main droite était tendrement caressée. Elle crut que c'était cela la mort, et elle s'apaisa.

— Elle va mieux, dit la voix cassée.

— Pauvre petite, dit une autre voix, mâle et ferme ; ces salauds l'ont terrorisée. Je suis arrivé juste à temps.

Et Corinne, qui venait de reconnaître la voix d'Hylas, souriait doucement en se disant que les Enfers étaient un bien doux séjour. Elle ouvrit les yeux. Hylas était devant elle ; il la regardait profondément, en caressant toujours sa main.

— Sommes-nous morts, tous les deux ? demanda-t-elle.

— Non, nous sommes bien vivants.

— Il t'a sauvée, dit la voix cassée.

Corinne se tourna dans sa direction et vit une vieille femme, épaisse et courte, dont le sourire édenté était si plein de gentillesse qu'il posait sur son visage bouffi une touche d'enfance. Corinne eut le sentiment obscur de la connaître, mais la pièce était mal éclairée et une vieille ressemble souvent à une autre vieille.

— Voici Périlla, dit Hylas. Elle aussi, jadis, était comédienne. C'est elle qui m'a tout appris de mon métier.

— Tu m'as sauvée, dit Corinne, en retrouvant dans son souvenir les deux assassins au lacet. Pourquoi veut-on me tuer ? Tu le sais, toi Hylas ?

— Non, dit-il. Moi aussi, on a voulu me tuer. Et finalement, c'est moi qui ai tué trois ou quatre hommes cette nuit.

— Trois ou quatre hommes ! répéta-t-elle avec horreur. Mes deux agresseurs, tu les as...

— Il le fallait, dit-il, lui épargnant de finir sa phrase. Comment t'ont-ils trouvée ?

— Je l'ignore. Je n'ai pas senti que j'étais suivie, quand j'ai quitté le Forum. Ils m'ont rejointe dans une rue de la Suburre. Ils obéissaient aux ordres d'un certain Lygdus, qui leur avait promis la mort, s'ils ne me conduisaient pas à lui.

— Lygdus, encore lui ! dit Hylas. Tu le connais ?

Elle hésita légèrement avant de répondre.

— Non, j'entends ce nom pour la première fois, mais toi, pourquoi dis-tu « encore lui » ?

Alors il lui raconta son histoire. Elle l'écoutait attentivement, tremblant de crainte, quand il était en danger, comme s'il n'avait pas été là, bien vivant devant elle. Elle l'interrompit une seule fois, pour lui raconter qu'elle avait vu les hommes qui le cherchaient près du temple de Vénus et de Cloacine, et elle négligea de parler de Gallus. Il lui dit qu'elle lui avait sauvé la vie, et qu'ils s'étaient rendu mutuellement le même service. Elle protesta qu'elle l'avait fait sans le savoir, que ce n'était pas la même chose... Et ils se disputaient, en riant de soulagement, tout heureux aussi de cette complicité qui, en une nuit, les liait si totalement.

Ils comprirent que maintenant ils pouvaient tout se dire, et Hylas commença. Il partageait avec Glycère un appartement dans un immeuble situé au pied du Palatin. Ils gagnaient bien leur vie et ils auraient pu être heureux. Mais elle avait toujours besoin de plus d'argent. Ce n'était pas de la cupidité, ni de l'avarice, mais elle avait peur de la misère. Elle voulait amasser pour assurer ses vieux jours. Elle était prête à n'importe quoi pour cela. Elle connaissait assez le monde pour le mépriser profondément, et elle n'avait aucun scrupule à extorquer le plus d'argent possible à ses conquêtes d'une nuit.

Il y avait quelque temps, très tôt dans la matinée, un homme était venu chez eux. Hylas avait ouvert la porte. Il était emmitouflé dans un long manteau qui n'était pas de saison, et il dissimulait presque entièrement son visage. Il ne vit de lui qu'un regard sombre, aussi perçant que celui de l'homme qui leur avait parlé chez Julius Postumus. Il lui dit d'une voix grave qu'il voulait parler à Glycère, sans témoin. S'il voulait bien les laisser seuls… Il savait qu'il aurait dû se révolter, mais Glycère insistait aussi pour qu'il sortît. C'est ce qu'il finit par faire. Il avait longtemps attendu, devant la porte de l'immeuble. Au bout d'un long moment, l'homme était reparti. Il avait trouvé Glycère rayonnante. Leur fortune était faite, disait-elle. Et elle lui montra un sac rempli de deniers d'or. On ne pouvait refuser une pareille affaire. « Et ce n'est qu'un acompte », répétait-elle, tout excitée. Elle lui dit enfin que dans ce contrat, c'était lui, oui lui, Hylas qui tiendrait le rôle principal. Ce qu'il devait faire ? Trois fois rien. C'était simplement une plaisanterie qu'une dame voulait faire à son mari. Hylas jouerait le rôle de cette dame. Il fit remarquer qu'il serait plus naturel que ce fût elle qui tînt ce rôle. Elle se mit à rire. Qu'il attendît de tout savoir, avant de protester. La fausse épouse, lui donc, devait se jeter par la fenêtre de la chambre conjugale, sous les yeux du mari. Seul Hylas était capable de réaliser un tel saut, sans se rompre les os. Il l'avait fait cent fois au théâtre. « La tête du mari, tu imagines la tête du mari ? » disait-elle en riant aux larmes. Il ne l'imaginait pas ; cette histoire ne le faisait pas même sourire. Depuis longtemps il avait constaté que les riches ne savaient qu'inventer pour ne pas s'ennuyer, mais à ce point...Le voyant maussade, elle l'avait menacé de le quitter à jamais. Il avait fini par céder. Alors, elle lui avait dicté minutieusement le rôle qu'il devait jouer. A la fin, elle lui révéla le nom du mari dupé.

— Marcus Plautius, dit Corinne. Ainsi c'est toi qui es revenu avec Némésis et qui t'es mis au lit ? C'est toi qui as sauté ? Comment as-tu pu faire une chose pareille ?

Il lui jura qu'à ce moment il avait cru l'histoire vraie, tout invraisemblable qu'elle pût maintenant lui paraître. Il s'était déguisé en femme. Glycère l'avait accompagné jusqu'au carrefour du Vieux Poirier où une esclave d'Apronia attendait sa maîtresse, et il était allé avec elle chez Plautius. Il n'avait presque rien dit pour ne pas se trahir. Pendant la nuit, il s'était levé ; il avait fait du bruit pour réveiller Plautius qui avait trop bu et qui dormait profondément. Il avait dit des quantités d'obscénités qu'il rougirait de lui rapporter. Ensuite, il avait sauté, et il était revenu chez lui. Glycère n'y était pas. Il l'avait attendue toute la journée. Et le soir, il était allé chez Julius Postumus et il avait rencontré Corinne. C'est par elle qu'il avait appris la mort d'Apronia. Elle savait le reste.

— Et le bracelet ? demanda-t-elle.

L'homme mystérieux l'avait apporté. Il faisait partie du déguisement. Il ne savait pas où était Apronia pendant tout le temps qu'il avait tenu son rôle. Il avait tout dit. C'était à elle maintenant de parler.

Elle était muette de stupeur et entrevoyait une vague vérité qui la terrorisait. Mais elle avait senti, à plusieurs reprises, à son ton, à ses hésitations, que l'histoire qu'il venait de lui raconter ne sonnait pas toujours juste. Après tout, comment être sûre de lui ? Aussi hésitait-elle à révéler quel rôle elle avait joué dans cette histoire. Mais il insistait. Il lui affirmait ne lui avoir rien caché ; elle lui devait la même confiance.

— Pourquoi Lygdus t'en veut-il autant qu'à moi ?

Alors elle se décida à faire comme si elle l'avait cru et à lui dire une partie de la vérité. Depuis son enfance, elle avait toujours aimé Marcus Plautius. Elle le voyait à Volsinies, où elle avait grandi et où il venait parfois séjourner chez sa grand-mère. C'est avec lui qu'elle avait pour la première fois pratiqué les plaisirs de l'amour. Naturellement lui ne l'aimait pas d'amour. Elle avait souffert de son mariage avec Fabia. Quand il avait divorcé, elle s'était réjouie. Et puis était arrivée cette Apronia qu'elle avait connue aussi à Volsinies. De nouveau, elle avait été jalouse. C'est pourquoi, la veille, quand Philon était venu lui dire qu'Apronia avait un amant, elle s'était indignée.

— Qui est Philon ? demanda Hylas.

C'était un esclave du domaine de Tanaquil à Volsinies. Elle le connaissait bien. Il lui avait dit qu'il fallait prévenir Plautius. Il avait un plan pour qu'il prît Apronia en flagrant délit. Dans ce plan, elle avait un rôle à jouer. Elle irait remettre à Apronia un message dans lequel son amant lui donnait un rendez-vous. Lui-même irait porter à l'amant un message d'Apronia, et Plautius recevrait un billet anonyme lui révélant l'heure et le lieu du rendez-vous. Il prendrait Apronia sur le fait et la chasserait. Philon avait éludé les questions qu'elle posait sur la personne de cet amant et sur la réalisation de ce piège. Qui écrirait les messages ? Il fallait imiter les écritures, qui le ferait ? Il lui dit de ne s'occuper de rien que de son rôle. Elle protesta qu'Apronia la connaissait. « Tu es une bonne comédienne », lui dit-il, « tu te déguiseras en garçon ». C'est ce qu'elle avait fait. Ce n'était pas difficile. Il y avait tant de jeunes esclaves qui ressemblaient à des filles. Du reste Apronia ne l'avait pas regardée. Le lendemain, en apprenant qu'elle était morte, Corinne avait cru que Plautius l'avait tuée par jalousie. Elle comprenait qu'il n'en était rien.

Hylas cachait son étonnement.

— Ce Philon, dit-il, obéissait sans doute à ce Lygdus qui semble avoir monté toute l'affaire. Et maintenant il veut se débarrasser de tous les complices volontaires ou non de son projet criminel. Seulement les événements ont tourné autrement qu'il ne l'avait prévu. Nous lui avons échappé, et j'ai tué plusieurs de ses hommes.

Prise de panique, elle criait :

— Mais il ne nous lâchera pas. Nous sommes perdus.

— Peut-être, dit-il, et ton ami Philon aussi.

— Mais pourquoi ? répétait-elle. A quoi rime tout cela ? De qui voulait-il se défaire ? D'Apronia ? De Plautius ? Des deux à la fois ?

Il ne pouvait répondre à ces questions.

— Ce que nous savons, dit-il, c'est qu'un homme veut notre mort. Il s'appelle Lygdus, il dispose d'une troupe nombreuse de tueurs. A voir comme il nous a fait jouer et comme il s'est joué de nous, c'est sûrement un amateur de théâtre.

Elle réussit à sourire :

— Imagine que nous nous soyons rencontrés, toi, déguisé en femme, et moi en homme, nous serions-nous plu ?

Il caressa un moment cette image qui posait une touche d'apaisement dans leur conversation, puis il revint à la réalité :

— Rien ne nous dit que ce Lygdus soit notre ennemi. Il n'est peut-être qu'un mercenaire payé pour nous tuer. Ce chapon sert peut-être un coq bien plus redoutable que lui.

L'image surprit Corinne. Elle le lui dit. Hylas se

souvint qu'il avait entendu les deux hommes du Forum traiter Lygdus de chapon. Le mot venait de lui revenir à la mémoire.

— Qu'allons-nous faire maintenant ? demanda-t-il.

— Maintenant, je dois retourner chez Tanaquil. Elle m'attend au lever du jour. Nous n'en sommes sûrement pas loin.

La vieille se leva et alla repousser le lourd volet de bois qui obstruait la fenêtre. Dans le ciel encore sombre, les étoiles pâlissaient, et dans le lointain, on apercevait une tâche de lumière diffuse.

— Il n'est que temps, dit Corinne.

— Mais tu ne peux pas partir ainsi, nous devons encore parler et réfléchir à ce que nous venons d'apprendre l'un de l'autre. Cherchons à expliquer pourquoi Apronia est morte, comment son corps est arrivé dans le jardin...

Et comme elle secouait la tête en disant qu'ils ne pouvaient faire que des hypothèses et qu'ils n'apprendraient rien de plus en restant enfermés dans cette pièce, il s'irrita :

— Tu ne sortiras pas d'ici. Nous sommes deux morts en sursis. Je ne serai pas toujours derrière toi pour tuer tes assassins, et je ne veux pas te retrouver au détour d'une rue, étranglée ou poignardée.

Elle frissonna à cette idée, mais elle dit fermement qu'elle n'abandonnerait pas Marcus Plautius. Elle avait contribué à le mettre dans la situation où il était, elle ferait son possible pour l'aider. Hylas sentit un pincement au cœur qui le surprit. Cette petite était si émouvante, et si belle, dans sa simplicité. Il regarda la fraîcheur que la pluie avait rendue à son visage encore enfantin, les grands yeux verts pleins de naïveté, et il revit le visage maquillé de Glycère et son regard toujours chargé de hauteur provocante.

— Tu l'aimes donc toujours, ce Marcus Plautius ? dit-il d'un ton presque douloureux.

Oui, elle l'aimait, comme un frère. Elle voulait le sauver, au risque de sa vie. Ensuite... Elle ne dit plus rien, mais posa sur Hylas un regard d'une douceur infinie. Il comprit qu'elle se promettait à lui, et il éprouva un bref sentiment de joie.

— Soit, dit-il à regret. Tu dois aller chez Tanaquil. Lui as-tu donné le bracelet ?

Et comme elle disait qu'elle ne l'avait pas fait, il s'écriait qu'elle voyait bien qu'ils ne s'étaient pas encore tout dit, qu'elle ne pouvait partir ainsi. Il céda de nouveau devant sa fermeté.

— Que vas-tu lui dire ? demanda-t-il.

— Peut-être tout, peut-être rien, cela dépendra des événements. Notre histoire est difficile à croire. Si elle arrive aux oreilles des juges ou de l'empereur, c'est sur nous que tout retombera. Je verrai.

Ils convinrent de se retrouver le soir même. Après de longues discussions, où chacun s'inquiétait des dangers que l'autre allait courir, il refusa obstinément qu'elle vînt à nouveau dans la Suburre. Ils décidèrent donc que ce serait lui qui viendrait à la tombée du jour la rejoindre dans sa chambre. Elle laisserait ouverte la porte de derrière. La maison serait sans doute surveillée. Il se déguiserait en femme, comme il savait le faire, lui dit-elle, avec un sourire moqueur. Puis, redevenue sérieuse, elle pensa qu'ils auraient peut-être à s'écrire un message et qu'il fallait aussi convenir d'un signe de reconnaissance :

— Ce Lygdus qui imite si bien les écritures pourrait nous attirer dans un piège, dit-elle. Tiens, j'ai eu une idée.

Et avec un stylet, elle grava sur une tablette l'image d'un cœur dans lequel elle inscrivit la lettre H.

— Je signerai ainsi mon message, dit-elle.

Et lui grava la même image qu'il termina par la lettre C.

— Et moi, je signerai ainsi dit-il.

Ils se regardèrent. Ils semblaient émus et émerveillés, insensibles, comme tous les amoureux, à la naïveté de leur invention. Bien qu'il lui eût menti, bien qu'elle ne lui eût pas tout dit, elle voulait le revoir, pour apaiser cette chaleur que sa présence lui mettait au ventre. Elle dit que maintenant il lui fallait partir. Hylas pensait que l'entrée de la maison risquait d'être surveillée. La vieille Périlla proposa de conduire Corinne à une autre sortie. Avant de partir, elle alla prendre dans une malle d'osier un bonnet de coton qu'elle lui tendit.

— Cache tes cheveux là-dessous, dit-elle.

Hylas lui donna sa tunique. Ainsi vêtue, Corinne semblait un de ces esclaves androgynes qu'affectionnait la noblesse romaine. Elle se revit fugitivement porter à Apronia, sous un déguisement presque semblable, le message qui avait déjà causé tant de morts, et en son cœur s'installa un sinistre pressentiment. Après un regard douloureux vers Hylas, elle suivit Périlla.

8

La vieille descendit avec difficulté les escaliers raides, mais, une fois arrivée au rez-de-chaussée, elle s'élança prestement, et guida Corinne à travers une succession de cours, ouvrant des portes qui ne se voyaient pas, montant et descendant des volées de marches inégales et glissantes, contournant les tas d'immondices accumulées dans les courettes hantées par les rats. La jeune fille, incommodée par les odeurs, avait l'impression d'avancer dans un égout où s'étaient déversés les déchets de tous les corps assoupis dont elle entendait parfois les soupirs et les grognements sortir des fenêtres entrebaillées. Elle pensa à la course d'Hylas à travers les égouts et remercia les dieux de pouvoir au moins apercevoir, du fond de ces puits nauséabonds, le ciel sombre. Elles arrivèrent enfin à une porte, c'était la dernière. La vieille l'ouvrit lentement. Elle sortit sur le seuil, regarda à droite et à gauche, et se retourna vers Corinne. Celle-ci eut de nouveau la sensation qu'elle connaissait ce visage, mais elle n'eut pas le temps de préciser cette impression fugitive. La vieille ouvrait la bouche pour dire que la voie était libre, quand un homme surgit derrière elle, et posa ses deux mains sur son cou qu'il se mit à serrer. Il ne vit pas Corinne qui recula rapidement dans l'ombre du corridor. Les yeux de Périlla s'agrandirent, mais Corinne n'y lut aucunement la terreur dont elle-même éprouva l'envahissement violent.

Elle s'enfuit éperdument et regagna le labyrinthe des cours pestilentielles. Bien vite elle se trouva enfermée dans l'une d'elles. Elle en longea deux fois les murs poisseux, heurtant des tas d'ordures d'où s'enfuyaient avec des cris aigus des rats qui frôlaient ses chevilles. Le désespoir l'étreignait à l'idée qu'elle ne retrouverait jamais Hylas dans cet entassement d'immeubles et que jamais ne cesserait ce cauchemar. Elle découvrit enfin une porte, longea un long corridor et se trouva devant une autre porte.

Elle l'ouvrit en tremblant. C'était la rue. Le cœur bondissant, elle demeura interdite. C'était la rue où rôdait la mort qui sans doute allait emporter la vieille Périlla. Elle était fortement pentue et paraissait déserte. Corinne choisit de la descendre, pensant que c'était le chemin le plus vraisemblable vers le Forum. Elle adressa une rapide prière à tous les dieux qu'elle connaissait et à tous les autres, inconnus d'elle, mais qui peut-être existaient, et elle se lança dans une course désespérée. Elle passa un peu plus bas, sans la voir, devant une porte qui se fermait. C'étaient les agresseurs de Périlla qui venaient de la pousser. Ils étaient trois qui l'entraînaient au fond du corridor. Dans la cour, ils l'interrogèrent brusquement :

— Où est Hylas ? Tu vas parler, sinon...

La vieille comprit qu'elle allait mourir de toutes façons et son vieux cœur ne s'en émut pas. Elle était presque contente d'offrir sa vie pour sauver celle d'Hylas. Elle se tut, même quand un poignard fut pointé sur sa poitrine alourdie, même quand un lacet fut passé autour de son cou et serré avec une lenteur régulière. Elle attendait que cessât de battre son cœur qu'affolait la douleur. C'est ce qui arriva quand le poignard fut poussé trop avant entre ses côtes et quand le lacet fut serré un peu trop fort pour qu'elle pût continuer à respirer. Les trois assassins la virent s'effondrer ; elle posait sur eux son regard exorbité qui ne les voyait plus et qui semblait, depuis un autre monde, les contempler pour toujours. Ils échangèrent des insultes. Ils s'accusaient mutuellement de l'avoir tuée avant qu'elle parlât. Ils juraient et donnaient de vains coups de pieds à ce corps écroulé. Ils finirent par quitter la cour.

Corinne apprit tout cela le soir seulement. C'est elle qui imagina ce qu'avaient pu être les dernières pensées de Périlla. Elle se disait qu'elle était comme ces vieilles femmes qui dans les contes aident le héros à surmonter une épreuve et puis s'éclipsent discrètement du récit. Elle comprit aussi que, pendant qu'ils torturaient Périlla, les assassins avaient négligé de surveiller la rue.

C'est pourquoi elle avait pu revenir sans encombres chez Tanaquil. Elle était passé devant Gallus, en feignant de ne pas le voir. Elle avait bien compris qu'il l'avait attendue, et qu'il espérait des explications sur l'attentat auquel il l'avait arrachée, des remerciements et sans doute des récompenses, ou une seule récompense. Elle était passée sans un regard. Elle était allée laver son corps et son visage, dans l'espoir d'en effacer les traces qu'y avait laissées cette nuit d'épouvante. Elle revêtait une tunique propre, quand Tanaquil la fit demander. La journée commençait, qui allait être si terrible qu'elle crut qu'elle n'en connaîtrait jamais de pire, jusqu'au lendemain où elle sut que l'horreur n'avait pas de limites.

III

Qui est la morte de l'atrium ?

1

Au petit matin, Tanaquil s'était éveillée d'un sommeil agité, n'ayant qu'une idée en tête, qu'une certitude : il fallait aller voir Livie immédiatement, lui montrer le manuscrit, en parler avec elle. Elle devait le faire avant d'aller voir Séjan. Elle demanda Corinne pour l'aider à faire une toilette rapide. Celle-ci arriva, pâle et épuisée par les terreurs de la nuit, mais Tanaquil était trop préoccupée pour s'en apercevoir. Le soleil se levait à peine, quand elles se présentèrent chez Livie. Sans accorder un regard à Corinne, Julia Augusta entraîna Tanaquil dans un petit salon qui ouvrait sur la cour intérieure de sa maison. Corinne s'assit à même le sol, à l'entrée de la pièce, prête à attendre des heures, en somnolant, que sa maîtresse en eût terminé. Or les deux vieilles dames étaient un peu sourdes. Quand elles croyaient chuchoter, elles criaient presque. Corinne entendait donc toute leur conversation. Il s'agissait d'un manuscrit que Tanaquil avait trouvé sur son lit, la veille, et qu'elle avait lu toute la nuit.

— J'allais me coucher, disait-elle, quand l'esclave qui défaisait mon lit a trouvé sous la courtepointe ce manuscrit. Il était posé sur l'oreiller ; je ne pouvais pas ne pas le trouver. J'ai coché les passages qui m'ont le plus surprise. Attends-toi à la plus étrange des histoires.

Et lentement elle se mit à lire. Mais les mots dansaient devant ses yeux fatigués par sa lecture nocturne.

— Je n'y arriverai jamais, dit-elle.

Livie déclara qu'elle avait aussi les yeux trop fatigués.

— J'ai confiance, dit Tanaquil, en la jeune esclave qui m'a accompagnée. Elle va nous faire la lecture.

Corinne se leva et alla s'asseoir de l'autre côté de la cour. Tanaquil, sortant du salon, éblouie par les premières lueurs du jour, ne la vit pas. Elle l'appela. Corinne s'avança :

— Oui, maîtresse, me voici.

— Que faisais-tu donc si loin ?

— C'est que, maîtresse, tu parles fort. J'entendais tout ce que tu disais. J'ai pensé que tu n'aimerais pas cela.

Tanaquil admira que tant de discrétion pût se trouver chez une femme. Elle-même, à la place de Corinne se serait accommodée de tout entendre. Mais elle n'était pas Corinne, et elle se félicita d'avoir une esclave si discrète. Corinne dut lire le mystérieux manuscrit. Elle lisait très bien, avec parfois des vibrations dans la voix qui trahissaient son émotion. Les deux vieilles dames écoutaient, sans paraître s'étonner d'une lecture si expressive. Parfois Tanaquil jetait un coup d'œil sur Livie qui de temps à autre sursautait. Quand Corinne eut fini de lire, il y eut un long silence. Livie réfléchissait.

— Mon écriture est-elle quelque part imitée ? demanda-t-elle.

Tanaquil admira son égocentrisme. Elle répondit d'un ton maussade qu'elle ne l'avait reconnue nulle part.

Livie sembla le regretter.

— Quel curieux style ! dit-elle après un instant de silence.

Elle eut un sourire sans gaité :

— Ma chère, nous devons faire ce que nous faisions jadis à l'école, une explication de texte.

— Oui, dit Tanaquil. Tu te souviens comment nous faisions : *personne*, pronom indéfini, sujet du verbe *saura*, *ne*, adverbe négatif, *saura*, futur du verbe savoir... Nous n'en finirons jamais.

— Ce n'est peut-être pas utile, dit Livie. Voyons plutôt les bizarreries de ce texte. J'ai honte à le dire, mais il y même des mots que je ne connais pas et d'autres que je reconnais, mais que je n'emploie jamais. Par exemple, sais-tu ce qu'est le *zinzolin* ?

Tanaquil faisait une grimace signifiant son ignorance. Corinne intervint :

— C'est un mot rare, emprunté à je ne sais plus quelle langue orientale. Il désigne une nuance particulière de rouge. Je l'ai rencontré une seule fois, dans une traduction d'un poème de Parthénios de Nicée.

— Parthénios de Nicée...répétèrent d'une seule voix les deux vieilles dames.

— C'est le poète favori de Tibère, n'est-ce pas ? demanda Tanaquil. Le silence de Livie valait une réponse.

— Oui, finit-elle par dire, tout ce texte pourrait très bien avoir été écrit par Tibère. Auguste lui reprochait toujours son goût pour les mots anciens ou rares, de dire par exemple *abstème* au lieu de *abstinent* ou *sobre*, *touffeur* au lieu de *chaleur*. Il lui disait que dans la parole, comme dans l'écriture, il fallait avant tout être clair. Mais Tibère aime l'obscurité dans les mots comme dans la vie. Il est, comme il dit, photophobe.

Tanaquil fermait les yeux pour mieux concentrer sa pensée. Elle dit d'une voix morne :

— Il aime aussi les descriptions d'œuvres d'art, et il connaît les légendes les plus rares

— Ne nous contentons pas, dit Livie, d'une conclusion hâtive. Il est aussi facile d'imiter un style qu'une écriture Tous les tics de Tibère sont dans ce texte, comme si le faussaire voulait nous conduire à le suspecter.

— Ou nous inciter à penser que la piste est trop visible pour être la bonne, et à renoncer de la suivre, alors qu'elle est la bonne. Comment savoir si c'est un des indices que le texte nous promet ?

Le silence de nouveau s'installa. Corinne, les yeux baissés, ne bougeait pas.

— J'ai peur, dit soudain Tanaquil. Jamais je n'ai eu aussi peur de ma vie. Tu as entendu comme toutes mes pensées les plus secrètes sont révélées. C'est vrai qu'à plusieurs reprises j'ai eu une idée fugitive que malheureusement ma pauvre tête n'a pas su retenir. Mais qui peut le savoir ?

— Tu as dû sursauter, suggéra Livie, ou froncer les sourcils, et quelqu'un t'a vue.

— Peut-être, mais qui m'a vue dans mon lit ? Qui peut savoir que j'ai cru que les masques de théâtre qui ornent ma chambre allaient parler ?

— Personne, bien sûr. Mais on peut l'imaginer. Ou t'inspirer cette hallucination. Es-tu sûre de ne pas l'avoir eue au moment même où tu lisais que tu l'avais ?

— Peut-être, dit Tanaquil, d'autant plus que c'est mon écriture qui est imitée dans ce passage, comme dans tous ceux où il question de mes pensées secrètes. Mais la suggestion n'explique pas tout. Dans la chaise à porteurs, qui peut savoir ce que je pensais, et en même temps ce que pensaient Tibère et Séjan ?

— Il est facile de le deviner. As-tu entendu la foule qui parlait d'Hylas ? J'imagine que tu étais trop absorbée par tes soucis. Il n'est pas besoin d'être grand psychologue pour s'en douter. Et puis, même si tu as entendu les propos du peuple, le texte, semblant écrit de ta main, encore une fois a pu te persuader que tu ne les avais pas entendus. D'ailleurs le peuple parlait-il d'Hylas ? Il faudrait le voir ce comédien auquel on nous fait penser.

Tanaquil semblait ne pas entendre, mais elle réfléchissait qu'elle avait failli le voir, cette nuit, et qu'il n'était pas venu. Quel rapport pouvait-elle avoir avec ce comédien ? Elle revint à ses premières pensées.

— Il a bien fallu que quelqu'un m'épiât dans le jardin de Marcus, et quand j'ai profité que les gardes regardaient Corinne pour aller retrouver Marcus et Némésis. Quelqu'un écoutait, quand Némésis a raconté la dernière sortie d'Apronia. Et quand j'ai senti du sang sur la tenture, il faut bien que quelqu'un m'ait suivie.

— J'en conviens, dit Livie, mais ne sais-tu pas, depuis le temps que tu vis dans mon entourage, que nous sommes toujours épiées. Ici même, dans ce petit salon, il y a peut-être un trou percé dans une cloison, derrière ce visage peint par exemple, qui permet à quelqu'un de nous voir et de nous entendre. Nous ne pouvons être sûres de rien, ni de personne. Et cette petite qui assiste à notre entretien, qui peut jurer qu'elle n'est pas payée par quelqu'un pour nous espionner ?

Corinne resta immobile, comme si elle n'avait pas entendu, mais son cœur se mit à battre follement.

— Tu vois, s'acharna Livie, je parle d'elle et elle ne bronche pas. Crois-tu qu'elle n'a pas entendu ?

Corinne vit se lever vers elle le regard flou de Tanaquil chargé d'inquiétude.

— Tu peux sortir lui dit-elle.

Et elle repartit dans la cour, d'où les voix des deux vieilles dames s'entendaient si clairement.

— De celle-là je suis sûre, disait Tanaquil. Elle est née dans ma maison. Ses parents étaient déjà dans ma famille et aussi ses grands-parents. Je me souviens que sa grand-mère régentait notre maison de Volsinies, comme si elle en était la maîtresse. Sa mère a été la nourrice de Marcus. Quand elle est née, c'est lui qui lui a choisi ce prénom de Corinne qu'il avait trouvé dans les *Amours* d'Ovide. Alors, tu comprends, si celle-là me trompe, je désespère du monde entier.

— On a vu pis, dit Livie. Pour ma part, je n'ai jamais parié sur la fidélité de personne.

— Pas même sur la mienne ?

— Pas même sur la tienne. D'ailleurs qui m'assure que tu n'es pas l'auteur de ce texte ?

Tanaquil devint rouge d'indignation. En suffoquant, elle souffla :

— Et si c'était toi, Livie ?

Livie se mit à rire :

— C'est celui qui le dit qui l'est. Que tu es restée enfant, ma chère, ou que tu l'es redevenue, peut-on savoir à notre âge ? L'auteur de ce texte est très fort. Il a réussi à nous faire nous disputer. C'est, je crois, la première fois.

— Oui, il est très fort. Il me donne l'impression d'être folle. Il s'est emparé de mon esprit. Il le tourmente à son gré.

— Allons, cesse de pleurnicher, Tanaquil. Nous avons mieux à faire. Notre mystérieux auteur nous guide vers Tibère. Suivons-le. Nous verrons bien. D'ailleurs, nous n'aurons même pas à nous déplacer. Ecoute.

Un bruit de pas cadencés et le cri répété « place à César » annonçaient l'arrivée de Tibère.

— Mon cher fils vient vérifier que le malheur de ta famille m'a bien abattue. Cache ce manuscrit et laisse-moi faire.

Tibère entra, l'air maussade, mais avec, dans le regard, une lueur de malice.

— Je te souhaite le bonjour, ma mère, et à toi aussi chère Tanaquil.

— Merci, Tibère, répondit Livie. Je ne t'attendais pas si tôt. Je te croyais occupé à admirer dans le ciel de Rome le pastel du zinzolin, de la garance et du pourpre.

Il eut un sourire :

— Eh quoi ! ma mère, tu lis Parthénios maintenant, toi aussi ? Pour occuper tes insomnies ?

Tanaquil plissait ses yeux myopes pour tenter de

saisir sur son visage une marque de culpabilité. Elle n'y vit que de l'amusement. Livie continuait :

— Merci, j'ai bien dormi. Mais Tanaquil et moi discutions littérature. Quand tu es arrivé, nous nous demandions ce qu'est exactement une battologie.

Tibère rougit. Tanaquil le vit et crut qu'il se trahissait. Mais quand il répondit en bégayant que c'était une répétition inutile, elle se souvint que ce mot avait été formé sur le nom d'un roi de Cyrène qui bégayait. Tibère croyait que sa mère se moquait de ce défaut qui troublait sa parole, à la moindre émotion, et particulièrement quand il était devant elle. Livie qui n'y avait pas pensé ne fut pas mécontente de l'effet obtenu. Elle laissa s'appesantir un silence morose. Elle pratiquait avec délectation l'art de mettre son fils dans l'embarras. Elle aurait pu rester des heures, en le regardant chercher ce qu'il pourrait dire pour briser le silence. Il finit par trouver :

— Je te trouve bien enjouée, ce matin, et pourtant Tanaquil est dans la peine.

— C'est vrai, dit Livie, mais nous savons quelle amitié tu lui portes et que tu vas la tirer de ce mauvais pas.

— Comment le pourrais-je ? dit-il. C'est à la justice de régler cette affaire.

— La justice ? Je sais le pouvoir que je t'ai donné. Tu *es* la justice, si tu le veux.

— Mais je ne le veux pas. Je ne suis pas un tyran.

— Cependant tu finiras bien par le vouloir, sans quoi...

— Sans quoi ? répéta-t-il, le visage embrasé.

— Sans quoi, tout Rome saura ce que tu me dois et quel ingrat tu es.

— Toujours des menaces, dit-il. Jusques à quand crois-tu que j'y cèderai. Tu veux que je publie un édit disant que Tibère, sous la contrainte de sa mère, acquitte Marcus Plautius qui a jeté sa femme par la fenêtre !

— Réfléchis bien, Tibère, tu regretteras ton obstination.

Tanaquil intervint alors :

— Tibère, tu sais bien que Marcus est innocent.

— Comment le saurais-je ? C'est aux juges d'en décider.

— Ils ne trouveront aucun mobile. C'est un complot pour déshonorer notre famille.

— Nous verrons bien, dit-il. Je vous quitte. Portez-vous bien.

Il sortit, les laissant frémissantes de colère.

— Tu as été trop dure, Livie. Il n'interviendra pas.

— Nous verrons, répondit Livie sur le même ton dont avait usé Tibère. Et Tanaquil comprit qu'elle n'allait plus se préoccuper que de la petite guerre qu'elle menait contre son fils. Elle tenta de la ramener à l'affaire présente :

— Crois-tu qu'il soit l'auteur du manuscrit ?

— Comment le savoir ? dit Livie. Il n'est sans doute pas le seul à connaître Parthénios de Nicée. Il l'a fait mettre dans toutes les bibliothèques de la ville. Tout le monde peut l'avoir lu. Même ton esclave le connaît. La question est plutôt de savoir qui pourrait avoir intérêt à nous faire croire qu'il est l'auteur anonyme.

Livie se tut et Tanaquil ne répondit pas tout de suite. Corinne était atterrée. Elle comprenait brusquement que Marcus était menacé, et elle ne voyait pas ce qu'elle pourrait faire pour le sauver. Elle enrageait de le savoir innocent et de ne pouvoir rien dire. Il fallait découvrir à tout prix qui avait voulu la mort d'Apronia. Il devait y avoir dans sa vie un mystère qui pourrait innocenter Marcus. Elle pensait à une expression du manuscrit qui définissait Apronia comme une fouineuse et une bavarde. Elle sursauta en entendant que Tanaquil avait les mêmes pensées.

— Je n'ai jamais porté attention à cette jeune femme que j'ai fait entrer dans ma famille, disait-elle.

Et elle expliquait qu'elle l'avait choisie parce qu'elle était étrusque et qu'elle avait une belle dot, mais elle ne la connaissait pas et elle n'avait jamais tenté de la connaître. Livie se posait les mêmes questions. Cette Apronia n'était peut-être pas aussi insignifiante qu'elles l'avaient cru. Elle avait peut-être surpris un secret. Mais il fallait qu'il fût grave, car, à supposer que Marcus ne fût pas coupable, comment expliquer la mise en scène de sa mort ? De qui voulait-on se débarrasser ? D'Apronia ? De son mari ? Des deux à la fois ? Tanaquil sentit un lourd découragement peser sur ses épaules :

— Nous n'en sortirons pas. Notre adversaire est un esprit mauvais et retors ; il se joue de nous. Il nous jette dans un labyrinthe, puis nous tend, pour en sortir, plusieurs fils, dont on ne peut déterminer lequel est le bon, si même il y en a un qui le soit.

— Ne désespère pas, dit Livie. Nous commençons à peine notre enquête.

Mais Tanaquil roulait de sombres pensées :

— Regarde tous les procès et les morts qui nous entourent depuis quelques mois. La mort d'Apronia qui compromet son mari est peut-être une affaire politique. Agrippine complote pour que ses fils reçoivent tous les honneurs ; d'autres pour qu'au contraire Tibère les éloigne du pouvoir. Le manuscrit ne nous dit pas qu'Apronia connaissait Agrippine, mais elle connaissait Livilla, la veuve de Drusus, et Plautia, ma petite-fille. Par leur intermédiaire, elle a pu rencontrer des gens compromis dans un de ces complots. Comment saurons-nous où elle a pu « fouiner », auprès de qui elle a été « bavarde » ? Et puis, il y a encore Fabia. Tu sais comme sa famille était attachée à la descendance d'Auguste et haïssait Tibère. Peut-être partage-t-elle les mêmes idées. Je ne vois pas comment Apronia aurait pu être en relations avec elle, mais sait-on jamais ? A moins qu'il n'y ait pas de politique dans cette histoire et que Fabia ait seulement agi par jalousie.

— Tais-toi un instant, dit Livie ; tu mélanges tout. Je ne te suis plus. Nous aurons des renseignements ici même, et bientôt, tu verras. Agrippine et Livilla viennent chaque matin me rendre visite. Nous les interrogerons.

— C'est vrai, je mélange tout, admit Tanaquil. J'ai une terrible migraine. Toutes ces idées m'ont hantée toute la nuit. Je m'y perds. Et pourtant, je sais qu'il y a quelque chose qui m'a surprise. Notons tout cela sur une tablette ; nous y verrons peut-être plus clair.

Livie prit sur un guéridon bas une tablette de bois enduit de cire, et, avec un poinçon, elle commença de noter toutes les questions qu'elles venaient de se poser. Tanaquil regardait vaguement le mur du salon qui était en face d'elle. Elle remarqua machinalement que la peinture avait perdu de sa fraîcheur.

— C'est comme nous, dit Livie, elle se fane. C'est à peine si l'on distingue les personnages. Tu vois cette femme qui porte sur le front deux petites cornes ? C'est Io, une des multiples maîtresses de Jupiter. Il l'a métamorphosée en génisse pour la soustraire à la vengeance de Junon. Le peintre a symbolisé cette métamorphose par les petites cornes. A droite, c'est Argos qui la surveille. Dans la fable, il a cent yeux, mais, avec mon accord et celui d'Auguste, le peintre a représenté un berger. L'autre personnage, c'est Mercure qui endort Argus avec sa musique et qui va délivrer Io. J'avais demandé au peintre de donner à Io le visage de Térentia qui était à l'époque la maîtresse d'Auguste. C'est de l'histoire ancienne maintenant. Il est dommage que l'humidité ait abîmé les couleurs et même les visages.

Tanaquil poussa un cri.

— Elle est méconnaissable, dit-elle. Apronia aussi est méconnaissable. La chute qu'elle a faite explique-t-elle que son visage ait éclaté, qu'il semble avoir été martelé ? Voilà la remarque que je me suis faite à deux reprises et que je n'arrivais pas à retrouver. Il y a pis encore.

Et elle raconta une nouvelle fois que, la veille, l'esclave qui retirait la courtepointe de son lit — tu sais, celle où l'on voit Ariane abandonnée par Thésée et pleurant sur la grève solitaire, en le maudissant ? Tu la connais, c'est toi qui me l'a jadis offerte.

Elle se tut un instant :

— As-tu une idée, Livie, de la raison pour laquelle je te décris, au petit matin, et quand tant d'autres choses importent, la courtepointe brodée de mon lit ?

— Non, répondit Livie. Tu me parlais de l'esclave qui l'avait retirée.

— Ah oui, j'y suis. Eh bien, cette esclave m'a fait remarquer qu'il faudrait refaire quelques points de broderie, parce que le visage d'Ariane était tout abîmé. Je suis à peu près sûre que la veille il était encore intact. C'est étrange, n'est-ce pas ?

Livie n'eut pas le temps de répondre. Une esclave soulevait la tenture pour annoncer qu'Agrippine venait saluer Julia Augusta. Agrippine entra, l'air hautain et contraint. Elle salua respectueusement Livie et distraitement Tanaquil. Livie décida de l'attaquer de front, sans son habituelle cautèle.

— Nous parlions de toi, justement. Tu sais quel malheur vient de frapper la maison de Tanaquil. Nous nous demandions si tu connaissais Apronia.

— Sans doute l'ai-je rencontrée une fois ou l'autre, mais je n'ai pas de souvenir d'elle. Je crois ne lui avoir jamais parlé. Je suis très liée avec Fabia. Je ne pouvais l'être avec sa remplaçante. Il me semble que cette Apronia était une amie de Livilla.

Puis, elle se mit à se plaindre de tous les ennemis qui la harcelaient. Livie connaissait sa litanie. Elle la laissa dire. Quand elle décida qu'enfin elle était lasse d'entendre ses criailleries qui devenaient de plus en plus aigres, elle l'interrompit :

— Tu te tourmentes trop, Agrippine. Calme-toi. Regarde autour de toi comme le monde est beau. Quitte

Rome de temps en temps ; pars à la campagne ou au bord de la mer. Va contempler chaque matin la beauté du soleil levant, quand le zinzolin, la garance et le pourpre allument le ciel.

Agrippine eut un sourire qui éclaira rapidement son visage tourmenté et en révéla fugitivement l'admirable beauté.

— Tu parles comme Parthénios de Nicée, dit-elle. Il y a bien longtemps qu'aucune poésie n'apaise mes chagrins, celle-ci moins que tout autre.

Elle allait reprendre ses plaintes. Livie préféra la congédier avec des mots aimables. Agrippine sortit. Après un long silence, Livie dit à haute voix le résultat de ses réflexions. A son avis, Agrippine n'avait pas menti. Elle en était incapable, hélas ! et c'est ce qui la perdrait. La mort d'Apronia ne la concernait pas le moins du monde. Livie fut interrompue par l'irruption soudaine dans le calme du salon de voix surexcitées qui se mêlaient. Elle frappa dans ses mains. Le bruit cessa, et une esclave apparut. Elle rougit sous le regard sévère de sa maîtresse.

— Pardonne-nous, dit-elle. C'est Cléopâtre qui lavait le seuil de la maison. Elle a bavardé avec une esclave de Julius Postumus qui passait dans la rue. Il y a eu un drame chez lui, cette nuit. Glycère, tu sais l'actrice, a été tuée pendant qu'elle jouait un rôle dans les Mystères de Dionysos. Les invités ne se sont aperçus de rien, jusqu'à ce qu'Hylas se sauvât avec une jeune femme qui tenait le rôle d'Ariane. La pièce était presque achevée. Glycère qui était tombée, comme le voulait son rôle, ne s'est pas relevée. Les autres acteurs ont été intrigués. Quand ils se sont approchés pour voir ce qui lui arrivait, ils ont vu qu'elle était morte. Elle avait une plaie au front et le visage écrasé.

Tout cela avait été dit d'un seul souffle. La jeune fille, hors d'haleine, reprit sa respiration et continua :

— On dit que c'est sans doute un amant malheureux qui s'est vengé d'une infidélité.

— En voilà une affaire, dit Livie, que cette histoire intéressait modérément. Calme-toi et va dire aux autres de cesser leurs cris. On se croirait dans un poulailler.

L'esclave se retira, déçue de n'avoir pas remporté un plus vif succès ni auprès de Livie ni auprès de Tanaquil qui ne semblait même pas l'avoir entendue. Elle s'en plaignit auprès de ses compagnes qui s'étaient tues. Corinne les avait rejointes et demandait des détails. D'où venait la plaie du front ? Glycère s'était-elle brisé le visage en tombant, ou quelqu'un l'avait-il frappée ? Mais était-ce possible de le faire sans être vu des acteurs ou des invités ? Elle n'obtint pour réponse que des récits chuchotés et prolixes qui n'en disaient pas plus que ce qu'elle savait. Elle apprit toutefois qu'on soupçonnait Hylas, sinon d'avoir tué Glycère, du moins d'avoir été complice. Il s'était, disait-on, trahi en se sauvant. On ne le trouvait nulle part. S'il ne jouait pas son rôle au théâtre, le public allait faire une émeute. Corinne s'efforçait de rester impassible, mais son cœur battait et il lui semblait sentir son cerveau fonctionner, mais les pensées ne pouvaient ni s'y mouvoir, ni s'y déployer. Elle regagna le coin de la cour. Le silence régnait dans le quartier des esclaves comme dans le salon de Livie.

Tanaquil, c'est vrai, avait écouté distraitement le début de l'histoire. Elle tendit l'oreille, quand l'esclave parla du visage défiguré de l'actrice et pensa de nouveau à celui d'Apronia, et, en un éclair, elle revit, sur le mur de la chambre conjugale de Plautius et d'Apronia, le visage martelé d'Ariane. Elle se mit à dire ses pensées à Livie. Sa tête lui faisait de plus en plus mal. Et voici que quelqu'un encore s'annonçait :

— Maîtresse, disait une esclave, Livilla vient te présenter son hommage du matin.

Livilla ! Tanaquil savait qu'elle devait faire attention à ce que dirait la jeune femme. Celle-là connaissait Apronia. Elle la regarda entrer. Sur son visage s'inscrivit la même réprobation que marqua celui de Livie. Livilla était maquillée, trop maquillée pour une jeune veuve. Elle avait tenté de dissimuler les traces laissées sur son visage par une nuit de veille, mais Livie et Tanaquil, qui ignoraient qu'elle avait participé à la fête de Julius Postumus, jugèrent que cette coquetterie était indécente. Le sursaut que Livilla réprima en voyant Tanaquil ne leur échappa pas, et elles répondirent d'un signe de tête sec au salut respectueux qu'elle leur adressa. Livie était sa grand-mère paternelle ainsi que celle de Drusus, son défunt mari, mais elles ne s'aimaient pas, et cela se lisait sur leur visage. Livie la regarda et s'étonna, comme chaque fois qu'elle la voyait, de sa beauté. Elle se souvenait du laideron noiraud qu'avait été Livilla jusqu'à sa puberté et de sa brusque métamorphose. Elle la regardait, en se taisant, et la jeune femme, embarrassée, baissait les yeux et cherchait désespérément ce qu'elle pourrait dire. Livie, après avoir savouré cet embarras avec la même délectation que tout à l'heure, en face de Tibère, rompit enfin le silence :

— Tu connaissais Apronia, commença-t-elle, sans ambages. Dis-nous ce que tu sais d'elle.

— Je sais qu'elle est morte. Et que c'est son mari qui l'a tuée, dit-elle d'une voix hésitante, regardant de biais Tanaquil dont elle craignait une réaction.

Et Tanaquil réagit :

— Qu'en sais-tu ? Etais-tu sur place ? Comment connaissais-tu Apronia ?

— Je l'ai rencontrée chez elle, quand j'allais voir mon frère Claude qui habite parfois sa maison, et puis une fois ou deux chez moi.

— Une fois, ou deux ? demanda Livie.

— Je ne sais pas, dit Livilla ; je n'ai pas compté.

Et elle se tut. On ne pouvait savoir si ce silence était l'effet d'un naturel taciturne ou d'un embarras momentané.

— Tu sembles fatiguée, remarqua Livie.

— Ce n'est rien qu'un peu d'insomnie. J'ai attendu

des heures avant de pouvoir m'endormir. Je ne m'habitue pas à la solitude.

Corinne qui, de l'extérieur, entendait ces paroles, admirait l'impudence de Livilla. Elle ne disait rien qui fût mensonger, et cependant elle mentait effrontément. L'esclave qui l'accompagnait attendait, debout, au milieu de la cour ; elle regardait Corinne avec une insistance telle qu'elle lui fit un sourire. L'autre le prit pour une invite et vint rapidement s'asseoir auprès d'elle, heureuse de tromper son attente solitaire.

— Je m'appelle Délia, chuchota-t-elle. Ma maîtresse ne va pas s'attarder. Elle n'aime pas venir chez Livie, cela l'ennuie. Aujourd'hui surtout...

Elle s'interrompit au bord d'une indiscrétion. Corinne l'aida :

— Oui, dit-elle, aujourd'hui surtout...

— Eh bien, oui, aujourd'hui surtout qu'il lui faut mentir. Elle est sortie hier soir. Personne ne le sait.

Elle se tut, comme à regret. Corinne voulait en savoir davantage :

— Elle ment souvent ?

— Oui. Ainsi, pour Apronia, je l'ai vue à la maison plus de deux fois. Elle venait souvent, et même la dernière fois...

Elle s'interrompit encore, attendant que Corinne l'encourageât à être bavarde. Corinne ne manqua pas de le faire. Alors elle raconta son histoire. C'était il y avait trois ou quatre jours, au petit matin. Elle avait vu Apronia chez Livilla ; elle venait de descendre de l'étage où étaient les chambres. Elle avait l'air effrayé. Elle courait en titubant, comme une bacchante. Elle l'avait heurtée et presque renversée, au bas de l'escalier, et elle s'était enfuie. Presque immédiatement Livilla était descendue, l'air très inquiet. Elle avait demandé à Délia si elle n'avait vu personne, et Délia avait répondu qu'elle venait de voir Apronia qui courait. Sur quoi Livilla était remontée dans sa chambre. D'ailleurs, elle se souvenait maintenant, c'était trois jours plus tôt, le jour anniversaire de la mort de Germanicus ; plus tard, dans la même matinée elle avait accompagné Livilla au mausolée impérial où toute la famille allait se recueillir devant le tombeau du disparu.

Corinne l'écoutait attentivement, tout en suivant la conversation qui languissait dans le salon de Livie. Ainsi le matin de son dernier jour Apronia était allée chez Livilla. Y avait-il là un lien avec sa mort ? En tout cas, c'est un incident que Livilla ne voulait pas révéler. Dans le salon, Tanaquil l'interrogeait de nouveau sur ses relations avec Apronia, et elle répondait encore qu'elle ne l'avait pas vue depuis bien longtemps. Il est vrai que ce matin-là, elle ne l'avait pas vue, mais elle aurait pu évoquer sa visite matinale. Mentait-elle, comme elle l'avait fait tout à l'heure, ou avait-elle oublié ? Non ! elle mentait. La voici qui répondait à une question précise de Tanaquil qu'Apronia n'avait pas mis les pieds chez elle depuis une éternité.

Corinne refaisait en pensée l'emploi du temps d'Apronia. Levée dès l'aube, elle était allée chez Livilla d'où elle était partie en courant. Elle avait dû rentrer chez elle aussitôt ; en tout cas dans la matinée, elle y était, puisqu'elle lui avait elle-même donné le message qui lui fixait le rendez-vous auquel elle s'était rendue l'après-midi. A partir de ce moment, elle avait disparu, remplacée dans sa propre maison par Hylas. Le lendemain, elle était morte. Comme le texte du message n'existait plus, la seule chose qu'elle pouvait espérer était que Philon lui dît qui l'avait écrit.

— Dis-moi, Délia, tu ne sais pas si ta maîtresse a envoyé un message à Apronia, ce fameux jour ?

Délia ne le savait pas, mais elle voulait bien s'informer auprès des esclaves de la maison et dire à Corinne ce qu'elle pourrait apprendre. Elles se turent en entendant Livilla prendre congé. Elle sortit et sur son visage passa un léger sourire, où Corinne crut lire plus de cruauté que de soulagement. Elle s'en alla d'un pas léger, suivie de Délia. Dans le salon, c'était à nouveau le silence.

— Nous ne tirerons rien de plus de cette effrontée, marmonna Livie. Et pourtant, je suis sûre qu'elle nous a caché quelque chose ; à plusieurs reprises, elle a rougi sans raison apparente. Tu as remarqué comme elle pesait tous ses mots. Apronia lui avait peut-être confié le secret d'une intrigue amoureuse...

— A moins, enchaîna Tanaquil, que ce ne soit l'inverse, et qu'elle ait confié à Apronia le secret d'une intrigue qu'elle aurait, elle. Il y a presque un an qu'elle est veuve ; elle n'est pas du genre à cultiver si longtemps la chasteté. Il y a sûrement un moyen de savoir par ses esclaves si elles étaient liées toutes les deux plus qu'elle ne l'a dit. Je pourrais demander à Corinne de voir auprès d'eux. Elle est très habile. Elle les fera parler.

Dans la cour, Corinne, en entendant ces paroles, malgré ses tracas et ses fatigues, se retenait de sourire. Elle retrouva son sérieux, pour écouter la réponse de Livie :

— Demande à cette Corinne, si tu veux, puisque tu es entichée d'elle. A ta place, je ne lui accorderais pas une si grande confiance. Elle a l'air trop innocente pour l'être tout à fait. J'ai pour ma part dans la maison de Livilla un ancien esclave que je lui ai jadis donné. Il m'est tout dévoué, parce que je lui ai promis que bientôt je demanderais à sa maîtresse de l'affranchir. Il a des enfants ; il voudrait qu'ils soient après lui des hommes libres. C'est la raison de sa fidélité. Je ne crois pas aux sentiments désintéressés, même chez les hommes libres. Alors chez les esclaves...

Corinne détestait ce discours, mais elle notait dans sa tête qu'il y avait chez Livilla quelqu'un qui pourrait l'aider peut-être à innocenter Marcus. Un ancien esclave de Livie, toute la domesticité devait le connaître. Si Délia était encore là, elle lui aurait certainement dit de qui il s'agissait. Ses réflexions furent interrompues par l'arrivée tumultueuse de Plautia. Elle était grande et affligée d'une obésité consternante. Cette masse imposante se mouvait avec une rapidité déconcertante, et le moindre de ses gestes agitait de longs soubresauts les boursouflures molles de son corps déformé. Pour l'heure on ne savait encore quelle émotion faisait tressauter ses seins plantureux. Elle finit d'avaler un petit gâteau enrobé de miel, avant d'entrer dans le salon.

Elle prit à peine le temps de saluer les deux vieilles dames, tant elle était pressée de dire son indignation. Elle expliqua que la maison de Plautius était envahie par une nuée de secrétaires jetée sur elle par les juges chargés de l'affaire. Ils avaient osé la réveiller, et ils l'avaient interrogée, longuement, comme une coupable.

— Et Marcus ? coupa Tanaquil qui avait subi, les sourcils froncés et, sur la bouche une moue dédaigneuse, le flot ininterrompu de ces plaintes criées d'une voix flûtée qu'on était surpris d'entendre sortir de cette masse graisseuse. Tanaquil aimait peu sa petite-fille. « Les Dieux ont voulu montrer jusqu'où pouvait aller l'élasticité de la peau humaine », disait-elle parfois en parlant d'elle. « Encore deux ou trois jours, et elle éclatera en se gavant de douceurs ». Corinne avait entendu plusieurs fois cette remarque et d'autres plus désobligeantes encore.

— Et Marcus ?, répéta Tanaquil.

La position de Marcus était des plus mauvaises. Les juges étaient convaincus de sa culpabilité. Ils étaient arrivés dans les pires dispositions, et la découverte du message les avaient confortés dans leur certitude. Corinne sursauta, et devint plus attentive encore. Sans doute Livie et Tanaquil eurent-elles le même sursaut. Elles s'écrièrent ensemble :

— Le message, quel message ?

— C'est vrai, dit Plautia qui n'était pas mécontente de l'effet qu'elle feignit de n'avoir pas recherché, que je suis distraite ! Vous ne pouvez pas en connaître l'existence.

Et elle raconta qu'un des esclaves que les juges employaient à fouiller la maison dans tous les recoins avait trouvé sous le lit de Marcus une tablette où il était écrit qu'Apronia avait un rendez-vous avec son amant. L'heure et le lieu étaient indiqués. Corinne, effondrée, reconnut la dernière pièce de la machination. N'avait-elle pas lu tout à l'heure que le message était effacé ? C'était Némésis qui l'avait dit. Alors, qu'avait-on trouvé, le message anonyme dont Philon lui avait parlé, ou un faux ? Elle eut envie de crier : « et alors, qu'a dit Plautius ? » Ce furent Livie et Tanaquil qui poussèrent ce cri. Et Plautia reprit son récit. Plautius avait affirmé qu'il n'avait jamais eu ce message en mains, que, s'il l'avait eu, il serait allé surprendre sa femme et qu'il ne l'avait pas fait. Ils lui ont alors demandé de le prouver : où était-il à l'heure indiquée ? Il chercha dans ses souvenirs et finit par se souvenir que Séjan lui avait demandé de passer le voir, qu'il y était allé, qu'il ne l'avait pas trouvé chez lui et qu'il avait attendu plus d'une heure dans le jardin de sa maison. A la fin, impatienté par tant de désinvolture, il était reparti. Les juges ont remarqué qu'il aurait, pour confirmer cet alibi, tout au plus le témoignage de quelques esclaves. Du reste, qu'il eût ou non surpris sa femme ne changeait rien à l'affaire. Il pouvait l'avoir tuée sans autre procès sur la foi de la dénonciation. Et puis, en réfléchissant, ils en sont venus à soupçonner Plautius d'avoir lui-même fabriqué cette accusation. Ils lui ont demandé de graver quelques mots sur une tablette. Ils ont comparé son écriture avec celle du message et ils ont trouvé des ressemblances telles qu'il semblait évident qu'il l'avait écrit lui-même, en tentant de déguiser son écriture. Là-dessus, Némésis est venue témoigner qu'Apronia était effectivement allée à un rendez-vous. Les juges l'ont menacée de la torture pour faux témoignage.

Corinne avait envie de pleurer. Le piège se refermait sur Marcus, et maintenant même la vérité ne pouvait le sauver.

— Voilà où nous en sommes, conclut Plautia. Désormais, ils ne cherchent qu'à prouver sa culpabilité, et à lui trouver des complices. Même moi, ils me soupçonnent de l'avoir aidé. Je leur ai rappelé que j'étais la femme de Claude, que Tibère était donc mon oncle, et aussi que j'étais la petite-fille de Tanaquil, l'amie de Livie. J'ai menacé même de me plaindre auprès de Séjan dont la fille vient d'être fiancée à mon fils. Rien n'y a fait.

Elle avait dû répondre à des questions indiscrètes. C'est vrai qu'elle n'aimait pas Apronia, mais de là à participer à un meurtre, il y avait un grand pas. Ce n'est pas parce que Marcus était son frère qu'elle aurait été prête à le franchir. Et puis, pour tout embrouiller davantage, il y avait cet esclave qu'on avait trouvé mort, tout recroquevillé au fond des bains des esclaves. Personne n'avait rien entendu. Seul Plautius, qui avait été étroitement surveillé toute la nuit, avait été à l'évidence dans l'incapacité de le tuer ; tous les autres pouvaient être coupables. Même elle. L'imaginait-on étrangler un vieillard dans les bains des esclaves où elle n'avait que faire ?

Corinne comprit que Philon était mort. Jamais elle ne saurait qui lui avait donné le message qu'elle avait porté à Apronia. Elle eut un instant de compassion pour ce vieil homme victime de la même machination que les autres, et qu'elle-même.

— Pourquoi donc n'aimais-tu pas Apronia ? demanda Livie qui se souvenait des propos que, d'après le manuscrit anonyme, elle avait tenus la veille.

Plautia fut plus évasive. Elle parla d'une antipathie instinctive et d'ailleurs réciproque. Livie changea de sujet :

— Sais-tu si elle avait un amant ?

Plautia s'en savait rien. Un souvenir la fit rire méchamment.

— La seule conquête que je lui connaisse, dit-elle, c'est ce chapon de Lygdus, comme l'appelle Séjan qui n'aime pas les eunuques.

Corinne tressaillit, hésitant entre l'exaltation d'entendre le nom de son ennemi mortel et la terreur que le seul énoncé de ce nom faisait monter en elle. « Ce chapon de Lygdus », se répétait-elle. Et elle entendait encore la voix d'Hylas lui nommant ainsi son agresseur. Il y a certainement cent Lygdus à Rome, et peut-être davantage, mais celui-là était sans doute le leur. Et elle tendait l'oreille pour ne pas manquer ce que Plautia allait ajouter. Elle expliqua à sa grand-mère que Lygdus était un eunuque qui appartenait à la maison de Drusus. Depuis sa mort, il était resté au service de Livilla, dont il avait toute la confiance. Il avait vu Apronia, et s'était épris d'elle.

— Epris d'elle ! Un eunuque !

Tanaquil et Livie étaient sidérées. Plautia s'en étonna : ignoraient-elles donc que les eunuques étaient à la mode ? Et que bien des femmes les recherchaient, parce qu'ils offraient de l'amour sans danger et du plaisir sans peur. Mais, à son avis, Apronia n'en avait pas profité.

— Toi non plus, à ce qu'on dit, coupa brutalement Tanaquil. J'ai entendu parler de ton goût pour l'acteur Hylas.

Au silence qui suivit cette attaque directe, Corinne devina que Plautia devait être aussi rouge qu'elle l'était elle-même. Hylas et Plautia ! C'était à ce bruit que Tanaquil avait fait une vague allusion, quand, pendant la nuit, Hylas avait demandé à la voir. Elle ne pouvait imaginer le bel Hylas, si mince et si beau, dans les bras de Plautia, ni sa tête enfouie jusqu'à l'étouffement dans ses pesantes mamelles. Cet accouplement monstrueux était impossible. Cependant, elle était profondément émue d'avoir entendu nommer presque en même temps Lygdus et Hylas, le meurtrier et la victime. Elle tendit de nouveau l'oreille, mais plus rien ne fut dit d'important. Plautia bredouilla que s'il fallait croire toutes les rumeurs de Rome... Puis elle prit congé. Malgré sa répugnance, elle devait retourner chez Marcus. Ce matin même on allait incinérer Apronia. Son père avait refusé de lui faire des funérailles discrètes, pendant la nuit qui suivait sa mort, comme le voulait la tradition. « Elle sera brûlée en plein jour, avait-il décrété, et tout le peuple de Rome la verra passer pour son ultime promenade et il s'apitoiera sur elle, et il réclamera la mort de son meurtrier ». Soulagée d'avoir trouvé ce sujet qui ne la concernait pas, elle était prolixe. Corinne la vit passer, encore rouge et un peu suffoquée, glissant avidement dans sa bouche une patisserie dont la douceur compensait l'amertume de ses émotions.

– Cette petite est décidément exaspérante, dit Tanaquil. Enfin, pour le moment, il y a plus préoccupant qu'elle. Que faire pour Marcus ?

Elles convinrent que Livie tenterait de fléchir Tibère et que Tanaquil ferait la même démarche auprès de Séjan. Corinne allait accompagner sa maîtresse. Elle n'aurait pour rien cédé sa place, tant il lui paraissait important pour Marcus, pour Hylas et pour elle-même qu'elle fût informée de tout ce qui se passait. Tanaquil la fit monter avec elle dans sa chaise à porteurs. Séjan habitait sur l'Esquilin ; ce n'était pas très éloigné de la maison de Plautius. En chemin, Tanaquil semblait parler à Corinne, alors qu'elle poursuivait un long monologue, sans attendre que Corinne y intervînt. Elle parlait de Séjan. Il était originaire de Volsinies. Il était parvenu à succéder à son père à la préfecture de la garde impériale. C'était un des postes les plus importants de l'empire. Il voulait plus maintenant, disait-elle, sans imaginer ce que ce « plus » pouvait bien signifier.

Il avait acheté une maison près du temple de la Fortune Vierge qui avait été fondé, bien des siècles auparavant, par le roi étrusque Servius Tullius, cet esclave devenu roi grâce à la protection de la déesse Fortune. Voulait-il devenir roi, lui aussi ? Voulait-il partager la couche d'une déesse, comme l'avait fait Servius Tullius ? La Fortune s'était éprise du roi ; c'était le seul homme qu'elle eût aimé. Quelle déesse Séjan espérait-il épouser ? Tanaquil pensait ainsi à l'homme qu'elle allait voir. Malgré tout son mépris pour lui, elle devrait l'implorer en faveur de Marcus.

— Nous voici arrivées, dit-elle. Voici le temple de la Fortune Vierge, et la maison voisine est celle de Séjan.

Elles suivirent le corridor qui mène à l'atrium. Il était envahi par des hommes revêtus de toges qui venaient faire leur cour à Séjan, lui prodiguer leurs hommages, lui demander des conseils, des protections ou même de l'argent. Tanaquil eut un mouvement d'impatience. Elle ne consentirait jamais à attendre son tour. Qu'on allât prévenir Séjan qu'elle souhaitait le voir, dit-elle avec hauteur à un esclave. Il revint presque immédiatement en disant que son maître, très honoré de la visite que daignait lui faire la noble Tanaquil, la recevrait tout de suite. Sur quoi il l'entraîna vers le corridor qui, du fond de l'atrium, conduisait au péristyle et au jardin. Corinne allait devoir attendre dans l'atrium. Elle était dévorée d'impatience et de nervosité. Les mains crispées, les traits tirés, elle allait et venait à travers la vaste pièce, ouverte sur le ciel par le large impluvium qu'aucune colonne ne soutenait, tournant autour du bassin où bruissait un jet d'eau. Les solliciteurs qui attendaient d'être reçus par Séjan interrompaient parfois leurs conversations pour la regarder, intrigués qu'une si jolie fille fût à la fois si gracieuse et si manifestement angoissée. Elle prit conscience d'être le point de mire de l'assistance ; elle rougit et alla s'adosser au mur du fond, s'efforçant de se faire oublier.

A peine était-elle ainsi calmée en apparence et presque dissimulée, qu'elle vit entrer un jeune homme d'une grande beauté. Ses cheveux noirs encadraient son visage imberbe. Sa tunique laissait voir ses bras et ses jambes lisses et galbés comme ceux d'une femme. Son regard arrogant toisa l'assistance qui fit un instant de silence. On aurait dit l'épiphanie d'un jeune dieu.

— Salut à toi, Lygdus, dit respectueusement un esclave de la maison. Le maître est dans son salon d'été. Veux-tu le voir ?

— J'ai un message pour lui, dit Lygdus.

Et d'un pas souple et décidé, il se dirigea vers le corridor menant au jardin. Corinne avait frissonné en entendant son nom. L'épouvante agrandissait ses yeux. Elle ouvrait la bouche pour exhaler le hurlement qu'elle sentait naître au plus profond d'elle-même. Elle ressembla pendant quelques instants à la femme épouvantée des Mystères de Dionysos. Fascinée, elle ne pouvait s'empêcher de le regarder. Il le sentit. A son tour, il leva les yeux vers elle, ses yeux sombres qu'il planta dans les siens. Elle crut qu'elle défaillait. Pendant une éternité, sans ciller, il la fixa. Et elle, qui désirait de toutes ses forces baisser les yeux, n'y parvenait pas. Elle lisait dans le regard de Lygdus la certitude de sa propre mort. Elle la redoutait et la désirait à la fois. Elle avait déjà connu ce trouble sentiment. Quand il passa près d'elle, elle eut un recul convulsif. Il eut un bref sourire, cruel comme celui que les hommes prêtent aux dieux, et il disparut dans le corridor.

Prise de panique à l'idée qu'il allait bientôt repasser, elle s'enfuit, et sortit de la maison. A droite, elle vit le temple de la Fortune. Un enclos de lauriers lui faisait un écrin coloré et plein de senteurs délicates. Elle s'y précipita. Les portes du temple étaient ouvertes. Elle pouvait apercevoir, au fond du sanctuaire, la statue du culte. Elle savait qu'elle portait plusieurs toges superposées et que son visage était dissimulé sous un voile.

Certains savants disaient que c'était la statue du roi. Pourquoi était-elle ainsi vêtue ? Ils n'en savaient rien, mais la légende disait que c'était la Fortune qui avait voilé le visage qu'elle avait aimé, parce qu'elle avait honte d'avoir succombé aux charmes d'un mortel. D'autres savants disaient que la statue était celle de la Fortune elle-même, qui cachait cette même honte sous un voile. Corinne, pour échapper à son angoisse, se forçait à regarder la statue et à se répéter les hypothèses qu'elle suscitait. Elle la fixait intensément, comme si elle espérait que son regard allait transpercer les voiles et qu'elle saurait enfin s'ils cachaient un homme ou une femme. Et soudain, elle eut une illumination. Elle vit la vérité avec une évidence telle qu'elle vacilla et dut s'appuyer à un laurier. Ce fut une fulgurance qui la laissa stupide comme quelqu'un qui est frappé par la foudre de Jupiter et qui vit encore, sans être conscient de sa propre vie.

Elle resta ainsi, appuyée sur l'arbre odorant, jusqu'à ce qu'elle vît Lygdus qui ressortait de la maison. Ses genoux fléchirent. Il regardait de tous côtés, le visage impassible, mais, elle en était sûre, c'est elle qu'il cherchait et il se demandait où elle avait bien pu disparaître. Elle s'accroupit au pied du laurier. La chaise qui l'avait amené passa devant l'enclos. Corinne vit ses yeux qui se posaient sur le temple. Ils en scrutèrent les abords. Ils étaient tellement pénétrants qu'elle crut qu'ils pourraient transpercer l'abri de feuillages qui la protégeait. Elle pensa qu'il n'était pas courant qu'un esclave, même de grande maison et fût-il un chapon, circulât dans une chaise à porteurs. C'était signe d'un grand crédit auprès de Livilla. Dès qu'elle pensa que Lygdus était assez loin pour ne plus la voir, elle se précipita dans la chaise de Tanaquil et s'y tapit. Le soleil maintenant était brillant ; il faisait doux, et elle tremblait de froid et de peur.

Quand elle eut repris ses esprits, elle trouva des lacunes à ses certitudes. Elles s'étaient imposées à elle avec une telle soudaineté qu'elle ne pouvait pas toutes les retenir. Ce qu'elle avait surtout compris et qui restait dans son esprit avec une lumineuse clarté, c'est que Lygdus, qui n'était ni homme ni femme, mais peut-être les deux à la fois, était au centre du drame qui se jouait. Elle-même, déguisée en garçon, pour tromper Apronia, et Hylas, déguisé en femme, pour tromper Marcus Plautius, avaient été les acteurs d'une double mystification que l'eunuque avait inventée, parce qu'il était, de par sa condition, voué à l'ambiguïté. Ce qu'elle voyait moins clairement que tout à l'heure, c'est la raison pour laquelle les visages d'Apronia et de la femme qui était morte chez Julius Postumus avaient été écrasés. Elle fit des efforts désespérés, qui faisaient battre ses tempes sous les coups d'une migraine intolérable, pour retrouver ce qu'elle avait entrevu. Et elle finit par conclure que ces visages avaient été défigurés parce que quelqu'un — sans doute Lygdus — avait voulu qu'ils ne fussent plus reconnaissables. Et elle se persuada que le corps qui reposait dans la maison de Plautius et qu'on allait bientôt brûler n'était pas celui d'Apronia. Le prouver, c'était sauver Plautius. Mais comment le prouver ? Tanaquil avait eu le même soupçon, mais elle était vieille, et son esprit ne pouvait plus suivre longtemps une même pensée. C'est elle qui, chez Livie, avait soupçonné le mystère, sans pouvoir aller jusqu'au bout de son soupçon. Il fallait l'aider maintenant à le retrouver dans sa tête fatiguée ; il fallait courir chez Plautius avant que le corps n'eût disparu. Il fallait...

Tanaquil sortait de la maison. Séjan l'accompagnait, manifestant une courtoisie légèrement goguenarde.

— Je regrette, disait-il. J'aurais fait ce que tu souhaites, si César acceptait les conseils, mais il est le maître, et il tient à l'exercice de la justice. Si Plautius est innocent, tu n'as rien à craindre pour lui...

Corinne n'entendit pas la suite, mais elle comprit que la démarche de Tanaquil avait échoué. Celle-ci, sans dire un mot, monta dans sa chaise. Séjan tenait la portière ouverte, avec une déférence marquée. Il fut surpris de voir Corinne et l'enveloppa d'un regard scrutateur qui la fit frissonner. Ce regard était aussi glacial que celui de Lygdus. Elle s'aperçut que, dans son exaltation fébrile, elle avait oublié de se demander ce que faisait Lygdus, l'eunuque de Livilla, chez Séjan. Quelle relation existait entre Livilla et Séjan, elle ne pouvait en décider, mais il y en avait une, sans doute. Elle essayait de tout remettre en ordre dans sa tête et pressentait un complot plus vaste encore que ce qu'elle avait imaginé. Ces pensées se bousculèrent rapidement, le temps que dura dans le regard de Séjan cette flamme cruelle. Il l'éteignit vite et, avec un geste de courtoisie mondaine, il referma la portière de la chaise et donna lui-même le signal du départ aux porteurs.

Tanaquil laissa dès lors tonitruer son indignation. Elle criait, elle suffoquait. Ce rien-du-tout qu'elle avait connu à Volsinies avait toute la morgue d'un parvenu. Il s'était permis de lui refuser avec des mines obséquieuses la grâce qu'elle consentait à lui demander. Elle répétait que c'était un ambitieux redoutable. Elle le mimait quand il disait qu'il avait un grand respect pour la maison de Plautius et qu'il l'avait reçue tout de suite, alors que tant de visiteurs attendaient depuis plusieurs heures d'être reçus. Impatientée, elle lui avait rétorqué qu'il n'avait pas eu autant d'égards pour Plautius, quand il était venu lui rendre visite, la veille, sur sa demande. Il avait répondu qu'il ne se souvenait pas d'avoir demandé à Marcus de venir le voir. Il ne se serait pas permis de convoquer un préteur, encore moins de le faire attendre. C'est sa parole contre celle de Marcus, disait-elle, et tu verras que c'est lui que Tibère écoutera. Elle disait qu'il avait dans sa maison une statue d'Agrippa, le gendre d'Auguste. Heureusement que Tibère n'avait pas de fille, sans quoi il la lui aurait donnée. Déjà la fille de Séjan était promise au fils de Claude et de Plautia... Corinne essayait de l'apaiser. Tantôt elle lui tapotait les mains, tantôt elle lui massait légèrement les tempes. En même temps, elle réfléchissait et se disait que Livilla pouvait bien tenir le rôle de cette princesse. Séjan voulait-il épouser Livilla ? Etait-elle consentante ? Tout à nouveau s'embrouillait.

Elle revint cependant à ses premières pensées et profita que Tanaquil, essoufflée par ses imprécations, se taisait, pour les lui exposer. Elle faisait attention de ne pas trahir le rôle qu'elle avait tenu et de ne pas parler d'Hylas.

— Oui, j'y ai pensé, dit Tanaquil. Mais tu vois comme je suis vieille maintenant. Les idées me traversent la tête sans s'y arrêter. Dès le début, je me suis demandé pourquoi le visage d'Apronia avait été écrasé. Chez Livie, cette idée m'est revenue, mais je n'ai pas su aller jusqu'au bout. Bien sûr, si on a défiguré ce corps, alors qu'on voulait qu'il fût pris pour celui d'Apronia, c'est qu'il n'est pas celui d'Apronia.

Elle parlait lentement, en phrases lentes et lourdes, pour que son esprit suivît bien le raisonnement. Il ne restait plus qu'à courir chez Marcus.

— Mais à quoi reconnaîtras-tu que c'est bien le corps d'Apronia ? demanda Corinne.

Tanaquil n'avait pas pensé à cette question. Elle finit par dire qu'elle avait bien comme tout le monde une marque, un grain de beauté, une cicatrice...

— Oui, mais à qui le demander ? Marcus est sans doute inaccessible. La nourrice n'a plus sa tête.

Restait Némésis. Elles convinrent que celle-ci détenait leur dernière chance, et elles mirent au point un plan d'action. Cela les occupa tout le temps du parcours.

La rue où habitait Plautius était encombrée de curieux attirés par le scandale qui frappait une grande famille. Devant la maison se pressaient des musiciens et des porteurs de torches. Tanaquil et Corinne furent soulagées de ne pas arriver trop tard. Elles entendirent les pleureuses qui poussaient les lamentations d'usage qu'interrompait l'écho sourd des coups dont elles frappaient leur poitrine, toutes ensemble, en cadence. Ces bruits lugubres se mêlaient dans la rue aux conversations à peine chuchotées d'où fusait parfois un rire strident. La foule se tut et s'écarta à l'arrivée de Tanaquil. Son nom, lancé par un homme fier de son savoir, passa de bouches en oreilles. C'était la grand-mère. On épia son visage ; on y trouva une préoccupation qui pouvait passer pour du chagrin.

Dans l'atrium, sur un lit, la dépouille d'Apronia était exposée, les pieds dirigés vers la porte par où bientôt elle serait emportée. Apronius et sa femme l'encadraient. Ils sursautèrent en voyant entrer Tanaquil. Elle passa entre les pleureuses et s'avança vers Apronius. Elle était venue rendre hommage à Apronia. Ils avaient eu des mots, Apronius et elle, mais le respect devant la mort effaçait tout, n'est-ce pas ? Apronius était trop ému pour soupçonner une hypocrisie dans ce discours et il l'en remercia. Elle ajouta qu'elle était trop vieille pour suivre le cortège. Et à son âge, on n'aime guère contempler le spectacle de la mort. Mais qu'on lui permît de se recueillir un moment, et elle serait satisfaite d'avoir accompli son devoir.

Pendant ce temps, Corinne parlait à l'oreille de Némésis qui attendait, derrière les pleureuses. Elles sortirent toutes deux discrètement. Les gardes étaient dans le jardin ; deux d'entre eux défendaient l'accès à l'étage. Il était impossible de voir Marcus. Elles se glissèrent dans une petite pièce, et Corinne expliqua rapidement ce qu'elle avait dans la tête. Némésis ouvrait de grands yeux. Pressée par Corinne, elle réfléchit et finit par dire qu'en effet Apronia avait à la cuisse une tache légèrement brune, qui avait vaguement la forme d'un oiseau, du moins c'est elle qui le disait. C'était une tache de naissance. Elle pensait que c'était à la cuisse droite, mais là, prise de court, et dans ce terrible moment, elle n'en était pas sûre.

Corinne dut se contenter de ce renseignement. Elle revint dans l'atrium et se plaça parmi les pleureuses, juste en face de Tanaquil qui se tenait au pied du lit. Elle fit vibrer ses paupières pour indiquer qu'elle savait quelque chose. Alors Tanaquil joua son rôle avec un tel naturel que personne ne pouvait croire qu'il était feint. Son visage, marqué d'une lourde amertume, se froissa soudain en une grimace de mécontentement.

— Mais, dit-elle, qui a si mal drapé la robe de la malheureuse ? Pauvre petite, il faut qu'elle s'en aille chez les morts dans le plus bel équipage.

Et feignant de la chercher des yeux, elle appela Corinne.

— Aide-moi à arranger ces plis et à mettre en place toutes ces couronnes qu'on a posées là n'importe comment.

Les assistants, sidérés, regardèrent les deux femmes qui bouleversaient l'entassement des couronnes et des guirlandes entrelacées de bandelettes qu'Apronia devait emporter pour son dernier voyage. Tanaquil mesurait ses gestes, ne sachant quelle partie du corps il fallait découvrir. Corinne surmontait son horreur, en pensant le plus fort possible qu'il fallait faire ces gestes sacrilèges pour sauver Marcus. Elle fit lentement remonter la longue robe qui enveloppait la morte. Tanaquil déplaçait les couronnes fébrilement, essayant que personne ne remarquât les jambes de la morte qui apparaissaient et l'entrejambe qui serait bientôt dévoilé. Corinne vit avec une stupeur désespérée sur la cuisse droite du corps la tache brune qu'avait décrite Némésis. D'un doigt elle la frotta, gardant le dernier espoir qu'elle eût été dessinée sur un autre corps. Mais sous son doigt la chair glacée restait brune. Alors, elle rabattit l'étoffe, en signifiant d'un signe de tête que c'était bien Apronia qui gisait là. Tanaquil eut un regard effaré, puis elle se mit à replacer les couronnes qu'elle avait dérangées. Quand elles eurent fini, l'apparence du corps était exactement celle qu'il avait à leur arrivée. Tanaquil prit congé des parents et sortit, suivie de Corinne.

Elles s'effondrèrent dans la chaise, et restèrent muettes. A un moment, Corinne fit arrêter les porteurs. Elle descendit précipitamment de la chaise et, courbée au bord de la rue, elle céda à la nausée. Chaque fois qu'elle pensait à sa main qui lui semblait avoir gardé le froid de la mort, les spasmes la reprenaient, et les hoquets de son corps bouleversé se mêlaient aux sanglots de son âme chavirée. Elles ne purent rien se dire jusqu'à leur retour à la maison de Tanaquil.

2

Là, elles éprouvèrent en même temps le besoin de prendre un bain. Elles devaient se purifier de la mort qu'elles avaient touchée. Corinne demanda l'autorisation de se baigner dans les bains des maîtres et non dans ceux des esclaves. Elle avoua qu'elle était terrorisée à l'idée de s'y trouver seule. Tanaquil mit cette terreur sur le compte des émotions de la journée ; elle accorda l'autorisation. Un battement de ses mains fit apparaître une nuée de jeunes esclaves babillards qui eurent tôt fait de verser dans les baignoires de deux petites salles l'eau qui était tenue chaude dans de hauts vases d'airain. Corinne se plongea avec délectation dans l'eau chaude. Une petite esclave âgée d'une dizaine d'années vint l'aider. Corinne lui demanda de la frotter de toutes ses forces ; il lui semblait qu'elle se débarrassait de toutes les impuretés qu'elle avait accumulées sur son corps et que le spectre même de la mort se diluait dans l'eau. Elle aurait voulu marcher sur du feu, comme on le faisait au retour des funérailles, afin de parfaire sa purification.

Dans le jardin, elle retrouva Tanaquil, provisoirement apaisée elle-aussi. La vieille dame s'assit sur une chaise à haut dossier, et Corinne se laissa glisser à ses pieds. Elles gardèrent un silence si pesant qu'il leur semblait entendre leurs deux cerveaux mettre les idées les unes après les autres, cherchant douloureusement à reconstruire l'édifice qu'ils avaient imaginé et qui venait de s'écrouler, chez Plautius, devant la cuisse tachée d'Apronia.

— Si Tibère n'intervient pas, Marcus est perdu, dit Tanaquil, et je doute qu'il intervienne. Livie va le heurter d'entrée de jeu.

Et elle continua pensivement, suivant avec précaution une idée qui se faisait jour en elle :

— Si Marcus était fou, il échapperait à la condamnation. Or Fabia se vante d'être une magicienne. Pourquoi ne l'aurait-elle pas ensorcelée, pour se venger d'avoir été remplacée ? C'est notre dernière chance.

Elles tournèrent et retournèrent cette idée. Oui, c'était leur dernière chance. Il était maintenant midi. Le soleil avait envahi le jardin. Le ciel était de ce bleu qui suit les orages violents, purifié, comme allégé, invitant à la douceur et au bonheur d'être. L'univers qui s'était déchaîné la veille, comme s'il se révoltait devant les crimes des hommes, était retombé dans son indifférence coutumière. Un innocent allait être condamné, et le soleil brillait. C'était à désespérer des dieux.

Livie vint surprendre leurs rêveries moroses. Elles comprirent, en voyant sa silhouette haute et mince plus voûtée que d'ordinaire, qu'elle avait échoué dans sa mission. Elle dit, en effet, son échec sans s'attarder sur les détails. Tibère n'interviendrait pas. Le dernier rapport qu'il avait reçu, pendant qu'elle était chez lui, concluait à la culpabilité de Marcus. Elle convint avec elles que Fabia était peut-être une chance, c'était en tout cas la dernière. Toutes trois étaient lasses. A cette heure, d'habitude, les deux vieilles dames faisaient la sieste. Quant à Corinne, il lui semblait n'avoir ni dormi ni mangé depuis des siècles. Elle rêvait de s'enfouir dans un long sommeil dont elle se prenait même à souhaiter qu'il fût éternel. Cependant, il fallait accompagner Tanaquil chez Tibère. Elles commandèrent une chaise à porteurs, bien que le palais fût à deux pas de la maison.

3

Et elles repartirent, la vieille dame épuisée, lourdement appuyée sur la jeune esclave qui ployait sous la charge.

Corinne attendit longtemps dans le jardin de Tibère. Elle somnola plusieurs fois. Chaque fois, elle se réveillait en sursaut. Son sommeil avait été traversé d'un cauchemar où se suivaient les visages grimaçants de Lygdus, de Séjan, de Tibère, de Livilla, quand ce n'était pas celui d'Apronia, tout écrasé, qui se balançait au-dessus d'elle, en criant vengeance. Elle s'éveilla tout à fait en entendant crier une voix aiguë. Une femme encadrée par deux gardes faisait son entrée. Elle leur interdisait de la toucher. Jamais pareille valetaille n'avait porté les mains sur une Fabia. Elle saurait bien aller toute seule où leur maître l'attendait. Et elle entra, sans être annoncée, dans le salon où étaient Tibère et Tanaquil.

Corinne entendit des éclats de voix, puis elle sombra de nouveau dans une somnolence agitée. Elle hurla quand Lygdus s'approcha d'elle, un lacet à la main. Elle s'éveilla, prête à mourir, la gorge déjà douloureuse. Elle vit Tanaquil qui la secouait et entendit Tibère qui remarquait froidement :

— Cette petite est bien agitée. Ramène-la bien vite chez toi. Adieu, chère Tanaquil. Crois bien que je suis désolé. Tu as vu toi-même que Fabia est innocente.

Corinne s'était levée. Tanaquil prit de nouveau son bras, et s'y appuya plus lourdement encore qu'en arrivant. Elles rentrèrent tristement. Tanaquil n'avait prononcé qu'une parole :

— Tout est perdu. Je sais ce qu'il me reste à faire.

Corinne ne savait comment interpréter cette phrase dite d'un ton lugubre et sur laquelle sa maîtresse avait refusé de s'expliquer. Dès leur retour, Tanaquil se retira dans sa chambre. Elle voulait être seule, mais elle aurait besoin de Corinne, dans un moment. Il fallait porter un message à Marcus. Elle devait trouver le moyen de le joindre. C'était d'une urgence absolue. Corinne avait objecté qu'elle avait peur de sortir seule, mais Tanaquil avait écarté cette peur d'un geste las :

— Tu prendras une chaise et tous les porteurs te feront escorte. Tu ne risqueras rien.

Corinne resta dans le jardin. Elle craignait de retourner dans sa chambre. Elle s'étonnait d'être encore en vie. Les assassins ne devaient pas être loin ; ils ne pouvaient avoir renoncé à leur dessein. Elle était condamnée. Elle ne pouvait pas encore savoir qu'on la laissait en sursis, le temps de mener à bien la mission que Tanaquil allait lui confier. Son imagination, exaspérée par les événements et par l'épuisement, forgeait partout des silhouettes menaçantes, des corps tapis derrière les massifs fleuris du jardin, prêts à bondir sur elle. Elle s'obligea à regarder le ciel pâlir et des teintes mauves envahir la limpidité du bleu que traversaient en minces filaments des nuages semblables à des cocons de laine. Bientôt Hylas se mettrait en route pour la rejoindre. Elle sentit en elle un bien-être délicieux, remplacé presque aussitôt par une angoisse douloureuse qui lui serrait la gorge et l'étouffait, comme l'aurait fait le lacet mortel qu'elle redoutait. Elle se demandait comment Hylas parviendrait jusqu'à elle. Elle fut interrompue dans ses pensées par la voix de Tanaquil. Elle était devant elle. Elle lui remit un paquet soigneusement enveloppé dans une pièce d'étoffe.

— Arrange-toi pour le lui donner ou le lui faire parvenir, dit-elle. Il saura comment s'en servir. N'aie pas peur, tu lui apportes le salut.

4

Protégée comme une princesse, Corinne, que ne rassurait pas totalement l'escorte de porteurs musclés, était assise dans une des chaises de Tanaquil. Elle épiait la nuit, redoutant une brusque attaque. Elle ne savait pas que ses mystérieux ennemis se réjouissaient de la mission qu'elle accomplissait et qu'elle ne risquait rien, pour le moment du moins... Pour le retour, en revanche...

Ils arrivèrent à la maison de Marcus. Dans l'atrium, les esclaves étaient réunis ; ils regardaient le prêtre qui était venu purifier la maison. Revêtu d'une toge bordée de pourpre, les tempes entourées d'une couronne de plantes entrelacées, il marmonnait d'obscures incantations qu'il ne comprenait pas plus que les assistants. Accomplissant minutieusement le rite séculaire et mystérieux, il jetait à travers la pièce des grains de blé dur qui avaient été grillés et du sel. Les torchères qui éclairaient le centre de la pièce faisaient de grands recoins d'ombre vers lesquels Corinne se glissa. Personne ne la vit, ou, si quelqu'un la vit, il fit comme si de rien n'était, sachant que si le rituel était troublé il faudrait le recommencer depuis le début. Elle ne pouvait se douter que quelqu'un l'avait vue, quelqu'un qui savait qu'elle devait venir et qui savait aussi qu'elle ne devait pas retourner chez Tanaquil. Elle profita de l'attention que tous semblaient porter au prêtre et parvint au pied de l'escalier. Il n'était pas surveillé. Les gardes étaient sans doute partis assister à l'étrange spectacle qu'offrait le prêtre. Elle monta.

Marcus était dans sa chambre. Elle le trouva prostré sur son lit, regardant sans les voir les ombres que la lumière de la seule lampe faisait trembler au plafond. Quand il s'aperçut d'une présence, il s'assit brusquement, le regard affolé. Et elle vit son visage, ombré de barbe qu'il avait laissé pousser en signe de deuil, et aussi par désintérêt pour lui-même. Elle eut une infinie pitié de sa détresse. Il lui fit signe d'avancer. Elle reçut sa tête sur sa poitrine. Ses bras l'enlacèrent, et elle sentit ce corps qui, jadis, avait initié le sien à l'amour et transir et brûler. Il éclata en sanglots profonds. Elle sentit à la naissance de ses seins la chaleur amère de larmes qui coulaient, maintenant irrépressibles, comme si ce corps puissant voulait se diluer en elle. Emue, elle lui passa la main dans les cheveux. Il frémit sous cette caresse qui fit redoubler ses larmes. Elle chuchotait des mots tendres, les mots d'une mère qui veut endormir son enfant qu'un cauchemar vient de réveiller, dans la nuit profonde. Il pleura longtemps. Parfois il disait des choses incompréhensibles qu'elle entendait avec son cœur. Il lui confiait ce qu'elle savait, qu'il était innocent, qu'il ne comprenait rien, qu'il était comme un enfant dont le lit se met soudain en mouvement, et l'emporte, impuissant et terrorisé, dans d'obscurs paysages, sous le regard d'inconnus hostiles. Et elle lui répétait que c'était un mauvais rêve, qu'il était son petit, que demain tout irait mieux. Et, à travers lui, elle eut conscience que c'était à Hylas aussi qu'elle parlait.

Leur duo fut interrompu par des bruits de voix et de pas. Le rituel était achevé. La maison était pure, dont le maître, à l'étage, pleurait dans les bras d'une esclave bouleversée. Il se mit à trembler, chuchotant qu'on allait le tuer. Il y avait dans sa maison des forces funestes. Il sentait la mort rôder autour de lui. Il ne voyait personne que quelques esclaves et Némésis. Elle lui était dévouée, mais il sentait autour d'elle, quand elle entrait, flotter les ondes mortelles.

Le silence peu à peu reprenait possession de la maison. Deux voix l'empêchaient encore d'y régner tout à fait. Un homme et une femme se disputaient dans le jardin. Ils parlaient grec et avaient du mal à garder le ton du chuchotement. Corinne crut entendre son nom prononcé par la voix féminine. Elle bondit vers la fenêtre ouverte. La voix de la femme s'impatientait :

— Je te dis qu'elle en sait trop. Elle doit...

La voix s'étouffa. Le mot ne devait pas être entendu. Corinne l'entendit tout de même et se mit à trembler. L'homme reprenait :

— Mes hommes en ont assez de voir leurs copains disparaître. Encore, tout à l'heure, deux sont morts, après les deux de ce matin et ceux de cette nuit.

— Tous des lâches et des maladroits, dit la femme. Un seul homme, et lui au moins mérite ce nom, a raison d'eux.

— Peut-être, dit l'homme, mais cette fois les porteurs sont dix, et ils sont forts.

La suite fut de nouveau chuchotée. Quand la voix de la femme redevint perceptible, elle disait :

— Tu sais les ordres. Si elle s'en sort, nous sommes bons pour l'ergastule, en attendant mieux. Va maintenant.

Corinne sentait ses jambes faiblir. Elle s'accrocha à Marcus qui était venu la rejoindre, et qui la regardait d'un air épouvanté.

— Tu vois, disait-il, la mort est ici, pour toi maintenant, pour moi bientôt. Ils ont des complices jusque dans ma maison.

La menace anonyme devint soudain terrible et envahit leur imagination de silhouettes multipliées brandissant des lacets et des poignards. Quelqu'un gratta à la porte :

— C'est moi, disait une voix douce, c'est Némésis.

— Cache-toi sous le lit, dit Marcus à Corinne. Je vais la renvoyer.

— Parle-lui en grec, dit-elle, prise d'une subite impulsion, avant de se glisser sous le lit avec le paquet qu'elle avait apporté et dont elle n'avait pas encore eu le temps de lui parler.

— Entre, dit-il en latin. Puis il continua en grec :

— J'allais m'endormir. Que veux-tu ?

Le cœur de Corinne battait jusqu'à ses tempes ; elle attendait la réponse avec une impatience fébrile. Némésis répondit en grec qu'elle venait lui souhaiter une bonne nuit. Sa voix était douce ; elle ne ressemblait pas à celle qui, dans le jardin, avait signifié le décret de mort. Corinne s'apaisa. Que Némésis connût le grec, ce n'était pas étonnant. Elle-même le savait, comme tout le monde. D'ailleurs, pourquoi Némésis lui en voudrait-elle ? Et à Marcus ? Il lui parut que ses soupçons étaient injustifiés, et elle était prête à sortir de sa cachette pour en demander pardon à Némésis. Elle fut retenue par un reste de suspicion contre lequel elle ne pouvait rien et qui grandit à nouveau, parce qu'il lui semblait que Némésis s'attardait, comme si elle scrutait tous les recoins de la chambre. Elle vit ses pieds avancer vers le lit où Marcus s'était à la hâte recouché. Elle se recula contre le mur. Elle avait posé le paquet sur le sol, et elle vit avec horreur un pied de Némésis s'avancer légèrement sous le lit et se promener de droite à gauche, comme s'il cherchait quelque chose. Elle eut juste le temps d'écarter le paquet ; le pied ne le rencontra pas et se retira.

Elle put enfin sortir de sa retraite. Marcus la pressait de rester jusqu'au matin, mais elle pensait à Hylas qu'il lui tardait de revoir. Il avait encore échappé à la mort, comme le lui avait appris la voix de l'homme. Elle devait le rejoindre. Elle dit qu'elle allait partir et qu'elle reviendrait le lendemain. Elle ignorait alors qu'elle regretterait toute sa vie cette fatale décision. Marcus se rangea tristement à ses raisons. Elle lui remit le paquet de Tanaquil et lui dit que c'était pour lui le salut. Puis elle s'enfuit légèrement.

Le corridor était désert ; les gardes, au bas de l'escalier dormaient lourdement. Elle passa entre eux sans les déranger et gagna sans encombres la rue où l'attendaient les dix puissants gaillards qui, ce soir, veillaient sur elle. Elle ne s'étonna pas qu'on pût si facilement entrer et sortir d'une maison où les visites étaient interdites. Elle songeait plutôt au retour chez Tanaquil. Le chef de sa garde était le jeune Gaulois blond comme les blés de son pays, et que naguère elle aimait. Elle chuchota quelques mots à son oreille. Il eut un éclair dans le regard et de la tête fit signe qu'il avait compris.

5

Elle monta dans la chaise, et le cortège se mit en route. Après avoir dépassé le premier carrefour, il s'arrêta sur l'ordre du Gaulois. Il informa rapidement ses hommes de ce que lui avait confié Corinne. Ils allaient être attaqués en route ; c'est elle qu'on voulait assassiner, à eux de la défendre. Ils eurent tous dans le regard le même éclair qu'il avait eu. Ils aimaient la bagarre, et ils tâtaient avec des caresses d'une douceur inattendue la poignée de leur glaive. Ils repartirent le long de la grande rue qui descendait vers la vallée. Ils savaient que l'attaque ne pouvait pas survenir avant le bas de la côte, et qu'elle aurait lieu dans le quartier populaire où les ruelles se prêtaient à tous les guets-apens.

Ils ne furent pas surpris, quand ils se trouvèrent enveloppés par un cordon d'hommes qui brandissaient des poignards. Corinne sentit qu'ils posaient la chaise, et elle se vit entourée de dix dos puissants qui la protégeaient. Ils s'étaient tous retournés d'un seul mouvement, et ils faisaient face à leurs adversaires. Quand ceux-ci s'élancèrent, ils furent reçus sur dix glaives pointus sur lesquels s'échoua leur premier assaut. La scène, jusqu'alors silencieuse, s'anima du concert des gémissements des blessés. Corinne regardait avec effroi la seconde vague se précipiter sur sa garde gauloise, et s'effondrer sur les glaives qu'elle continuait de brandir, sans bouger d'un pouce. Désemparés, les adversaires reculaient ; bientôt ils s'enfuiraient. Les Gaulois, impatients de la tactique que leur chef leur avait imposée, brûlaient du désir de passer à l'attaque. Sans entendre ses ordres, ils avancèrent lentement vers les assaillants. Corinne regardait, le cœur battant. Quand s'ouvrit l'une des deux portes de la chaise et qu'elle se retourna, il était trop tard. L'homme au regard sombre était là. Il la regardait férocement. Il tenait un poignard. Elle ouvrit des yeux épouvantés. Le hurlement que poussait son corps révolté par l'approche de la mort ne parvenait pas à franchir ses lèvres. Elle était comme la femme qui était morte sous ses yeux, comme une bacchante qui voit la divinité, ou plus simplement comme un jeune femme, avide de vivre, et qui voit la mort. L'instant dura une éternité. Elle était offerte, un bras derrière le dos, l'autre levé vers son front, en un geste de défense puéril. Elle sentit que sa main, dans son dos, touchait la poignée de la porte. Elle la pressa. La porte s'ouvrit ; elle se laissa tomber en arrière. Le poignard s'enfonça dans le dossier que son corps venait de quitter. L'homme l'arracha rageusement. Il était dans une position inconfortable. Corinne en profita pour se relever. Elle n'eut pas le temps de courir, un homme était devant elle, et l'assassin était derrière. Elle perdit connaissance, sans savoir que c'était dans les bras du Gaulois, son amant.

Quand elle revint à elle, tout était calme. L'escorte au complet attendait son retour à la vie. Leur chef l'avait assise dans la chaise. Il lui tenait la main. Elle lui sourit. La rue était paisible, abandonnée par les assaillants qui avaient emporté leurs blessés et leurs morts. Son agresseur avait pu s'enfuir. Il semblait que rien ne s'était passé, et ils reprirent leur chemin. Les hommes étaient contents de leur exploit, et ils chantaient des refrains de leur pays qu'ils offraient à Corinne, comme une aubade. Elle, soulagée, riait de leur joie. A peine descendue de la chaise, après leur avoir fait un grand geste d'amitié, elle courut chez Tanaquil lui dire qu'elle avait accompli sa mission. La vieille dame la congédia d'un signe de tête. Alors elle vola jusqu'à sa chambre et se laissa glisser sur Hylas qui l'attendait, allongé sur son lit.

6

Il haletait, comme s'il avait couru, et son corps était tout chaud. Elle sentit qu'il la désirait. Ils restèrent longtemps silencieux, tout occupés à s'embrasser et à se caresser. Il avait eu si peur de ne plus la revoir qu'il débordait de tendresse. Il la serrait passionnément contre lui, et elle s'étonnait de répondre à ses élans de toute son âme et de tout son corps, et que son sexe fût baigné de chaleur et de moiteur dans l'attente de celui d'Hylas qu'elle sentait s'enfler contre elle. Elle connut le plus grand plaisir de sa vie depuis le temps lointain où Marcus lui avait appris l'amour. Elle ne songea pas au grand Gaulois blond qu'elle avait cru aimer. Celui-là aussi lui faisait bien l'amour, mais avec trop de tendresse et de dévotion. Et puis, il avait fini par croire qu'elle lui appartenait. Pour un peu il aurait été jaloux ! Elle aimait la sauvagerie d'Hylas et la violence des secousses qu'il lui imprimait. Pour lui, il était encore en elle, satisfait et non rassasié de ce corps qu'il découvrait. Il pensait que jamais il n'avait éprouvé une telle joie avec Glycère ni avec une autre. Jamais il n'avait tenu dans ses bras une femme qui se donnait si complètement et qui avouait son plaisir si totalement. Jamais il n'avait senti chez une femme une jouissance aussi profonde. Elle s'était ployée sous son corps, et il avait cru qu'elle allait perdre conscience sous l'effet d'un plaisir trop intense, mêlé d'une souffrance qui mettait dans son regard une impression d'égarement. Quand ils se furent fait de douces confidences et que leur ardeur se fut exaltée et apaisée en de nouvelles étreintes, ils pensèrent à la précarité de leur sort.

— Je t'ai crue morte, dit-il.

— Je savais que tu vivais, dit-elle. Quelqu'un l'a dit dans le jardin de Marcus.

Il lui raconta que le matin il avait attendu longtemps le retour de Périlla. Il ne pensait qu'aux dangers que courait Corinne, et il fut long à s'inquiéter pour la vieille. Il avait fini par supposer qu'il avait dû lui arriver quelque chose. Il était descendu et avait refait le chemin qu'elles avaient suivi. Dans la dernière cour, il avait vu des gens qui entouraient un tas de hardes jetées par terres. Il s'était approché et l'avait reconnue.

— Elle avait les yeux fermés, et elle semblait sourire, comme si elle n'avait pas souffert.

— Elle était heureuse de mourir pour toi.

Ils laissèrent passer un moment de silence en hommage à la vieille Périlla. Corinne, à la fin, lui demanda ce qu'il avait fait. Il était remonté chez Périlla, et il avait attendu le soir. La suite était maintenant monotone. Il était sorti à la nuit tombée. Il avait couru. Les trois assassins lui étaient tombés dessus au haut de l'Argilète. Il avait réussi à s'enfuir et s'était souvenu de la ruse d'Horace. Ne pouvant les abattre tous les trois à la fois, il les avait fait courir, puis il s'était débarrassé du premier qui le rattrapait et du deuxième ; le troisième s'était enfui.

— Et voilà, conclut-il en l'embrassant, comment moi, le faible Hylas, je suis devenu Hercule.

Elle tâta malicieusement ses muscles de héros, avant de lui raconter ses aventures. Il l'écoutait attentivement, serrant parfois sa main, pour lui dire qu'il éprouvait les mêmes émotions qu'elle lui décrivait. Quand elle parla de Marcus, elle le sentit qui se crispait, et elle en rit, ravie de cette marque de jalousie.

— Quel gamin tu fais ! Quel âge as-tu donc ?

— Je suis très vieux, j'aurai bientôt 23 ans.

— Moi je suis toute jeune, je viens d'avoir 18 ans, mais je suis plus raisonnable que toi.

Après cet intermède, elle reprit son récit. Brusquement, il s'agita nerveusement. Elle venait de lui parler de la tache brune qu'elle avait vue sur le corps d'Apronia. Il cria presque, et elle dut lui mettre la main sur la bouche pour l'obliger à la prudence :

— Une tache brune ? Sur la cuisse droite d'Apronia ? Comme c'est étrange, Glycère aussi avait une tache sur la cuisse, mais à gauche. Elle disait qu'elle avait la forme d'un oiseau.

A son tour, elle sursauta :

— D'un oiseau, dit-elle, en écho, sur la cuisse gauche ? Tu es sûr ?

Il ne voulait pas lui dire qu'il avait assez caressé le corps de Glycère pour en être sûr. Elle le comprit. Ils se turent, ne sachant que faire de cette troublante analogie, ni quel nouveau mystère elle cachait. Elle se revoyait frottant de sa main la tache brune sur le corps glacé. Sa main droite fut prise de picotements. Sa main droite, qui touchait droit devant elle la jambe...Et elle comprit son erreur. Elle avait touché la jambe gauche du cadavre. C'est à la cuisse gauche qu'était la tache, comme sur le corps de Glycère, mais alors.... ?

Elle guetta sur le visage d'Hylas l'émotion qu'allait y imprimer la révélation qu'elle lui faisait. Elle fut vive. Dans ses yeux, le reflet de la lampe sembla s'agiter et se multiplier, avant de se diluer le long de son nez. Elle comprit qu'il pleurait, et elle l'aimait déjà tant qu'elle comprit qu'il pleurât.

— Glycère, dit-il. C'est donc elle que tu as vue. Elle est morte ; elle a trop joué, elle a perdu. Elle m'a fait souffrir, mais je ne lui souhaitais pas de mal. Pauvre petite !

Et il s'enfouit dans une longue méditation qu'elle respecta. Elle-même était occupée à tirer les conclusions de son erreur. Il n'était pas possible que Glycère et Apronia eussent à la cuisse une tache de même forme ; la coïncidence semblait impensable. Pourtant c'est Némésis qui le lui avait dit d'Apronia. Sa pensée s'attacha sur Némésis. Tanaquil disait qu'elle aimait Marcus. Alors, pourquoi avait-elle menti ? Sans elle personne n'aurait su qu'Apronia avait eu un rendez-vous et son témoignage n'avait fait qu'aggraver la situation de Marcus. Depuis deux jours les apparences se confondaient tellement avec le réel que Corinne ne savait plus ce qu'il fallait croire ou ne pas croire. Et puis, d'autres questions se posaient : si la morte de l'atrium était Glycère, où était Apronia ? Hylas sortait de ses pensées, il la rejoignit dans les siennes :

— Qu'ont-ils fait d'Apronia ? dit-il.

Ils se rappelèrent en même temps la femme épouvantée. Son corps avait été emporté chez Glycère, Périlla l'avait dit à Hylas. Et il avait été brûlé la nuit suivante. Il ne restait aucune preuve de la substitution de corps.

— Ils sont forts, conclut Hylas.

Et de nouveau elle frémit devant le terrible anonymat de leurs ennemis. Elle préférait encore nommer l'adversaire, dût-elle prononcer le nom terrible de Lygdus.

— Nous n'avons qu'une piste, Lygdus, dit-elle, l'eunuque de Livilla que j'ai vu chez Séjan.

Ils eurent beau réfléchir ; ils étaient démunis. Ils savaient Marcus innocent, sans pouvoir le prouver.

— Il faut aller tout dire à Tanaquil, décréta Corinne, sans quoi Marcus est perdu.

Hylas partageait cet avis. Tant pis pour les risques qu'ils encourraient. Ils ne seraient pas pires que ceux qui les menaçaient déjà. Corinne alla chez Tanaquil qu'elle trouva éveillée et elle lui demanda de bien vouloir entendre leurs confidences. La vieille dame accepta. Corinne alla chercher Hylas, et ils commencèrent leur récit. Chacun disait ce qu'il savait, à son tour. Tanaquil écoutait ces chants amébées d'un air de plus en plus effaré.

— Grand dieux ! s'écria-t-elle.

Et son visage ressemblait aux masques peints sur le mur. On aurait dit Médée prenant conscience qu'elle avait tué ses fils.

— Grands dieux ! Que m'avez-vous inspiré de faire ? Vous seuls avez pu imaginer un tel piège.

Et, pour la première fois, Corinne la vit qui pleurait. Instinctivement elle courut entourer ses épaules, et elle lui dit des mots d'apaisement. Elle se laissait faire, écrasée par ils ne savaient quel destin. En s'y reprenant à plusieurs fois, en essayant de contenir ses sanglots, elle parvint à dire qu'elle avait envoyé à Marcus un présent mortel. Inquiète d'en avoir été la messagère, Corinne insistait pour qu'elle le nommât. Alors, dans la chambre où ricanaient les masques dont les yeux creux s'animaient aux ombres dansantes de la lampe, dans le silence devenu presque tangible, éclata, comme le vacarme du tonnerre, le mot terrible :

— J'ai envoyé, commença-t-elle,
puis elle se ravisa, comme si le changement de sujet allait l'innocenter ou la rendre moins coupable :

— Corinne a porté à Marcus... un poignard.

Et elle ajouta le pire, dont la confidence mourut plusieurs fois sur ses lèvres :

— un poignard, sans un mot d'explication, ni d'encouragement, ni d'affection.

Longtemps la déflagration provoquée par ces mots se répercuta dans la chambre obscure, dans les cœurs, dans les esprits. Corinne sentait ses mains lui brûler d'avoir tenu l'objet mortel. Elle imaginait Marcus s'enfonçant le poignard dans la gorge, à l'instant même où elle faisait l'amour avec Hylas. Lui, qui sentait la mort autour de lui, n'avait pas senti qu'elle aussi en était porteuse. Il s'était réfugié dans le sein de sa propre mort, pour y pleurer son lamentable destin. Puis, l'espoir l'envahit qu'il n'avait pas encore accompli le geste fatal. Elle le connaissait bien, il n'était pas homme à se donner la mort avec la constance hautaine des Stoïciens. Il aura eu peur, se disait-elle ; il aura remis jusqu'au jour le moment de mourir. Et elle s'imaginait lui arrachant l'arme des mains et lui rendant la vie que sa grand-mère lui avait conseillé de trancher.

– Il n'est peut-être pas trop tard, dit-elle.

– Cours, dit simplement Tanaquil.

7

Corinne alla réveiller le Gaulois. Il ne dormait pas, et, en la voyant, à son chevet, si belle dans son trouble, il crut qu'elle venait lui donner le seul remerciement qu'il souhaitait intensément. Elle le détrompa affectueusement. Il fut déçu, mais il était content qu'elle eût encore besoin de lui. Il avait ses hommes bien en mains, ils ne broncheraient pas d'être réveillés en pleine nuit, puisque c'était pour elle... Ils ne bronchèrent pas, même quand ils surent qu'ils devaient aussi transporter Hylas qui avait exigé d'accompagner Corinne. Une nouvelle fois le cortège s'enfonça dans les rues obscures dont la quiétude qu'il troublait se reformait derrière lui. Malgré l'heure tardive, la porte de la maison dont le maître était prisonnier n'était pas fermée. Ils entrèrent dans l'atrium obscur. Dans un coin brûlait vivement une flamme posée devant les dieux protecteurs de la famille. Elle avait été rallumée par le prêtre, après la purification. Tout était dans l'ordre. On eût dit une demeure endormie dans la paix, sous la garde de ses dieux. Ils allèrent jusqu'au jardin, et s'arrrêtèrent, un instant éblouis par la beauté du tableau. Là aussi tout n'était qu'ordre et calme. Une nuit scintillante d'étoiles veillait sur le jardin où bruissait un jet d'eau. Les fleurs fermées préparaient leurs parfums du matin. Entre les colonnes, les masques de théâtre vibraient légèrement, poussés par une brise légère. Corinne eut une bouffée d'espoir. La lune aurait-elle éclairé si sereinement ce lieu, s'il devait s'y passer une tragédie ? Il eût mieux valu se dire que son éclat froid et emprunté ne faisait que rendre le crime plus manifeste. Au fond du jardin, en face d'eux, une lumière brillait.

– Ce sont les bains des maîtres, dit Corinne. Allons-y.

Le vestibule était désert. Dans le caldarium les attendait l'horrible vision dont une vie ne suffirait pas à effacer le souvenir. Marcus était allongé dans une baignoire. Il avait déjà la pâleur de la mort, et les mouvements convulsifs de son visage étaient les dernières révoltes d'un corps que la vie abandonne. Sur ses bras, tendus devant lui, de fines zébrures rouges striaient les poignets. Il en coulait un filet de sang. Corinne saisit la main d'Hylas qu'elle trouva glacée, comme la sienne, comme devaient l'être aussi celles de Marcus. Une voix les fit sursauter :

– Il va mourir, disait-elle. Ce n'aura pas été sans peine. Il a essayé le poignard. Il l'a mis dans le creux de sa gorge, mais sa main tremblante n'osait appuyer. Sur mes conseils, comme il n'avait pas la force de mourir en soldat, il a choisi cette mort. Il lui a fallu l'aide de deux esclaves.

Aucune émotion ne troublait la voix ni n'altérait le visage de Némésis vers laquelle ils levèrent les yeux. Elle était de cette beauté qu'on prête aux déesses. Son visage lisse était éclairé par ses yeux bleu profond qui étaient un peu fixes, comme si elle voyait, au delà de l'instant, l'inconnu de l'éternité. Sa bouche esquissait ce sourire qu'ont les divinités étrusques, dont on ne sait s'il marque leur cruauté ou leur indifférence infinie au sort des mortels. Ils la regardaient aussi fascinés que lorsqu'ils écoutaient sa voix, effrayés en même temps par son impassibilité et sa majesté.

Marcus émit une sorte de cri qui rompit l'enchantement et reporta l'attention sur lui. Il avait ouvert les yeux ; ils étaient pleins de cette horreur sacrée que l'homme éprouve devant la divinité. Sa bouche s'efforçait de parler. Corinne s'approcha de lui et se baissa pour cueillir ses ultimes paroles. Avec d'immenses difficultés, il parvint à murmurer :

– C'est elle.

Et il fixait son regard droit devant lui, comme s'il voyait quelqu'un derrière Corinne. Elle se retourna. Il n'y avait personne qu'Hylas. Némésis avait disparu. Marcus allait mourir. Corinne fit signe à Hylas de l'aider. Ils le portèrent à travers le jardin qui ne leur sembla plus aussi serein. Corinne criait pour alerter la maisonnée. Les esclaves sortirent de leur quartier, les yeux lourds de sommeil, et ils formèrent un cortège. Ils accompagnèrent leur maître jusque sur le seuil. Corinne et Hylas le posèrent sur le sol. Elle guettait les lèvres de Marcus. Elle y recueillit son dernier soupir dans un baiser et lui ferma les yeux. Puis, comme le voulait la tradition, à haute voix, elle l'appela :

– Marcus Plautius, criait-elle, comme s'il allait revivre à cet appel, que tous les esclaves reprirent en chœur.

Le nom de Marcus emplit la rue et monta jusqu'au ciel où il se perdit. Alors Corinne fit porter le corps dans les bains. Elle tenait à lui rendre tous les honneurs habituels, comme s'il était mort naturellement, afin que son âme apaisée ne revînt pas tourmenter les vivants. On lui apporta les flacons d'onguents dont certains avaient été entamés, deux jours plus tôt, pour le corps d'Apronia, et elle commença la toilette mortuaire. Quand elle eut fini, le jour naissant teintait de rose l'orient. Marcus, drapé dans sa toge bordée de pourpre, reposait sur le lit funèbre, dans l'atrium de sa maison, les pieds tournés vers la porte. Sous sa langue, il emportait la pièce de monnaie que Charon prendrait avant de lui faire traverser le Styx. Devant le foyer des dieux domestiques, la lampe que le prêtre avait rallumée quelques heures auparavant était de nouveau éteinte. Les gardes qui devaient veiller sur le prisonnier avaient disparu.

8

Corinne et Hylas montèrent dans la chaise. Ils prirent alors conscience que Némésis n'avait pas participé à la toilette du mort. Ils ne l'avaient plus vue. Ils s'en firent la remarque et se turent, épuisés, jusqu'à l'arrivée. ls n'eurent pas besoin de parler pour que Tanaquil comprit que Marcus était mort. Sans un mot, ils se retirèrent. Corinne alla dire au Gaulois qu'elle avait peur pour elle et pour le garçon qui l'accompagnait. Leurs ennemis n'avaient pas désarmé ; ils les poursuivraient jusque dans sa chambre. Avec générosité, sans poser de questions, il promit de la protéger. Au fond de lui, la souffrance était revenue. Elle rejoignit Hylas ; il dormait déjà. Elle s'endormit, blottie contre lui.

Elle fut réveillée par le bavardage des esclaves qui, comme chaque matin, nettoyaient la maison de fond en comble. Le jour était levé. Ce devait être la 8° ou la 9° heure. Elle alla prendre un bain. Le Gaulois était dans la cour. Il la salua. La nuit qu'il avait passée à veiller et à souffrir n'avait pas abîmé son beau visage. Elle le regarda affectueusement. Elle l'aimait bien, avec tendresse, peut-être plus. Un jour, qui sait ? elle se donnerait à lui de nouveau... Elle ne doutait guère qu'il y consentirait.

Tanaquil était parée pour la cérémonie des funérailles de Marcus. Elle comprenait bien que Corinne ne tenait pas à l'accompagner. Du reste, elle voulait qu'elle écrivît le récit complet qu'elle lui avait fait la veille. Elle voulait au moins se battre pour la mémoire de Marcus. Corinne parla d'Hylas. Oui, Tanaquil avait pensé à lui. Il fallait le cacher. C'était un témoin trop précieux. Livie, qu'elle était allée voir au petit matin, avait accepté de le prendre dans sa villa de Prima Porta. Elle y envoyait un groupe d'esclaves aujourd'hui même préparer le séjour qu'elle y ferait bientôt. Il irait avec eux. Corinne les rejoindrait le lendemain.

Ils durent donc se séparer. Cela n'alla pas sans larmes qu'elle versa, ni sans émotion du côté d'Hylas. Ils se firent des serments, riant parfois de ne plus pouvoir se quitter alors qu'ils se connaissaient depuis deux jours à peine. Il lui promit de lui faire parvenir un message, dès qu'il serait arrivé. Oui, il se souvenait du signe de reconnaissance dont ils étaient convenus.

Elle se retrouva seule dans la maison peuplée d'esclaves, mais d'où Hylas était parti. Le Gaulois aussi était parti pour accompagner Tanaquil. Elle s'en alla dans la bibliothèque déserte. Elle prit une liasse de feuilles et se mit à écrire. Le calame semblait courir de lui-même, tant elle avait de choses à raconter. Elle s'étonnait que si peu de temps se fût passé depuis le début de son cauchemar. Il lui semblait qu'elle avait peur depuis toujours, et aussi qu'elle aimait Hylas depuis toujours. A un moment, alors qu'elle racontait ce que lui disait la servante de Livilla, dans la cour de Livie, elle entendit du bruit derrière la tenture qui fermait la bibliothèque. Elle se leva et alla se placer tout contre la tenture. Il lui sembla sentir la présence d'un corps. Son cœur se mit à battre. Elle entendit un bruit de pas légers et précipités, et presque aussitôt les grands rires des Gaulois. Elle écarta l'étoffe et se réjouit de les voir de retour. Soulagée, elle se montra et fit un petit signe de la main à leur chef. Il lui répondit. Elle vit dans son regard qu'il l'aimait toujours. Maintenant qu'elle se savait en sécurité, elle pouvait reprendre sa tâche.

Mais le rythme qui l'avait portée jusque-là était rompu. Elle vit qu'elle avait oublié de noter que l'esclave de Livilla avait dit qu'elle avait aperçu derrière Livilla qui descendait de sa chambre une grande femme pâle, avec de grands yeux azurés. Elle avait oublié ce détail, parce qu'à ce moment-là elle ne pensait pas à Némésis. Maintenant, elle la soupçconnait. Si elle avait menti, à propos des tablettes effacées, de la tache sur la cuisse, et de tout le reste ? Elle soupira et remit à plus tard d'insérer ce détail important à sa place. Elle sentait bien qu'elle faisait plus que d'écrire un témoignage et, quand elle relisait certaines lignes, il lui arrivait de penser qu'il aurait fallu supprimer tout ce qui n'était pas nécessaire. Puis elle se ravisait. En parlant d'elle à la troisième personne, en notant ses moindres sentiments, en refusant de distinguer l'essentiel de l'anecdotique, elle limitait les risques d'oubli. C'est du moins ce qu'elle se disait pour justifier l'extrême plaisir qu'elle trouvait à se raconter et à se voir comme une héroïne.

Elle écrivit ainsi jusqu'au crépuscule. Elle allait allumer un candélabre, quand elle entendit son nom prononcé dans le jardin par une voix légère. C'était un messager pour elle. Elle courut. Un esclave très jeune, peut-être un garçon, lui tendit, sans la regarder, deux tablettes attachées ensemble. Elle s'avança au milieu du jardin, là où la lumière du couchant jetait ses feux les plus flamboyants. Elle défit le lien et regarda si le signe convenu figurait sur les tablettes. Il y était. Tout émue, elle lut le message. Hylas lui disait qu'il avait fait une grande découverte. Elle était en danger dans la maison de Tanaquil, elle devait partir tout de suite et venir le rejoindre. Il s'était refugié dans la villa de Livie, à Prima Porta. Elle hésita, et l'amour l'emporta. Elle irait le rejoindre. Tant pis pour ce que dirait Tanaquil.

Oui, tant pis pour ce que dira Tanaquil. Inutile qu'elle insiste, pour m'empêcher de partir. Je partirai. Je lui en demande bien pardon, mais je dois rejoindre mon amour qui m'appelle. Je dois donc sortir de mon récit. Tant pis, si je n'ai pas dit toute la vérité. Adieu, mon petit livre, tu n'en es pas moins précieux. Je reviendrai bientôt, sois-en sûr ; ce ne sera pas long. Je vais te cacher dans un placard de cette bibliothèque. Avec qui veux-tu passer quelques heures ? Avec Homère, ou Platon, ou Virgile ? Non, ils sont trop grands pour toi. Tiens, regarde, les *Argonautiques* d'Apollonios de Rhodes. Il y est question d'Hylas, n'est-ce pas ? Mais mon Hylas à moi ne va pas mourir emporté par les Nymphes. Lui non plus n'a pas tout dit, je le sens, je le sais, mais je l'aime. Il m'attend. Il m'aime. Il va m'aimer. Je te l'assure. Au-revoir.

IV

Enquête en Étrurie

1

— Nous l'avons retrouvée ici, hier soir. Elle avait encore au cou le lacet qui l'a étranglée. Il y avait laissé une marque violacée. Son visage était défiguré. On a découvert tout à l'heure des marques de sang sur ce chandelier.

Tanaquil désignait un lourd objet de bronze dont le pied était tout entrelacé de guirlandes argentées. Ils étaient dans la bibliothèque. C'était le matin, et, par l'interstice que laissait la portière légèrement écartée, passaient les rayons du soleil qui illuminaient sur le dallage la place où, quelques heures auparavant, gisait le corps de Corinne. Ils étaient interdits et tristes. Publius remarqua d'une voix pâle que les taches de lumière glissaient légèrement, comme si le soleil voulait éclairer tout l'espace où le corps privé de vie s'était recroquevillé dans un dernier geste de protection. L'univers continuait son impassible rotation. Ses remarques ne rencontrèrent que le silence. Il savait bien qu'elles étaient banales, mais que dire, quand on a le cœur ému de pitié à la pensée d'une jeune vie fauchée soudain et si cruellement ?

— Elle est morte heureuse, dit Tanaquil. Elle allait rejoindre Hylas.

— Qu'en sais-tu ? demanda Publius.

— Elle l'a écrit sur ce journal qu'elle avait caché derrière ces rouleaux.

D'une main, elle tendait une liasse de papier et, de l'autre, elle montrait la niche où étaient rangés les précieux rouleaux d'où pendaient des étiquettes de parchemin portant les noms des auteurs et les titres des œuvres.

— C'est lui qui l'a retrouvée, dit-elle, en se retournant vers un esclave blond qui paraissait pénétré de douleur.

Publius se tourna vers lui :

— Que faisais-tu dans la bibliothèque ?

— Elle m'avait dit qu'elle était menacée, alors je surveillais cette pièce où elle est restée toute la journée. J'ai eu peur, tout le temps que nous avons été chez Marcus Plautius, parce qu'elle était ici, sans protection. Quand nous sommes revenus, je l'ai vue. Elle m'a fait un signe, et j'ai été rassuré. Je suis resté dans le jardin ; je rêvais d'elle. j'ai vu le gamin qui lui portait un message, mais ensuite je ne sais pas ce que j'ai fait, par quoi j'ai été distrait, mais je n'ai pas vu entrer la femme.

La voix lui manquait pour continuer. Publius, impressionné par cette douleur si profonde et si sincère, regardait s'embuer les yeux de ce géant avec une sorte de respect intimidé. Il savait bien que les esclaves avaient une âme, mais il était toujours étonné de trouver chez eux une délicatesse de sentiment dont les hommes libres ne faisaient pas toujours preuve. Et Publius qui ne pleurait pas la mort de son frère sentait obscurément que l'ambition, les intrigues politiques et l'excès même de culture lui avaient enlevé, ainsi qu'à ses semblables, cette faculté d'être tout entier dans une souffrance, cette pureté innocente que l'impureté des autres, des maîtres, blessait parfois de façon si bouleversante. Publius ne pouvait savoir que toutes ces réflexions qui se lisaient fugitivement sur son visage, si elles honoraient sa sensibilité, ne convenaient pas à la situation véritable du porteur de litière. Mais ce n'est pas le lieu d'évoquer la personnalité de celui que tout le monde prenait pour un esclave gaulois. Du reste, il avait retrouvé ses esprits. Il n'avait pas honte de ses larmes ; il était bien incapable de penser à lui et à l'opinion des autres.

— J'ai vu sortir une femme. J'ai cru que c'était elle. Elle courait vers l'atrium. J'ai appelé « Corinne, où vas-tu ? ». Elle a couru de plus belle. Là-dessus Tanaquil est arrivée. Elle était impatiente. Elle avait envoyé une esclave chercher Corinne, cela faisait un bon moment, et Corinne n'était encore pas venue. Alors la peur m'a saisi. Je me suis précipité ici, et je l'ai vue. Elle était chaude encore, et son visage... Oh ! Son joli visage... Pardonne-moi, Seigneur.

Il ne pouvait plus parler. Sa mémoire était envahie par l'horrible image. Il l'aimait tant, son visage, et son sourire, et ses yeux verts. Il se souvenait avec une extrême douleur de la trahison qu'elle lui avait infligée. Un soir, il avait fait l'amour avec elle. Il avait cru qu'elle allait se pâmer dans ses bras, qu'elle était au comble de la jouissance. Elle s'était accrochée à lui, pour jouir, et, sur son visage une espèce de souffrance émouvante se mêlait au plaisir. Elle était revenue à elle et à lui, comme on revient d'un lointain voyage, l'air un peu égaré. Elle avait finalement souri : « Je suis troublée, lui avait-elle dit, quand tu entres en moi. Aucun homme, jamais, ne m'a aimée de cette façon ». Le lendemain, elle se donnait avec la même fougue à un autre, et il n'avait pas compris. Pourquoi avait-elle aimé un autre homme ? Pourquoi cet amour qu'il lui offrait, si total et si pur, ne lui avait-il pas suffi ? Elle était faite pour lui. Il le savait. Si elle l'avait voulu, il l'aurait protégée des autres, protégée d'elle-même et de ses brusques impulsions. Il s'était répété que désormais il ne pourrait plus la chérir, quand bien même elle deviendrait la plus vertueuse des femmes, ni cesser de la désirer, quand bien même elle ferait tout pour cela. Il le lui avait dit :

— Une trahison telle que la tienne redouble la passion d'un amant et diminue sa tendresse.

Vaines paroles et combien illusoires ! Cette souffrance qu'il avait alors éprouvée, qui avait brisé son corps et son âme, qu'était-elle à côté de celle qui le torturait à présent ? Il savait que pendant des mois et des années il continuerait de lui parler et de lui dire et de lui redire qu'il l'aimait et que jamais il ne pourrait l'oublier, malgré Hylas, malgré l'horreur de cette trahison. Il savait que ce monologue, ou ce dialogue avec une morte, n'aurait pas de fin. Et, sans honte, avec une infinie désolation, le cœur désenchanté, navré et meurtri de sa déréliction, il sanglotait. Il regardait, dans le jardin, une rose délicate bien abritée. Les zéphirs la caressaient et le soleil l'affermissait. Et soudain il l'imaginait cueillie par une main profane où elle se fanait. Ou encore il voyait un beau lys, et il lui semblait qu'une main le brisait, après l'avoir caressé, et le jetait, le beau lys à la hampe mutilée et aux pétales lacérés. Et ces fleurs, c'était son amour, c'était elle et c'était lui.

Tanaquil, qui n'était jamais longtemps émue et qui n'aimait guère les larmes, chez les hommes surtout, était surprise par ce chagrin apparemment si profond. Elle ne pouvait savoir qu'un homme peut se donner à une femme, elle qui ignorait, toute prise qu'elle avait toujours été dans les intrigues et les ambitions, qu'une femme peut se donner à un homme. Elle ne comprenait pas les poètes, qui disaient qu'il n'y a guère que l'amour qui mérite d'être vécu et que le reste n'est que divertissement et errance dans des déserts stériles. Elle eut un instant la sensation qu'elle allait elle aussi se mettre à pleurer, et elle trouva insupportable cette sensiblerie. « Ces Barbares, se dit-elle, sont vraiment de grands et d'éternels enfants ». Rassurée désormais sur ses états d'âme, et guérie de son émotion, elle redevint elle-même, c'est-à-dire qu'elle retrouva ses solides certitudes et son sens profond du réel.

— Ne perdons pas notre temps, dit-elle. On vient tuer chez moi. Ma maison est aussi sûre maintenant que les rues de la Suburre la nuit. Mes esclaves y sont assassinées, ou alors disparaissent comme celle que j'ai envoyée chercher Corinne et que je n'ai pas revue depuis. Les larmes n'y arrangeront rien. Il faut découvrir l'assassin. C'est aussi celui de Marcus.

Elle se tourna vers son petit-fils :

— Je suis heureuse, Publius, que tu sois venu si rapidement. Tu vas m'aider à venger ton frère.

Publius répondit qu'il fallait tout lui raconter, depuis le début jusqu'à l'instant présent. Il arrivait de Volsinies, où il voulait faire une longue étape, au retour d'un voyage dans leurs propriétés de Grande Grèce. Il y avait trouvé le message de sa grand-mère qui lui annonçait la mort d'Apronia ; il était parti à bride abattue. En route un nouveau message lui avait appris que Marcus était mis en accusation. Il était arrivé à Rome pour apprendre qu'il était mort. Tout était trop rapide.

— Tu sais lire ? demanda-t-il au Gaulois.

A peine avait-il posé la question qu'il la trouva saugrenue. Evidemment le chef des porteurs de sa grand-mère ne savait pas lire. Il ne remarqua pas qu'il hésitait avant de répondre et jetait vers Tanaquil un regard indécis.

— Oui, dit-il.

Et devant l'étonnement de Publius, il dut expliquer que dans son pays il avait fait des études.

— Et alors, pourquoi es-tu porteur de litière ?

— Je l'ai voulu, dit-il. Permets-moi, Seigneur, de ne pas parler de ma vie passée. Je suis un porteur de litière qui sait lire, voilà tout.

— Comment t'appelles-tu ? demanda-t-il.

— Je suis Gaulois, on m'appelle Gallus.

— Que t'importent tous ces détails ? dit Tanaquil. Je

lui fais confiance et, puisqu'il sait lire, il va nous lire tout cela.

Et, pendant des heures, il lut le manuscrit mystérieux, puis celui de Corinne. Attentifs à la lecture, Publius et Tanaquil ne remarquèrent pas, sur son visage, toutes les altérations qu'y produisaient les émotions qu'il éprouvait. Il était triste et jaloux, quand Corinne parlait d'Hylas, anxieux, quand elle décrivait des dangers dont il connaissait pourtant l'issue, et toujours empli de compassion pour cette frêle jeune fille qu'il aimait d'amour. Un léger sourire, plein d'attendrissement amer, éclaira son visage, quand il lut les lignes où elle parlait de lui. Quand il eut fini, ce fut d'abord un long silence. Publius était comme assommé. Tout était dans son esprit complètement confus. Tanaquil se demandait ce que son bracelet faisait dans l'histoire. Quant à Gallus, il était effaré par le piège monstrueux où Corinne était tombée, mais la volonté qu'il avait de la venger donnait à son cerveau une agilité et une lucidité qui lui faisaient classer toutes ces informations dans un ordre qui, peu à peu, en organisa la confusion.

— Si tu permets, maîtresse, j'aimerais donner mon avis.

Elle le lui permit. Alors il leur démontra que toute l'histoire était clairement racontée dans le manuscrit que Tanaquil avait trouvé sur son lit.

— Je l'ai compris, dit-il, quand Corinne a parlé de ce « chapon de Lygdus ». C'est un eunuque, comme celui qui est représenté par Parrhasios. Si le tableau évoque l'artisan de tous les crimes, pourquoi les autres passages qui semblent n'avoir rien à voir avec l'histoire ne conduiraient-ils pas aussi à une piste ? Ainsi Apronia était bavarde, comme la corneille et le corbeau. Ainsi Hylas a sauté par la fenêtre et a volé dans les airs, comme Icare. C'est un athlète, c'est vrai, mais pas de profession, dont on peut dire, peut-être, qu'il est une copie d'athlète, comme le marbre de Lysippe n'est qu'une copie du bronze original. Du reste, le texte nous dit qu'il y a dans cette affaire des souffrances d'amour, et que tout, peut-être, y est illusion et théâtre. Enfin, une chose m'intrigue dans ce manuscrit : si tout ce qu'il dit a un sens, pourquoi signale-t-il que Némésis a une apparence moins farouche que son nom pourrait le laisser attendre ? Nous aurions pensé de nous-mêmes que son nom signifie « la vengeance divine ». Faut-il en conclure qu'elle tient ce rôle dans l'histoire ? En ce cas, qui punit-elle, et en faveur de qui ? Et la même question revient depuis le début : qui a-t-on d'abord voulu tuer ? Apronia, parce qu'elle était bavarde, ou Marcus Plautius, pour une raison que nous ignorons ? J'ajouterais qu'on t'a tout raconté, même la mort d'Ariane qui n'avait pas encore eu lieu, au moment où le texte a été écrit. Son visage est martelé sur la fresque qui orne la chambre de Marcus Plautius et sur ton couvre-lit. L'assassin t'a même donné à penser que le corps découvert dans le jardin n'était pas celui d'Apronia. Tu as le visage expressif, maîtresse, et tu as manifesté ton trouble, quand tu étais seule. Quelqu'un te regardait et t'a écrit que tu avais eu cette idée et que tu l'avais oubliée. Il a simplement omis de te préciser de quelle idée il s'agissait. C'est un joueur ; il a parié que tu ne t'en souviendrais pas, ou trop tard, et il a gagné. Il n'a même pas pris la précaution de faire l'échange des corps.

— C'est peut-être, dit Publius, profitant que Gallus reprenait son souffle, qu'il n'avait pas prévu ce qui est arrivé. Apronia a pu lui échapper, et il aura dû improviser la suite.

— C'est possible, admit Gallus, mais la mort d'Ariane était prévue dès le début. C'est l'actrice qui a changé.

Ils restèrent tous silencieux, attentifs à faire le point sur ce qui venait d'être dit. Publius rompit le silence :

— Je crois, dit-il, que Gallus a raison. Ainsi nous sommes mis sur la piste d'Hylas, dès le moment où

Tibère est dans son cryptoportique, et, plus tard, quand on nous dit que les gens parlent d'Hylas. Mais si tout a un sens, que signifie l'allusion à Iphis ? Iphis est bien cette fille que sa mère a fait passer à sa naissance pour un garçon, parce que le père ne voulait pas élever une fille ? Elle a été ensuite aimée d'une jeune fille et les parents voulaient les marier. Iphis et sa mère étaient bien embarrassées. La mère a supplié Isis de venir à son aide. Heureusement la déesse a entendu la prière, et elle a transformé Iphis en garçon.

— Cette histoire va bien avec celle de l'eunuque, dit Tanaquil, avec mépris, et avec celle d'Atys.

Gallus fronçait les sourcils. Il faisait un effort pour ramener à sa mémoire un détail qui lui semblait important et qui lui échappait.

— Pouvez-vous, dit-il, recommencer à raconter l'histoire d'Iphis ? Quelque chose y manque.

— Eh bien, dit Publius, elle se passe en Crète, la mère était enceinte...

— Comment s'appelait la mère ? demanda Gallus.

— Est-ce bien nécessaire ? interrompit Tanaquil. Je crois entendre une conversation avec Tibère. Il est toujours à rechercher des précisions aussi inintéressantes, par pur goût de l'érudition.

— Je t'en prie, maîtresse, dit Gallus. Permets que Publius Plautius continue ; pour moi ce n'est pas l'érudition qui m'intéresse. Je ne sais pas ce que je cherche, mais cela coûte seulement un peu de temps de vérifier si je me trompe.

— La mère s'appelait Téléthousa, dit-elle avec agacement.

Gallus eut une moue de déception.

— Et après ? dit-il.

— Après ? dit Publius. Le père lui a dit que si elle accouchait d'une fille...

— Comment s'appelait le père ? demanda Gallus.

Il s'attendait à ce que Tanaquil marquât à nouveau de

l'humeur. Elle ouvrit la bouche, en effet, pour émettre une nouvelle critique, et elle resta, la bouche ouverte, le regard écarquillé, comme pétrifiée. Elle fit un effort pour se reprendre.

— Le père, dit-elle, s'appelait Lygdus.

Ils restèrent silencieux. Les idées se bousculaient dans leur tête. L'allusion à Iphis renvoyait-elle à Lygdus ? Mais c'était absurde. Un eunuque ne pouvait être père ! Alors... Ils auraient sombré dans une réflexion sans issue, si Gallus n'avait à nouveau pris la parole.

— Il faut remettre à plus tard la résolution de cette nouvelle énigme, dit-il. De même il ne faut pas nous attacher à deviner qui est l'auteur du manuscrit anonyme. Nous n'y parviendrons pas directement. Il nous faut analyser les éléments sûrs dont nous disposons. Grâce à Corinne, nous avons une piste. L'exécuteur de tous les crimes est un homme aux yeux sombres, un eunuque, nommé Lygdus, qui a appartenu à Drusus et qui vit maintenant chez Livilla. Or Livilla a des relations avec Séjan, puisqu'elle lui envoie Lygdus. Elle connaissait Apronia, qui était chez elle, le matin de sa mort, et qui y a surpris un secret. Et puis Séjan est chargé de l'affaire par Tibère. Mais il reste beaucoup d'inconnues : pourquoi, par exemple, le manuscrit mentionne-il Claude et Plautia, s'ils ne sont pour rien dans l'histoire, ce qui est sûr au moins pour Claude ? Enfin et surtout, il y a le rôle d'Hylas et celui de Némésis.

— Sur Hylas, Corinne nous renseigne bien, dit Tanaquil, et il m'a lui-même expliqué toute son histoire.

Gallus eut une expression de haine :

— Celui-là n'est pas un chapon, dit-il, mais il se déguise en femme.

— Tu te laisses aller à tes sentiments, dit Tanaquil. Ne va pas nous troubler l'esprit avec ta jalousie. Hylas était poursuivi par les assassins et...

Gallus l'interrompit :

— Nous ne savons de lui ce qu'il a dit à Corinne et ce qu'elle a rapporté ou imaginé. Vous avez bien vu qu'elle fait de la littérature autour de ses aventures, elle le reconnaît elle-même. Elle prête à Hylas les sentiments qu'elle souhaite qu'il éprouve, ou qu'elle croit sincèrement qu'il a éprouvés. Mais elle ne lui fait pas toujours entière confiance. Or, Il est fort, sans doute, mais de là à tuer six hommes de main, en se jouant...

— C'est lui qui a sauvé Corinne chez Julius Postumus, objecta Tanaquil.

— Peut-être, admit Gallus. A moins que cela ne fît partie du plan. Peut-être avaient-ils besoin d'elle, pour faire entrer Hylas dans ta maison, par exemple, ou pour tout autre raison. Grâce à Corinne, Hylas savait ce qui se passait ici ; il pouvait fort bien le rapporter à Lygdus ou à l'auteur du manuscrit, si ce n'est pas Lygdus lui-même. L'idée d'écrire ce texte révèle un esprit tortueux, qui se complaît dans le mal. Ce pouvait être un plaisir pour lui de s'entendre raconter les tourments de Tanaquil.

— Quelle imagination la rivalité amoureuse donne aux hommes, soupira Tanaquil. Laisse Hylas en paix.

— As-tu de ses nouvelles ? s'obstina Gallus.

Elle n'en avait pas. Elle n'avait pas encore vu Livie qui devait savoir s'il était arrivé dans sa villa de banlieue. Elle pensait qu'il valait mieux changer de sujet.

— Dis-nous maintenant ce que tu penses de Némésis.

— Elle semble avoir participé au complot. Mais, nous ne savons rien d'elle. Toi-même, tu as pensé qu'elle aimait Marcus Plautius, mais tu n'en as aucune certitude. Il faudrait savoir ce que faisait Némésis, avant de venir à Rome.

— Je crois, dit Tanaquil, qu'elle vivait en Etrurie dans la maison d'Apronius. Elle était déjà la servante d'Apronia.

— Dans quelle ville d'Etrurie ? demanda Gallus.

— A Volsinies.

Il eut une inspiration :

— Volsinies... Là-bas, tu as une maison dans laquelle Corinne a vécu et où Marcus Plautius séjournait de temps à autre ; Séjan y est né et y possède encore une maison ; enfin Apronia et Némésis y ont vécu. Cinq personnages du drame ont des liens avec cette ville. Peut-être est-ce une piste. Il faudrait aller y enquêter. D'autant plus que vous avez dû remarquer que l'auteur du manuscrit insiste sur les origines de votre famille, et qu'il semble détester les Etrusques.

Tous furent d'accord qu'il y avait sans doute là un espoir de trouver une explication au mystère. Gallus n'avait pas encore épuisé les ressources de son intelligence que stimulait son amour désespéré pour Corinne.

— Il y a autre chose d'étonnant dans le récit de Corinne, dit-il. Est-il normal que deux personnes viennent chuchoter juste sous la fenêtre de la pièce où se trouve une troisième personne dont précisément ils parlent, sans vouloir être entendues d'elle, tout en sachant qu'elle est dans cette pièce ?

Tanaquil regarda Gallus avec une sorte d'admiration. Elle n'avait pas pensé à cela. Il avait raison ; c'était étrange. Quelqu'un aurait voulu prévenir Corinne qu'il ne s'y serait pas pris autrement. L'homme avait-il entraîné la femme sous la fenêtre ?

Elle formula à haute voix cette question.

— Peut-être, dit Gallus, mais la femme aurait-elle été si facilement dupe de la comédie.

Sa pensée s'arrêta sur ce mot et les deux autres sursautèrent. Ils avaient eu en même temps la même idée : si tout cela n'était que comédie ? Gallus voulut vérifier la vraisemblance de son hypothèse en l'énonçant :

— Quelqu'un a volontairement prévenu Corinne.

Il se tut, se pénétrant bien de cette phrase. L'hypothèse n'était pas absurde. Ils en convinrent tous les trois.

Alors Gallus, lentement, avec circonspection, tenta d'aller plus loin :

— Lequel des deux a joué la comédie ? L'homme, qui semblait vouloir la sauver ? ou la femme, qui la condamnait ?

— L'homme sans doute, dit Publius.

— C'est pourtant la femme qui révèle le piège, remarqua Gallus qu'une autre pensée vint surprendre.

— Un homme, une femme, dit-il. Une femme-homme ou un homme-femme ? Supposons qu'il n'y ait qu'une personne pour tenir les deux rôles. L'invraisemblance de la discussion sous la fenêtre disparaît.

— Pour laisser place à une autre, dit Publius. Comment te représentes-tu la chose ?

Il la leur représenta. Il reprit le manuscrit de Corinne et se mit à lire le dialogue : « Mes hommes en ont assez de voir leurs copains disparaître. Encore, tout à l'heure, deux sont morts, après les deux de ce matin et ceux de cette nuit ». Il chuchota ces mots de sa belle voix grave. Il continua mais cette fois d'une voix de tête : « Tous des lâches et des maladroits. Un seul homme, et lui au moins mérite ce nom, a raison d'eux ». On aurait cru un dialogue entre un homme et une femme. Il conclut :

— Et encore je n'ai pas étudié l'art du théâtre.

— Hylas ? demanda Tanaquil, au bout d'un moment.

Gallus sursauta. Il n'était pas allé jusqu'à cette hypothèse qui le gênait. Et pourtant... Hylas avait très bien pu venir dans la maison de Marcus Plautius. Corinne le croyait dans sa chambre, mais personne ne l'avait surveillé. Il était essoufflé, quand elle était revenue, et elle avait cru que c'était le désir d'elle... Il refusa de penser à ce qui avait suivi. Pourtant, si Hylas avait voulu la sauver, cette fois-là, il se promit qu'il le tuerait d'un seul coup, au lieu de le faire mourir à petit feu, comme il avait plusieurs fois rêvé de le faire. Mais il fallait d'abord le retrouver et, pour cela, débrouiller les fils tissés par une araignée infernale. Il dit à haute voix :

— Hylas est à la fois l'acteur qui joue le rôle d'Icare et le favori d'Hercule, joli comme une fille. Il connaît Lygdus, directement ou par l'intermédiaire de Glycère. Il a déjà vu Séjan et Livilla, puisqu'il les reconnaît chez Julius Postumus. Lygdus vit chez Livilla qui l'envoie chez Séjan. Apronia connaissait Livilla et, à ce qu'on dit, Lygdus était épris d'elle. Livilla qui connaît bien Apronia dit qu'elle la connaît à peine. Corinne connaît de vue Livilla et semble ne pas connaître Séjan. Pourtant elle est choisie pour entrer dans le complot. Voilà le nœud qu'il faut démêler.

Ils réfléchirent longtemps aux deux pistes qu'ils devaient suivre. Le point de départ immédiat semblait être la maison de Livilla, et Volsinies paraissait détenir des mystères plus anciens, ils ne savaient encore quels drames dont l'affleurement soudain dans leur vie avait provoqué tant de morts.

— Je n'irai pas à Volsinies, disait Tanaquil. Je serai plus utile ici. Je suis une vieille femme, c'est la réflexion qui me convient le mieux et non l'agitation. Livie m'aidera. Nous surveillerons Livilla, et nous finirons bien par découvrir ses relations avec Apronia et Séjan. Vous avez entendu que Livie a dans la maison de Livilla un esclave qui lui est attaché. Je l'interrogerai sur Lygdus. Publius ira à Volsinies.

— Et moi, objecta Gallus, je ne ferai rien ! Je t'en supplie, maîtresse, confie-moi une tâche. J'enragerai de ne pas essayer de venger Corinne. J'en mourrai peut-être.

Ses yeux bleus étaient embués de larmes ; il était tombé à ses genoux. Elle le regarda avec pitié et surprise. Il disait vrai.

— Personne ne meurt d'amour, dit-elle, sauf quelques rares poètes. Enfin, puisque tu y tiens tellement... Où te crois-tu le plus utile ?

— Où tu voudras, dit-il, satisfait. Ici, à Rome, je peux interroger les esclaves de Livilla, ou ceux de Séjan. Ce n'est pas difficile de bavarder avec eux, en t'attendant. Ou bien, à Volsinies ; je ferai de même et je saurai les mystères du passé. Les esclaves parlent plus facilement que les maîtres.

C'est le parti qu'ils finirent par choisir. Gallus irait avec Publius.

— Nous partirons tout à l'heure, dit Publius, mais je ne peux pas refaire la route à cheval, comme je suis venu. Nous prendrons une voiture et nous ferons deux étapes.

Gallus était déjà impatient de la longueur du voyage. Il ne le montra pas, trop heureux d'en être. Publius et Tanaquil convinrent de se tenir informés par des messagers des découvertes qu'ils feraient, et ils se séparèrent. Tanaquil regagna sa chambre ; Gallus suivit Publius Plautius chez lui.

2

Le voyage se passa sans incident. Et le troisième jour après leur départ de Rome, ils arrivaient en vue de Volsinies. Au loin apparaissait la cité, dans son cadre de collines boisées. Sur l'une d'elle, jadis, était installée une puissante cité étrusque. Les Romains l'avaient détruite. Des traces de ses murailles démantelées se profilaient au milieu des châtaigniers. Le soleil déclinait. Ses derniers rayons doraient les monuments et les maisons de la ville neuve, construite au pied des collines, tandis qu'il éveillait sur les oliveraies voisines des éclats argentés. L'air était léger ; c'était une douce soirée d'automne rafraîchie par la brise qui venait du lac au bord duquel se trouvait la demeure de la famille de Plautius. L'attelage avait ralenti l'allure, comme pour leur permettre de mieux savourer le charme inégalable de l'instant. Mais ils n'avaient ni l'un ni l'autre le cœur à se pénétrer des splendeurs que leur offrait la nature. Le crime et la mort les avaient conduits là. Le souvenir des événements romains les obsédait. Ils avaient échangé peu de paroles pendant le voyage. Publius ne s'était pas départi d'une profonde morosité, même chez les amis à qui il avait demandé l'hospitalité pour les deux nuits qu'ils avaient passées en route. Gallus n'avait cessé de penser à Corinne.

Ils arrivèrent enfin devant la maison. Placée face à la ville, de l'autre côté du lac, elle en semblait le reflet, tant elle était vaste. Le portier les accueillit avec des manifestations de joie qui semblaient convenues. Personne d'autre ne se montra. Dans cette solitude, ils traversèrent l'atrium et parvinrent dans le jardin. Ils en firent le tour. Sur trois côtés, il était bordé d'un portique qui faisait comme un vestibule aux chambres et aux salons dont les portes étaient fermées par des tentures. Au fond, le mur était creusé de trois niches occupées par des statues. Gallus qui leur accordait un coup d'œil distrait s'immobilisa soudain. Il saisit Publius par le bras, et, sans un mot, il tendit la main vers la statue de femme qui occupait la niche centrale. C'était une de ces bacchantes vêtues d'une courte tunique qui semblait soulevée par le rythme d'une danse effrénée, comme on en voyait dans tous les jardins. Comme ils passaient devant elle, un pâle rayon caressait son visage, et Gallus avait vu qu'il avait été violemment martelé. Il avait cru revoir le visage de Corinne, et, bouleversé, il s'était arrêté. Ils restèrent tous deux interdits. Instinctivement, ils cherchaient autour d'eux le mystérieux ennemi qui avait posé là sa marque, pour les prévenir insolemment de sa présence. Dans le soir tombant, ils crurent distinguer partout des ombres qui s'effaçaient dès que leur regard se posait sur elles, et ils comprirent que c'était un effet de leur imagination et de leur fatigue.

Pensivement, ils continuèrent le tour de la maison. Le même silence régnait dans le quartier des esclaves. Autour d'une cour s'ouvraient des petites chambres. Devant un rideau tendu qui fermait une porte, Publius s'arrêta :

— C'était la chambre de Corinne, dit-il.

Ils y pénétrèrent. Gallus regardait intensément la

pièce exiguë. Une petite fenêtre, au fond, laissait passer un dernier éclat de lumière. Il aperçut le lit de bois, appuyé contre un mur, et, à ses pieds, un coffre.

– Seigneur, pourrai-je loger ici ? pria-t-il.

Publius donna son assentiment d'un signe de tête. Il était préoccupé par le silence de la maison, d'ordinaire animée par une foule d'esclaves que l'intendant avait le plus grand mal à faire taire, pour que les maîtres fussent tranquilles. Il frappa dans ses mains. Le silence fut déchiré comme douloureusement par le claquement sec que renvoya l'écho. Ils virent alors s'avancer, silencieux et flou comme une ombre, un homme qui tenait ses yeux fixés au sol. Quand il fut à leur hauteur, il leva la tête et murmura :

– Tu as appelé, Maître ? Me voici.

– Eh bien ! dit Publius. Que se passe-t-il ici ? J'arrive dans une maison vide. Personne n'est accouru pour me souhaiter la bienvenue ; je n'ai pas entendu l'affairement des esclaves occupés à me préparer un bain ; je n'ai vu aucune collation s'offrir à ma faim. Où sont les esclaves ?

L'homme, la tête baissée, se balançait gauchement d'un pied sur l'autre.

– La maison est en deuil, finit-il par dire.

– Je le sais bien, mais ce n'est pas une raison pour la déserter. Tu as été prévenu de mon arrivée ?

– Oui, Maître, mais il se passe ici des choses étranges depuis deux jours. Il semble que des fantômes errent dans la maison. Les esclaves sont terrorisés. Tantôt, ils trouvent leurs affaires dérangées, comme si un tourbillon s'était élevé dans leur chambre, tantôt ce sont des objets qu'on retrouve brisés. Mais le plus grave, c'est arrivé ce matin. Tu te souviens de Phyllis ? Hier soir, elle était gaie, parce que nous venions d'apprendre que tu arrivais, et nous pensions que tu allais tout éclaircir. Eh bien, ce matin, elle était morte, dans le jardin, au pied de la statue d'Ariane. Son visage était comme celui de la statue, écrasé et méconnaissable, et nous n'avons vu personne d'étranger à la maison. Toutes les portes étaient fermées, et nous avions veillé toute la nuit. En ce moment, on brûle son corps. Tous les esclaves sont partis pour l'accompagner. Je n'ai pas pu les retenir. Il y en avait qui disaient qu'ils préféraient dormir dans la campagne, plutôt que de revenir dans une maison maudite.

Ainsi, ils avaient pensé juste en faisant le lien entre Rome et Volsinies. Gallus en éprouva de la satisfaction et, en même temps, il se sentit découragé par l'épaisseur du mystère. Il se disait qu'il était comme ces héros des contes arrêtés à l'orée d'une forêt hérissée de broussailles infranchissables derrière lesquelles, dans un palais somptueux, les attendait une princesse belle comme le jour. Souvent, un nain surveille le domaine interdit, à moins que ce ne soit un animal monstrueux, mais une femme survient, jeune ou vieille, qui révèle au héros la manière de tromper le gardien ou de le tuer, et il peut pénétrer dans le monde interdit. Il songeait amèrement que sa princesse à lui était morte, assassinée par des monstres et que personne ne venait l'aider à percer l'épaisseur des ronces qui entouraient le mystère de sa mort. Décidément, la vie ne ressemblait pas à un conte.

Détrompe-toi, Gallus, elle lui ressemble parfois. Tu voulais une femme jeune ou vieille pour t'aider ? Tu auras bientôt les deux, une jeune et une vieille. Ecoute-les bien.

3

En effet, tandis que Gallus rêvait devant l'intendant qui bredouillait ses excuses, il ne vit pas qu'à la faveur de l'ombre qui maintenant avait envahi la maison une silhouette s'était furtivement glissée dans la chambre qu'il allait occuper. C'était une toute jeune fille, et elle l'attendait.

Elle attendit patiemment qu'il eût pris un bain, dans les thermes réservés aux esclaves, et qu'il se fût restauré, debout dans la salle à manger, au pied du lit où Publius s'était allongé. Avant de se retirer dans son appartement, Publius remit à Gallus une bourse pleine de pièces d'or et d'argent. Il en aurait peut-être besoin pour mener son enquête à bien. Dans sa chambre, à peine éclairée par une lampe à huile, Gallus devina une ombre assise sur le lit qui avait été celui de Corinne. Aussitôt il se mit sur ses gardes, prêt à résister à toute agression. Il se détendit en voyant un joli visage qui lui souriait timidement. Elle avait mis un doigt sur sa bouche, pour l'inviter à se taire. Il s'approcha. Elle lui fit signe de s'asseoir à côté d'elle. Sans façon, elle se colla contre lui, et lui parla à l'oreille. Elle s'appelait Acté, et elle avait peur. Elle n'osait pas regagner la chambre qu'elle partageait avec Phyllis. Celle-ci, depuis qu'elle avait appris ce qui était arrivé à Rome, était terrifiée. Elle attendait la venue de Publius Plautius, pour lui parler. Elle savait quelque chose qu'elle ne pouvait dire qu'à lui. Pourtant la veille, elle s'était confiée à Acté. Il y avait à Volsinies un groupe d'esclaves qui avait juré la perte des Plautii. Ils se réunissaient dans un temple situé sur la colline, parmi les ruines de l'ancienne ville étrusque. Phyllis avait été entraînée dans ce groupe par une esclave qui depuis était partie à Rome où elle était morte.

Gallus l'écoutait avec un intérêt de plus en plus passionné. Il tressaillit à l'évocation d'une esclave morte, et tout se brouilla dans sa tête, quand à sa question sur le nom de cette esclave, Acté prononça celui qu'il redoutait maintenant d'entendre.

— Elle s'appelait Corinne, dit-elle. Elle...

Il eut un mouvement de révolte. Il saisit le bras d'Acté et le serra si fort qu'elle eut du mal à retenir un cri.

— Cette Phyllis était une menteuse, disait-il, à moins que ce ne soit toi.

Elle lui jurait qu'elle répétait fidèlement ce que Phyllis lui avait dit.

— Mais pourquoi Corinne aurait-elle haï Plautius et sa famille ? Elle était la sœur de lait de Marcus ; elle l'aimait plus qu'un frère.

— Justement, dit-elle. Elle était jalouse...

— Tu es folle. Tu mens. C'est toi qui étais jalouse d'elle, ou cette Phyllis.

Et il recommençait à lui serrer le bras. Elle se dégagea et s'éloigna du lit.

— Tu me fais mal. Je t'ai fait confiance, dès que je t'ai vu. J'ai cru que ta force me protègerait. Je me suis trompée. Tu ne vaux pas mieux que les autres. Adieu. Tu me reverras bientôt morte, dans un coin de cette maison. C'est mon tour maintenant. Mais gare à toi ! Mon ombre viendra hanter tes jours et tes nuits.

— Reste, dit-il, et pardonne-moi. Ce que tu m'as dit

me fait mal. Je te crois, mais Phyllis t'a menti. Corinne ne peut pas être coupable. Je l'ai connue et aimée.

Un sanglot l'interrompit. Il souffrait encore plus de la salissure qui venait d'abîmer l'image qu'il gardait de Corinne que de sa mort. Acté, rassurée, se rapprocha.

— Je ne sais pas si elle haïssait Marcus Plautius, mais elle l'avait aimé. Elle me l'a dit. Elle était malheureuse qu'il se fût marié, mais elle savait bien qu'il ne pouvait pas épouser une esclave. Ce qui l'a fait le plus souffrir, c'est la liaison qu'il avait eue avec une autre esclave, qui n'était même pas de la maison. Il semblait l'aimer. Elle se demandait s'il n'avait pas épousé Apronia pour l'avoir auprès de lui.

— Quel rapport, demanda Gallus, entre l'esclave dont tu parles et Apronia ?

— Elle était esclave chez Apronius et attachée au service de sa fille. Elle l'a suivie à Rome, lors de son mariage avec Marcus Plautius.

— Némésis ? murmura Gallus.

— En réalité elle s'appelait Iphis, mais on la surnommait Némésis parce qu'un jour, il y a bien longtemps, comme elle en voulait à une esclave pour je ne sais plus quelle offense, elle s'était vengée d'elle bien des mois plus tard, et d'une façon très cruelle. Comment la connais-tu ?

Il ne répondit pas. Il se rappelait que l'histoire d'Iphis était représentée dans le palais de Tibère. Il entrevoyait une histoire d'amour terrible et étrange, sans deviner le rôle que Corinne avait pu y jouer.

— Cette Iphis avait-elle ses parents ? demanda-t-il.

Acté n'en savait rien, mais il pouvait demander à la vieille Glaucè. Celle-ci n'avait jamais quitté Volsinies, et servait depuis toujours chez Apronius. Elle était un peu sorcière, et tout le monde allait la voir, pour lui demander des remèdes, ou des philtres d'amour, ou même des poisons. S'il le souhaitait, elle le conduirait le lendemain auprès de Glaucè, mais elle y mettait une condition : qu'il la gardât auprès de lui cette nuit.

— Pourquoi me racontes-tu tout cela ? demanda-t-il. C'est que quelqu'un te l'a ordonné ?

Elle lui assura qu'il se trompait. Elle avait peur ; il était fort. Elle ne savait à qui se confier. Elle l'avait choisi. Incertain sur sa sincérité, mais troublé par son apparente naïveté, il choisit de parier qu'elle était sincère. Il lui accorda sa protection pour la nuit. Elle s'étonna de ne pas sentir s'émouvoir ce beau corps d'homme contre lequel elle se blottissait. Il pensait à Corinne et ne pouvait consentir à prendre du plaisir dans ce lit où elle avait dormi, où, peut-être elle avait été aimée, mais à cela il ne voulait pas penser.

4

Au matin, ils partirent chez Apronius. La vieille Glaucè était dans sa chambre. Gallus vit avec stupeur un corps énorme tassé sur le sol, au milieu d'une multitude de vases de terre grossière. Elle les regarda entrer et ses yeux perçants, comme ceux d'un rapace, effleurèrent Acté, avant de se fixer dans les yeux de Gallus. Malgré lui impressionné, il ne put en soutenir l'éclat, et, plusieurs fois, ses paupières se baissèrent. Ils restèrent un moment face à face, silencieux. Peu à peu le visage gras et effondré sembla se remodeler. Une étrange beauté, sauvage et fascinante, la fit ressembler à quelque idole antique. Elle n'était plus maîtresse d'elle-même ; son corps était secoué de saccades. Elle semblait se débattre comme un cheval qui refuse le poids d'un cavalier.

— C'est la déesse, dit-elle.

Et sa voix grave emplit la pièce où ses yeux égarés projetaient des visions terrifiantes.

— C'est la déesse ; c'est Hécate. J'entends sa meute aboyer.

Gallus, figé de stupeur, croyait en effet entendre des chiens hurler à la mort.

— Barbare, dit-elle, tu es environné par la mort. Je la vois qui rôde autour de toi. Et tous ces morts qui te suivent ! Pourquoi les as-tu emmenés avec toi ? Fuis, s'il est encore temps.

Gallus aurait bien fui, mais ses jambes tremblaient. Il lui semblait que ses cheveux étaient dressés sur sa tête. Le silence emplit la pièce. La vieille était abandonnée par la déesse. Son visage perdit sa beauté et son corps s'effondra. Elle redevint le tas informe qu'il avait vu en entrant. L'horreur sacrée se dissipa. Il n'y avait plus que deux esclaves encore émus devant une vieille femme qui paraissait maintenant épuisée.

— Qu'ai-je dit ? demanda-t-elle, comme si elle avait été dépossédée d'elle-même.

Et elle ferma les yeux. Acté intervint. Elle mentit :

— Nous sommes venus te voir, parce que Gallus que tu vois ici est amoureux. Il voudrait un philtre d'amour.

— A-t-il de quoi payer ? demanda la vieille.

Gallus protesta qu'il avait l'argent qu'il fallait. Elle soupira et demanda le nom de la femme aimée. Gallus hésita. Ce fut encore Acté qui lui vint en aide :

— Il aime Némésis, dit-elle.

La vieille sursauta :

— Je veux que ce soit lui qui la nomme, dit-elle.

— J'aime... Némésis, dit-il douloureusement.

La vieille le regarda profondément :

— Comment la connais-tu ? Elle n'est plus ici depuis longtemps.

— Je l'ai rencontrée à Rome, dit-il, chez Marcus Plautius, le frère de mon maître.

La vieille le regardait avec méfiance. Elle cracha sur le côté, et marmonna des paroles confuses où il crut comprendre qu'elle parlait d'une race maudite.

— Je ne peux rien pour toi, finit-elle par dire.

Et elle cessa de le regarder. Acté fit signe à Gallus de sortir son argent. Il fit sonner la bourse suspendue à sa ceinture et en tira une poignée de deniers d'argent. La vieille leva la tête et haussa les épaules. Alors, il prit un denier d'or qu'il fit tourner entre deux doigts. Le reflet fauve alluma les yeux de la vieille.

— En as-tu un autre ? demanda-t-elle.

Acté lui fit un signe qu'il comprit.

— Peut-être, dit-il. Cela dépend de ce que tu peux m'offrir.

— Tout ce que tu veux, soupira-t-elle, vaincue par la cupidité.

— Je veux savoir où est Némésis.

Elle parut terrifiée. Il sortit un autre denier d'or, et il le fit sonner contre l'autre. Le bruit métallique fit tourner la tête de la vieille.

— Tu la trouveras tout près d'ici, dit-elle d'une voix mourante.

Et elle révéla que Némésis était revenue de Rome. Elle parlait maintenant précipitamment, pressée d'en finir et d'avoir pour elle les deniers que Gallus continuait de faire tinter dans sa main. Némésis était dans la maison. Elle s'y cachait. Soudain la vieille se tut. Ses yeux écarquillés de peur regardaient devant elle. Gallus se retourna. Némésis était sur le pas de la porte. Elle s'y tenait immobile, le regard dur fixé sur la vieille. Son visage était impassible, comme la vengeance divine. Il sentit que son cœur s'affolait. Avait-il devant lui la meurtrière de Corinne ? La vieille finit par bredouiller avec un rire cassé qui sonnait faux :

— Tu as un amoureux, bravo ! Il est beau.

Némésis posa son regard glacé sur Gallus :

— Je t'ai déjà vu ?

— Peut-être, à Rome. Je suis au service de Tanaquil.

Un éclair de haine déchira son regard, un bref instant, et Gallus sentit un souvenir confus et inexprimable s'éveiller en lui.

— Que me veux-tu ? demanda-t-elle.

— Te voir simplement. Je t'ai aperçue à Rome. Je ne t'ai pas oubliée.

— Comment savais-tu que j'étais ici ?

— Je ne le savais pas. Je l'espérais.

– Que t'a dit cette vieille folle ?
– Rien, sinon que tu étais ici.
– C'est bon, suis-moi. Quant à toi, ajouta-t-elle à l'intention dc la vieille, je reviendrai te voir.

5

Elle l'emmena dans une chambre voisine.

— Ainsi, lui dit-elle, tu m'aimes ?

Etonné, il ne put qu'acquiescer d'un signe de tête.

— Eh bien, promets-moi de m'obéir en tout.

Il promit. Alors, elle frappa dans ses mains. Acté parut rapidement, comme si elle attendait tout à côté le signal de Némésis.

— Tu vas lui faire l'amour, ici, devant moi, dit Némésis. Tu dois tenir ta promesse.

Et, en disant ces mots, elle défaisait la tunique d'Acté qui parut nue à ses yeux. Il contempla longuement le corps lisse et élancé qui s'offrait à lui. Il ne le désirait pas. Il n'avait jamais aimé l'amour sans préambule ; il ne l'avait jamais fait devant un témoin, et il pensait à Corinne. Mais Némésis poussait Acté vers le lit, l'aidait à s'y allonger, lui écartait les jambes. Il vit le sexe ouvert qu'elle caressait d'une main légère. Puis elle prit la main d'Acté et la guida pour qu'elle se caressât elle-même. Elle s'approcha alors de lui et, lentement, elle lui enleva sa tunique. Elle le caressa, en glissant sa main sous le pagne qui peu à peu se gonflait. Malgré lui, le désir montait en lui. Elle le poussa à son tour vers le lit. Il consentait maintenant à la scène qu'elle voulait qu'il jouât. De lui-même il s'allongea, et il la laissa défaire son pagne. Elle tint un moment la verge dressée dans sa main, imprimant simplement de brèves pulsions régulières sur le gland, sans le découvrir. Intensément elle regardait les testicules qu'elle griffait légèrement, puis ses doigts allaient se perdre dans les poils blonds qu'elle tirait doucement, avant de remonter le long de la verge. En même temps Acté lui caressait longuement la poitrine et la pointe des seins, le ventre, les cuisses. Quand elle le sentit prêt, Némésis fit se retourner Acté ; elle lui écarta les fesses, pour qu'il n'ignorât rien du corps qu'il allait bientôt posséder.

— Prends-la par derrière, dit-elle, par où tu la désires.

Docilement, il entra en elle, dans son sexe chaud qui l'attendait. Némésis regardait, et lui regardait Némésis. Acté jouit longuement, secouée par des spasmes qui la cambraient, faisant expirer sur ses lèvres des cris qui devenaient de profonds soupirs. En même temps qu'elle, il jouit profondément, ses yeux si intensément plongés dans les yeux de Némésis qu'il semblait que c'était à elle qu'il faisait l'amour.

A peine remise de ses premiers émois, Acté en réclamait d'autres, que Némésis souhaitait aussi et leurs mains expertes et complices savaient faire renaître en lui des énergies qu'il croyait épuisées. Némésis participait attentivement à ces ébats, tout en paraissant en être absente, et jamais un mot ne franchit ses lèvres. Intimidé par son silence, il l'imitait, bien qu'il eût mille questions à lui poser, bien qu'entre deux exaltations de son corps il lui arrivât de revoir le visage mutilé de Corinne. Ils passèrent ainsi l'après-midi. Le soleil déclinait, quand Némésis lui dit :

— Ton corps avait besoin d'amour, te voici satisfait. Je te remercie de m'avoir obéi. Tout à l'heure, tu viendras avec moi. Tu me prouveras ton amour mieux encore que tu ne viens de le faire. Toi aussi, Acté, tu viendras. En attendant, laissons-le se reposer.

Acté s'habilla rapidement et la suivit. Gallus sombra dans un profond sommeil.

6

Quand Némésis l'éveilla, il faisait presque nuit.

— Nous allons là-haut, dit-elle.

Et elle lui montrait par la lucarne qui éclairait encore la chambre la colline où s'était dressée l'antique Volsinies. Il reconnut le paysage qu'il avait à peine regardé la veille et sur lequel le soleil moribond posait les mêmes taches dorées et argentées, somptueuses et éphémères. Ils partirent dès l'apparition de la lune. Elle était pleine et éclairait la nuit de sa lumière empruntée. Ils n'avaient pas besoin de lampe pour se déplacer. Némésis s'était enveloppée d'un long manteau noir. Gallus frissonnait dans sa tunique légère. Ils suivirent un chemin de terre qui joignait la demeure d'Apronius à la ville neuve. Ils la contournèrent et prirent un nouveau chemin qui grimpait à travers la colline couverte de châtaigneraies et d'oliveraies. Au sommet, ils longèrent un mur bas et épais dont Gallus pensa que c'était la muraille de l'ancienne ville étrusque. Elle entourait un plateau où il aperçut des silhouettes qui se hâtaient dans le même sens qu'eux. C'étaient sans doute les adeptes de ces mystérieuses réunions dont Acté lui avait parlé. Il était convié à l'une d'elles. Sa curiosité était telle qu'il ne pensait même pas à avoir peur. Il se sentait de taille à se défendre.

Elle allait sans hésitation parmi les ruines, comme si elle suivait des rues qu'elle connaissait bien. Ils arrivèrent devant un enclos entouré de murs démantelés. C'était un ancien temple. On voyait encore les traces de l'incendie qui avait détruit les murs de bois, et, sur le sol, épars dans l'herbe, il y avait des fragments de statues en terre cuite, des bras et des jambes, quelques visages meurtris, tout ce qui restait d'un culte disparu. Elle lui parla pour la première fois, depuis qu'ils avaient quitté la maison d'Apronius :

— C'est l'ancien temple de la Déesse Mère. Les Romains l'ont détruit avec le reste de la ville, mais eux-mêmes honorent une déesse analogue. Nous autres, les esclaves, avons ici rétabli son culte. Ce que tu veux savoir, tu vas l'apprendre bientôt.

Il eut un sursaut de surprise. Ainsi donc, elle savait qu'il cherchait quelque chose. Peut-être ignorait-elle précisément de quoi il s'agissait, mais elle n'avait pas été dupe de sa ruse. Alors pourquoi lui avoir fait jouer ce jeu érotique avec Acté ? Il redoutait cette femme, plus que les menaces physiques qu'il sentait peser sur lui, mais il ne voulait pas renoncer à savoir. Il la suivit docilement. Ils arrivèrent au pied du haut podium où, jadis, s'élevait un temple. Ils y montèrent et trouvèrent tout au fond, là où était le sanctuaire, un escalier qui descendait dans les profondeurs de la colline. Ils s'y engagèrent. Des torchères éclairaient les marches usées par des générations de fidèles qui depuis longtemps avaient disparu, et dont les nécropoles conservaient les os réduits en poussière ou les cendres récupérées dans des urnes précieuses. Au bas de l'escalier, un couloir conduisait à une salle où des hommes étaient assis. Gallus en compta rapidement une trentaine. A leur arrivée, ils se levèrent tous, et s'inclinèrent avec déférence sur le passage de Némésis. Elle passa entre leurs rangs, hiératique, comme absente, en tout cas indifférente à l'hommage qui montait vers elle. Il la suivait, environné de la surprise que suscitait la présence d'un inconnu dont la blondeur tranchait dans leur assemblée d'hommes bruns.

Au bout de la salle, une estrade était dressée, dont le fond était fermé par un lourd rideau. Némésis fit signe à Gallus de rester au pied de l'escalier de bois qui conduisait à cette sorte de scène. Elle-même y monta et disparut derrière le rideau. Les spectateurs restaient silencieux. Ils attendaient avec ferveur quelque événement considérable que Gallus ne pouvait imaginer. Il détourna son regard vers l'estrade. Un trône de pierre en occupait le centre. Son dossier était gravé de figures étranges, et une longue inscription, en lettres inconnues, en faisait le tour. La pierre portait par endroits des traces noirâtres, et Gallus devina que c'était un siège étrusque échappé au désastre de la cité.

Il fut arrêté dans ses réflexions par le spectacle qui s'organisait sur la scène. Des hommes vêtus de longues tuniques safranées faisaient leur entrée. Ils se rangeaient de part et d'autre du trône. Ils portaient chacun une haute torchère, et les flammes vives et hautes donnaient une lumière aussi brillante que celle du jour. Des cassolettes de bronze posées sur le sol, s'échappaient de lourdes fumées chargées de parfums enivrants. Un bourdonnement sortit de leurs bouches closes ; les spectateurs le reprirent et toute la salle en fut remplie. Gallus était impressionné par la beauté de cette attente sacrée. Une symphonie jouée par des tambourins et des flûtes invisibles emplit la pièce. C'était une musique sauvage et lancinante qui pénétrait lentement dans le corps et s'y installait, remplaçant peu à peu le rythme du cœur par son rythme propre. Gallus s'efforçait de ne pas succomber au vertige qui saisissait les assistants. Il les voyait tourner lentement sur eux-mêmes, à l'imitation des prêtres qui, sur la scène, entraînaient dans leur ronde extatique les torchères dont les flammes semblaient reproduire le mouvement des astres dans le ciel.

La symphonie changea soudain de mode. Les rondes s'arrêtèrent. Tous les regards étaient fixés sur la scène. Le rideau s'écarta lentement. Une femme parut. Elle portait une longue robe blanche qui moulait sa mince silhouette. Sa tête, ses oreilles, son cou, sa poitrine, ses poignets scintillaient de l'éclat de mille pierres précieuses serties dans des montures d'or. Le regard bleu était inexpressif et semblait voir au-delà de l'instant et de l'espace. Elle s'avança majestueusement, encadrée par deux porteurs de torches, et elle alla se placer devant le trône de pierre. Stupéfait, Gallus, qui avait cru voir l'épiphanie d'une divinité, reconnut Némésis.

Tout se tut, et, dans ce silence, sa voix s'éleva pure et froide. Elle prononça une longue incantation dans une langue que Gallus ne connaissait pas. Parfois elle s'interrompait, et les assistants scandaient les derniers mots qu'elle venait de prononcer. Elle s'assit enfin et commença un discours. Gallus, toujours debout au pied de l'estrade, comprit aux regards que tous posaient sur lui qu'elle parlait de lui. La violence du ton et la haine qu'il lisait dans ses yeux lui firent peur. Il esquissa un geste de recul, prêt à s'enfuir, et il s'aperçut qu'il était entouré d'hommes qu'il n'avait pas vus s'approcher de lui. Némésis le regarda droit dans les yeux et lui parla en grec. Elle l'avait choisi pour entrer dans la confrérie de ses prêtres. C'était un grand honneur et un grand bonheur. Il allait subir l'opération qui le délivrerait à jamais des faiblesses de sa nature.

— Ainsi, conclut-elle, tu mériteras ton nom autrement et mieux qu'en jouant les coqs lubriques.

Alors Gallus que ces paroles étonnaient se souvint d'avoir entendu parler des prêtres de la Grande Déesse. On les appelait les Galles ; c'étaient des castrats. L'épouvante le saisit. Instinctivement il porta la main à son sexe, mais déjà on s'emparait de lui, déjà on lui arrachait sa tunique et son pagne, déjà le couteau et les pinces qui allaient lui trancher les testicules étaient posés sur les braseros que des prêtres venaient d'apporter. Némésis le regardait froidement et ne s'émouvait pas des efforts qu'il faisait pour se libérer des bras qui le tenaient fermement.

— Voyons, dit-elle, si ce bel organe auquel tu es si attaché fonctionne encore. Quand tu seras devenu un prêtre de la Grande Déesse, tu seras récompensé par une grande surprise. Celle qui t'a envoûté par les charmes de sa féminité sera sacrifiée devant toi, et tu en seras heureux, parce que tu sauras enfin ce qu'est l'essentiel dans la vie d'un homme. Mais auparavant, tu verras mourir sous tes yeux celle qui la dernière aura joui de ta virilité intacte.

Acté parut alors, poussée par deux prêtres. Ses mains et ses pieds étaient liés par une corde qui sciait sa peau. Elle posa sur Gallus des yeux d'épouvante. Elle s'apprêtait à hurler quand, sur un geste de Némésis, les prêtres la baillonnèrent. Le regard de Némésis revint sur Gallus.

— Et maintenant, dit-elle, il faut boire.

Deux prêtres approchèrent une coupe de ses lèvres ; d'un coup de tête il la projeta au sol. Aussitôt une nouvelle coupe fut contre ses lèvres, mais cette fois ils l'obligèrent à avaler un liquide qui lui enflamma le gosier et le corps tout entier. Alors, ils se mirent à le toucher. L'un griffait ses testicules et tirait la peau vers le bas pour découvrir le gland que l'autre léchait à coups de langue légers et savants. Malgré sa terreur et contre sa volonté, Gallus se mit à bander. Les assistants haletants poussaient des cris. Ils regardaient la verge se gonfler, le gland rougir, et ils attendaient avec passion l'ultime éjaculation de Gallus. Lui s'abandonnait maintenant à la volupté que décuplaient la présence des autres et leurs regards. Il leva les yeux vers Némésis et défia d'un sourire béat le mépris qu'elle affichait.

Personne ne se rendit compte que des hommes envahissaient silencieusement la salle. Gallus sentait la jouissance proche. Il la retenait, moins parce qu'il se souvenait qu'elle serait la dernière que pour qu'elle fût plus profonde. Avec un cri rauque il y consentit enfin. Il jouit hautement et longuement, sans quitter Némésis des yeux. Il était encore agité des soubresauts de son plaisir, quand il entendit confusément une voix qui criait :

— Arrêtez cette comédie burlesque !

Il détourna les yeux. Publius Plautius était devant lui. La salle était occupée par les hommes de la garde municipale de Volsinies. Ils commençaient à enchaîner les adorateurs de la Grande Déesse. Debout sur l'estrade, Némésis les regardait. Ses yeux étaient fixes, son visage impassible. Elle ne fit pas un geste pour fuir. Deux gardes s'approchèrent d'elle, effrayés comme s'ils allaient être foudroyés à son contact. Elle offrit ses mains aux chaînes qu'ils tenaient. Gallus revenait à lui. Les cris, l'humidité chaude de la pièce, les senteurs qui y flottaient, les restes de sa jouissance, tout lui semblait irréel, et surtout d'être nu, encore en érection, au milieu de cette assemblée agitée. Publius le ramena à la réalité :

— Rhabille-toi, lui dit-il. Et il lui jeta sa tunique.

7

Ce n'est que quelques heures plus tard que Gallus prit pleine conscience de la scène qu'il avait jouée. Il en eut honte, mais Publius lui expliqua qu'il avait bu un philtre aphrodisiaque concocté par Glaucè qui se vantait de pouvoir faire renaître les ardeurs oubliées du plus impuissant des vieillards. Alors, à plus forte raison, un jeune étalon comme lui... Du reste, il remit à plus tard les souffrances de sa pudeur, tant ce que lui révéla Publius semblait inouï.

Publius s'était inquiété de son absence. Il l'avait fait chercher, jusqu'au soir. Il était découragé quand Acté vint le trouver. Elle était très agitée ; elle répétait qu'elle avait peu de temps, qu'elle risquait la mort pour ce qu'elle lui disait, mais qu'elle voulait sauver Gallus qui allait mourir, le soir même, dans un temple sur la colline. Pour en savoir davantage, qu'il allât interroger Glaucè. Intrigué par ce discours, il était donc allé à son tour voir la vieille sorcière. Il l'avait menacée de la torture, et elle avait cédé à la peur. C'est ainsi qu'il avait appris qu'il y avait à Volsinies des esclaves dont les parents avaient été jadis ramenés de Lydie. Les uns le savaient, d'autres le croyaient. Or, ils avaient entendu dire que les Etrusques étaient d'origine lydienne. Ils décidèrent alors de remettre en honneur la vieille civilisation disparue.

— La langue que tu as entendue, dit Publius, c'est de l'étrusque.

— Je croyais, s'étonna Gallus, que personne ne la parlait plus.

— Presque personne, en effet, mais il reste de vieux traités qui ont été sauvés de la ruine des Etrusques, ou qui ont été reconstitués. Peu de gens les consultent. Quelqu'un, cependant, est venu ici, assez souvent, et a étudié ceux qui sont dans notre bibliothèque. C'est un sot, presqu'un demeuré, mais il est devenu très savant. Il parle toujours des Etrusques, et personne ne l'écoute. Ici, il a trouvé un auditoire. Peu lui importait qu'il fût composé d'esclaves. Il leur a donné des cours. Tu devines de qui il s'agit ?

Gallus n'avait aucune idée.

— Eh bien, c'est Claude, le mari de ma sœur.

— Ainsi, dit Gallus, voilà son rôle dans l'histoire.

— Ce grand benêt ne s'est douté de rien, précisa Publius. Voilà presqu'un an que ce groupe se réunit dans la crypte du temple où tu as fait tes exhibitions.

— Pitié, Seigneur, soupira Gallus, en rougissant.

— Laisse-moi me moquer un peu, dit Publius. Toute cette affaire est tellement sinistre ! Dans la crypte de ce temple donc, ils se livraient à des rites qu'ils croyaient à tort ou à raison étrusques. Ils détestent ma famille parce qu'elle a pactisé avec les Romains, comme ils détestent Apronius qui a donné sa fille à mon frère.

— Mais, demanda Gallus, quelle est l'âme de ce complot ?

— Peut-être Némésis. Glaucè n'a pas voulu me le dire. La peur de la torture a été moins forte qu'une autre peur que j'ai lue dans ses yeux. Elle a marmonné des mots confus, a craché de tous côtés et fait tous les gestes imaginables pour écarter les mauvais esprits. Elle m'a cependant donné assez d'indications pour me permettre de retrouver le temple en ruines. Je le connaissais bien d'ailleurs ; j'y ai souvent joué, quand j'étais enfant.

Ils étaient dans le jardin de la maison de Plautius. Le ciel bleu était légèrement embrumé par l'humidité qui montait du lac. Publius avait fait asseoir Gallus à côté de lui, sur un banc de marbre. Il lui disait qu'Acté était encore malade de la peur qu'elle avait éprouvée. Il avait décidé de lui éviter tout interrogatoire et de lui pardonner ses silences qui étaient cependant une forme de complicité. Tout était paisible, sauf l'esprit de Gallus. Il lui semblait qu'ils avaient fait un pas vers la lumière, mais qu'elle était encore lointaine.

— Et Lygdus, dit-il, comment entre-t-il dans cette histoire ? Et Séjan ?

Publius dit qu'il comptait sur les interrogatoires des esclaves arrêtés pour préciser ce qui était encore vague.

— Où sont-ils ? demanda Gallus.

— Dans la prison de la ville.

— Némésis est avec eux ?

— Elle est dans une cellule à part.

— Alors courons dit Gallus. Elle ne se laissera pas interroger. Elle va nous échapper.

8

Publius convint du danger. Il se leva sans tarder. La barque qu'ils prirent pour traverser le lac fendit dans les flots à peine agités par la brise le reflet des forêts qui commençaient à roussir et des monuments de la ville dont les faîtes de bronze semblaient se fluidifier. Gallus ignora cette beauté. Il voyait dans son imagination Némésis morte, les lèvres closes sur le secret qu'il voulait lui arracher. Il ne s'était pas trompé. La prison était un petit bâtiment, proche du Forum. Avant d'y être parvenus, ils surent qu'il venait de s'y passer un événement grave. Ils entendirent d'abord le bourdonnement qui la veille avait empli le temple, puis des hommes qui criaient des ordres. C'étaient les gardes. L'un d'eux vint à leur rencontre :

— C'est toi le Gaulois ? demanda-t-il à Gallus qui répondit d'un signe de tête. Alors dépêche-toi. La femme va mourir. Elle te demande.

Gallus courut à sa suite. Némésis était dans une cellule étroite, allongée sur une paillasse. Son visage avait déjà la pâleur de la mort.

— Cette putain s'est empoisonnée sous mes yeux, dit le garde. Elle avait gardé une bague. Regarde, il y a un petit espace sous la pierre. C'est là qu'était le poison.

Gallus l'écarta et se pencha sur Némésis. Elle le regarda avec une indifférence cruelle.

— Approche-toi, murmura-t-elle. Fais sortir les autres.

— Sortez vite, dit Gallus, elle va mourir.

Et les autres obéirent, sachant que le temps était compté. Il se pencha de nouveau vers elle. Elle lui parla à l'oreille. A son tour, il devint blême.

— C'est faux, criait-il. Tu mens. Tu vas mourir, et tu mens. Malheur à tes Mânes. Je t'en conjure, dis la vérité.

Et il la secouait rageusement. Il comprit bientôt qu'il tenait une morte. Il la lâcha avec horreur ; elle continuait de le regarder, et ses lèvres esquissaient un léger sourire. Il s'enfuit. A Publius qui l'interrogeait du regard, il dit simplement :

— Elle m'a dit que Corinne était la Grande Prêtresse, que c'était elle qui avait tout combiné, mais elle a menti, je le sais.

— Allons interroger les autres, dit Publius.

Les esclaves, entassés dans une pièce voûtée, psalmodiaient maintenant une longue plainte. Publius et Gallus les regardèrent. Eux les fixaient, sans cesser leur lamento, sans aucune expression sur leur visage. Soudain Gallus tressaillit. Il crut à une hallucination. Cet esclave qui tentait de se cacher derrière un de ses compagnons, était-il possible que ce fût Hylas ? Il murmura quelques mots à l'oreille de Publius. Celui-ci désigna l'homme :

— Nous commencerons par celui-ci, dit-il.

Les gardes le traînèrent dans la pièce voisine qui était la salle des tortures. Ils le mirent nu et lui lièrent les poignets à des anneaux scellés dans la voûte. Gallus le regarda longuement. Son visage était sali de barbe et marqué par la fatigue et la peur, mais il le reconnaissait parfaitement. C'était Hylas, à n'en pas douter. Il détailla le corps souple, dont la minceur était étirée par la position où il se trouvait. C'étaient ces bras qui avaient enlacé Corinne, ce ventre qui s'était collé au sien... Il eut un mouvement de haine qu'il réprima. Publius commençait l'interrogatoire :

— Ton nom, demanda-t-il.

— Atticus. Je ne suis pas un esclave ; j'ai été affranchi par mon maître.

— Quel maître ?

— Julius Postumus. Il est à Rome.

— Je le connais, dit Publius. Il avait un esclave qu'il a affranchi et qui te ressemble beaucoup. Seulement il ne s'appelle pas Atticus, mais Hylas. Le connais-tu ?

Le prisonnier se troubla mais affirma ne pas connaître Hylas.

— Qu'on le fouette, ordonna Publius, cela lui rafraîchira la mémoire.

L'homme céda rapidement. Il implorait grâce et criait qu'il allait tout dire. Il avoua d'abord qu'il était Hylas. Il était venu à Volsinies dans l'espoir d'y retrouver une esclave qu'il avait rencontrée à Rome. Elle lui avait dit qu'elle était prêtresse d'un culte auquel elle souhaitait l'initier. Quand Gallus l'entendit nommer Corinne, il bondit vers les pinces rougies au feu qui étaient prêtes. Il allait s'en saisir, quand Hylas, une nouvelle fois, céda à la peur. Il jura qu'il allait dire toute la vérité. C'était de Némésis qu'il s'agissait. Il l'avait rencontrée à Rome. Il s'était épris d'elle. Elle lui avait raconté qu'elle avait été violée dans son enfance par un voisin de son maître et qu'elle ne se donnerait jamais à un autre homme avant de s'être vengée de celui-là. Quelque temps après cette confidence, elle lui avait annoncé que le moment de la vengeance était arrivé et elle lui avait ordonné de se déguiser en femme...

Publius et Gallus connaissaient la suite. Ils le laissèrent parler, guettant les différences entre son récit et celui de Corinne.

— Qui est Glycère ? demanda Publius.

Hylas se troubla. C'était une comédienne avec qui il

avait eu jadis une brève liaison, avant de connaître Némésis.

— Tu as donc menti à Corinne ? gronda Gallus. Pourquoi ?

— Némésis ne voulait pas que Corinne sût que je la connaissais. Corinne savait une partie de la vérité. Elle n'aimait pas Apronia, mais elle ne souhaitait pas sa mort. Elle risquait de tout révéler. Je devais la surveiller.

— Qui est la femme qui est morte dans la maison de Julius Postumus ? demanda Publius.

C'était Glycère. Elle avait surpris une conversation qu'il avait eue avec Némésis. Elle était loin d'avoir tout deviné, mais Némésis disait qu'il fallait prendre toutes les précautions. Elle lui avait fait boire un philtre qui aurait dû la tuer, mais, pour une raison qu'il ignorait, il n'avait fait que la rendre à demi folle. Elle s'était sauvée de la pièce où elle était enfermée, et elle était arrivée chez Julius Postumus.

— Mais dans ce cas, qui était la morte de la maison de Marcus Plautius ? demanda Publius.

C'était Apronia. Némésis avait dit vrai sur la tache brune qu'elle avait à la cuisse. C'est lui qui avait menti à Corinne, sur l'ordre de Némésis, pour rendre tout confus et désespérer encore plus Tanaquil. Mais Hylas ignorait comment Apronia était morte. Après son enlèvement, il n'avait plus rien su d'elle.

— Parle-nous de Lygdus, dit Publius.

Hylas maintint, malgré quelques coups de fouet et la menace des pinces rougies au feu, qu'il ne l'avait jamais rencontré ailleurs que dans le jardin de Julius Postumus. Encore avait-il deviné seulement que c'était lui. Némésis lui avait parlé de lui quelques fois. Elle l'admirait profondément et lui était entièrement soumise.

— Comment sais-tu, demanda Gallus, après s'être souvenu d'un détail du manuscrit mystérieux, comment sais-tu que Lygdus imitait bien les écritures ? C'est toi-même qui l'as dit à Corinne.

Il devint plus pâle encore qu'il n'était, mais il ne trouva aucune réponse. Gallus insistait :

— Es-tu l'auteur du manuscrit anonyme ?

Mais il resta silencieux, de même qu'il ne répondit pas, quand Publius lui demanda des précisions sur les tueurs que Lygdus avait lancés à sa poursuite. Pressé de questions, il finit pas dire qu'il n'avait pas compris ce qui lui arrivait. Ce dont il était sûr, c'est que Lygdus voulait le tuer.

— Et cet amour pour Corinne, demandai-je, qui t'a ordonné de le feindre ?

Némésis. Il devait affoler Corinne et en même temps faire comme s'il la protégeait pour qu'elle tombât amoureuse de lui. Il pourrait ainsi mieux la surveiller. Il avait réussi, mais il s'était pris au jeu, et, quand Némésis avait dit qu'il fallait la tuer, il avait essayé de la sauver. Gallus l'interrompit :

— Dans le jardin de Marcus, est-ce toi...

— Oui, dit simplement Hylas.

Gallus se rappela la promesse qu'il s'était faite. Pour ce geste dans le jardin, Hylas mourrait sans souffrances. Mais, pour le reste, il mourrait. Cependant Publius, que rien ne détournait de la recherche de la vérité, reprenait ses questions :

— Apronia a été enlevée près du Vieux Poirier, donc près de la maison où habitait Périlla. Qui est-elle celle-là ? Est-elle morte, comme l'a cru Corinne ?

— Non, dit Hylas. Elle est ici, à Volsinies. C'est la vieille Glaucè.

Un moment de stupeur suivit cette révélation. Némésis avait exigé cette mise en scène. Elle avait une affection toute particulière pour Glaucè. Par le simulacre de sa mort, elle voulait effrayer encore plus Corinne. Gallus revint à ce qui lui importait le plus :

— Qui a tué Corinne ? demanda-t-il.

Hylas eut l'air surpris et atterré :

— Elle est donc morte. J'aurais tellement voulu lui épargner cela...

— Tu ne peux pas trouver mieux que ces platitudes, dit Publius. Réponds à la question qu'on te pose.

— Némésis, sans doute, dit Hylas. Il n'y a qu'elle pour mutiler ainsi...

Publius et Gallus rugirent en même temps :

— Qui t'a dit qu'elle était mutilée ?

Hylas eut dans les yeux une lueur de terreur :

— Némésis, dit-il.

— Alors pourquoi sembles-tu ignorer que Corinne est morte et douter que Némésis soit la coupable ?

Hylas réfléchissait désespérément. Il était perdu s'il ne trouvait pas une explication, et il était si las, ses bras tendus et son dos lacéré par les coups de fouet le faisaient tellement souffrir qu'il ne trouvait plus rien à inventer. Il se taisait, et Gallus ne le quittait pas des yeux, attendant avec une angoisse douloureuse l'aveu terrible.

— Ainsi, finit-il par dire, c'est toi qui l'as tuée ? Tu as pu faire cesser cette vie qui s'était donnée à toi, et abîmer ce visage que tu avais caressé, et crevé ces yeux qui t'avaient regardé avec amour ? Quelle tigresse a pu enfanter pareil monstre ?

Et il s'approchait de lui, les yeux pleins de meurtre.

— Arrête, dit Publius. Ce n'est pas à toi de rendre la justice. Hylas, continue.

— Je ne suis pas un monstre, dit-il. Némésis m'a dit qu'elle se chargerait elle-même de tuer Corinne. Elle la haïssait et saurait la faire mourir doucement, de manière qu'elle s'en rendît compte. Alors, j'ai décidé de la tuer moi-même. Il fallait faire vite, car Némésis lui avait envoyé en mon nom un message pour lui donner rendez-vous chez Livie, mais elle devait être enlevée et amenée ici. Une première fois, je suis entré dans la maison de Tanaquil et je suis allé jusqu'à la porte de la bibliothèque. A ce moment, Tanaquil est arrivée avec son escorte. J'ai eu juste le temps de me cacher. Alors, j'ai fait le tour de la maison. Il y a derrière la bibliothèque, une petite pièce éclairée par une fenêtre qui donne sur une ruelle. Je suis mince, je me suis glissé par là. J'ai entendu des voix de femmes dans la bibliothèque. Elles semblaient se disputer. L'une d'elle a dit « au-revoir », et ce fut le silence. Je suis entré. Elle me tournait le dos. Elle est morte sans s'en rendre compte. J'ai pris le chandelier le plus proche et j'ai frappé sans regarder, de toutes mes forces. Je suis reparti par le même chemin.

— C'est faux, dit Gallus d'un ton glacé. Je t'ai vu t'enfuir. Tu étais déguisé en femme, comme tu aimes à le faire.

— Par tous les dieux, je te jure que je dis vrai. Je n'étais pas déguisé en femme, et je ne suis pas sorti par le jardin.

— Alors qui ai-je vu s'enfuir ? L'esclave envoyée par Tanaquil ? C'était ta complice ? ou plutôt...

Une autre idée était en train de naître dans son esprit. Il reprit une parole que venait de prononcer Hylas : « l'une d'elles a dit « au-revoir » ». C'est le dernier mot du manuscrit de Corinne.

— Si c'était Corinne que j'ai vue s'enfuir ! Tu as tué l'esclave que Tanaquil avait envoyée la chercher ; et elle, elle est partie au rendez-vous que tu lui avais fixé. Tu l'as jetée dans les bras de Némésis. Elle a été amenée ici ! Elle y est encore, morte sans doute. Qui est cette Phyllis qu'on a trouvée défigurée ? Et si c'était Corinne ?

Hylas, épuisé, finit par reconnaître qu'il avait tué l'esclave de Tanaquil. Il jura qu'il avait fait croire à Némésis qu'il avait tué Corinne de sa propre main. Ce qu'elle était devenue depuis sa fuite, il n'en savait rien. Après cet aveu, il s'évanouit. Gallus s'agitait fiévreusement. Publius le calma :

— Allons voir Glaucè, dit-il. Elle sait sans doute plus de choses qu'elle ne m'en a dit.

9

Ils trouvèrent la vieille femme effondrée par terre, comme Gallus l'avait vue la première fois. Publius lui demanda s'il fallait la nommer Glaucè ou Périlla. Elle resta indifférente.

— Parle-nous de Lygdus, dit-il.

A leur grande surprise, elle obtempéra.

— Il ne me reste plus que lui à aimer, maintenant qu'Iphis est morte. Ne lui faites aucun mal. Vous m'avez tué ma fille, laissez-moi mon fils.

Gallus soupira. Enfin la lumière allait jaillir. La vieille continuait :

— Il a eu assez de malheur dans sa vie. Maintenant, il est bien considéré et aussi heureux qu'il peut l'être dans son état. Il n'a rien fait de mal. C'est Némésis qui voulait le venger par n'importe quel moyen. Lui, il s'est résigné.

— Comment est-ce arrivé ? demanda Publius.

— C'est à cause d'Apronia, dit-elle. Ils avaient tous deux 15 ans. Elle était coquette ; elle tournait toujours autour de lui. Je lui disais à lui de faire attention. Un esclave ne doit pas approcher les filles des maîtres. Mais elle l'aguichait. Alors, un jour, il a voulu l'embrasser. Elle a hurlé. Elle a déchiré sa robe, défait sa coiffure, et elle est allée dire à son père que Lygdus avait voulu la violer. Apronius l'a crue. Il a condamné mon fils à être châtré. Apronia n'est pas revenue sur ses mensonges. Quand Lygdus a été rétabli, Apronius l'a donné à Séjan qui en a fait cadeau au fils de Tibère. Iphis ne s'en est jamais remise. Elle aimait trop son frère pour ne pas souffrir de cette humiliation. Elle est devenue comme folle. Elle s'est mise à haïr tous les hommes.

— Pourquoi plus particulièrement mon frère ? demanda Publius.

— Parce qu'il avait eu les deux femmes que Lygdus avait aimées, Apronia et Corinne. Celle-là avait repoussé mon fils ; elle préférait Marcus Plautius. Elle jouait la comédie sans arrêt. C'est elle qui tenait toujours le rôle d'Ariane dans les fêtes du vin. Souvent Marcus Plautius tenait celui de Dionysos. Iphis détestait Ariane et Dionysos depuis la mutilation de son frère.

— Elle détestait aussi Phyllis, dit Publius, pourquoi ?

— Cette petite garce ne savait pas garder sa langue.

— Et les représentations d'Ariane ? demanda Gallus, c'est Iphis qui les martelait ?

— Peut-être, dit la vieille. Surtout si c'est Corinne qui avait servi de modèle. Il faudrait l'écraser comme une punaise, cette petite garce.

— C'est peut-être fait, murmura Gallus. Sais-tu où elle est ?

La vieille baissa la tête. Elle ne voulait pas répondre.

— Maître, dit Gallus, permets-moi de la faire parler.

— Inutile, dit la vieille. Tout à l'heure, j'avais peur de la mort. Maintenant, peu m'importe. Tuez-moi, si vous le voulez. Vous ne ferez que devancer de quelques instants la mort que je me suis donnée. Je suis seule à connaître la composition du poison que j'ai bu. Je le sens agir déjà. Bientôt, j'aurai rejoint ma fille.

— Aux Enfers, dans la région des criminels, grommela Gallus.

— Et alors, dit la vieille, qu'importe, si nous sommes ensemble ?

Alors Gallus se mit à genoux. Il la supplia de lui dire où était Corinne. Il promettait de faire des sacrifices aux dieux infernaux pour que ses Mânes et ceux de sa fille fussent apaisés et pussent enfin connaître dans l'éternité la paix qu'ils n'avaient pas connue sur terre. La vieille resta inflexible. Bientôt elle sombra dans un demi-sommeil qui était le prélude à la mort. Ils la quittèrent.

10

— Et voilà, dit Publius. Tout s'éclaire. C'est une sombre histoire domestique.

— Tout ? S'étonna Gallus. Qui a écrit le manuscrit que Tanaquil a trouvé ? Pourquoi est-il dit qu'Apronia est trop bavarde ?

— Parce qu'elle a dénoncé Lygdus, dit Publius.

— Peut-être, mais pourquoi est-elle allée chez Livilla, le matin de sa mort ?

— Coïncidence peut-être.

Et il interrompit toutes les questions que Gallus s'apprêtait à poser en décidant d'un ton sans appel :

— Maintenant, allons-nous coucher.

A cet instant, un messager arriva de Rome. Tanaquil disait simplement que Publius devait revenir. Lygdus semblait avoir disparu, mais elle avait démêlé l'affaire. Ce qu'elle avait appris était trop grave pour être écrit. Elle l'attendait. Alors, sans bien comprendre ce que pouvaient être les découvertes de Tanaquil, comparées à celles qu'ils avaient faites, Publius décida de regagner Rome, dès le lendemain.

— Ma grand-mère a sans doute les réponses aux

questions que tu te poses. Nous le saurons bientôt. Bonne nuit.

Resté seul, Gallus se laissa engloutir dans ses réflexions. Quelle que fût la découverte de Tanaquil, il resterait obsédé par le rôle qu'avait joué Corinne et qu'il était condamné à ne jamais connaître. Les doutes qu'il avait empoisonneraient toujours le souvenir qu'il garderait d'elle. A moins de faire parler Lygdus. Cette idée le rasséréna. Tout n'était pas encore perdu. Et puis il y avait cette morte qu'il avait vue dans la bibliothèque. Etait-il possible que ce ne fût pas Corinne ? Comment persuader Publius de ne pas partir sans chercher si elle n'était pas dans quelque coin dissimulé de la maison ? Et soudain le souvenir lui revint d'une phrase étrange qu'avait prononcée Némésis. Après sa castration, il aurait dû voir celle qui avait troublé ses sens. La certitude l'envahit que Corinne était ici, sans doute enfermée dans le temple où il avait failli subir le curieux rite initiatique auquel Publius l'avait arraché. Il décida de s'en assurer.

La nuit était claire, comme la précédente. La lune, encore dans sa plénitude, semblait l'inviter à risquer l'aventure solitaire dans la ville ruinée. Il prit une torche, en prévision de la descente dans les sombres entrailles du sanctuaire abandonné. L'espérance lui donnait des ailes. Il traversa les espaces avec la rapidité d'un coureur olympique. Parvenu au temple, il s'arrêta un instant pour calmer son cœur que la course et l'anxiété faisaient battre follement. Quand il se fut apaisé, il commença de descendre. La salle, vide cette nuit, lui sembla immense et glacée. Il monta sur l'estrade et passa derrière le rideau. Il se trouva dans un espace clos par des murs. Il les explora longuement, cherchant une issue qui ne s'y trouvait pas, à moins d'imaginer quelque mécanisme secret qu'il désespéra bientôt de trouver. Alors qu'il arpentait le plancher d'un pas de plus en plus impatient, son pied rencontra un obstacle. Il abaissa la torche vers le sol, et découvrit dans un angle une trappe dont il venait de heurter l'anneau qui permettait de la relever. Il poussa un cri de triomphe.

Il eut tôt fait de soulever le battant de bois. Il n'hésita pas un instant à descendre l'échelle, tant il était sûr maintenant de trouver ce qu'il trouva en effet. Un corps était allongé sur un lit étroit. Il se précipita. Il l'éclaira et il fut déçu. Etait-ce Corinne, cette femme maquillée et parée comme une courtisane ? Il distingua qu'elle portait la robe d'Ariane. Elle était immobile comme une morte. Sans doute l'était-elle. Malgré l'air que laissait maintenant passer la trappe ouverte, l'atmosphère était irrespirable. Elle avait dû mourir asphyxiée. Cependant il remarqua que la flamme de la torchère vibrait légèrement comme si un mince filet d'air la traversait. Il en suivit la direction, et découvrit, percés dans le socle de l'estrade deux petits orifices dont l'écartement permettait de voir ce qui se passait dans la salle. Il comprit alors que la femme avait été enfermée là, pour qu'elle pût assister au sacrifice qui allait être fait de sa virilité. Elle serait ensuite montée sur l'estrade. L'interruption brusque de la cérémonie avait compromis cette mise en scène. Tout en réfléchissant intensément, il avait soulevé le corps et s'était aperçu qu'il était encore animé. La femme était profondément endormie, sans doute évanouie, mais elle vivait.

Il est inutile de raconter comment il parvint à l'emporter hors de cette cellule. Il y parvint. La femme qui s'éveilla quelques heures plus tard, dans la maison de Publius Plautius, était Corinne. Mais, quand elle ouvrit les yeux, elle regarda Gallus, comme si elle ne l'avait jamais vu. Elle ne réagit pas davantage en voyant Publius Plautius. Aux questions qu'ils lui posèrent elle ne répondit rien, comme si elle ne les entendait pas. Elle ne prononçait aucune parole, et la seule expression qui, parfois, se manifestait sur son visage était une terreur intense. Quand elle sombrait dans le sommeil, elle s'agitait sur son lit et poussait des hurlements qui l'éveillaient. Et elle retombait dans sa torpeur. Gallus, désespéré, dut convenir que Publius avait raison quand il lui disait qu'elle était devenue folle. Il obtint de rester avec elle à Volsinies. Il espérait encore la sauver. Le reste de l'affaire ne l'intéressait pas. Publius lui accorda cette grâce et partit seul pour Rome, le lendemain.

11

Moi qu'on appelle Gallus, j'ai écrit ce récit, peu à peu, pendant les journées qui suivirent son départ. Je l'ai écrit pour Corinne, et je lui ai fait lire, page après page, comme un roman. Le résultat qu'il en advint, je le raconterai plus tard. J'ai ensuite continué d'écrire pour occuper le long loisir auquel je n'étais pas habitué.

Ce que je n'ai pas dit à Corinne, et que je lui avouerai peut-être un jour, c'est que je suis allé à la prison, voir Hylas. J'y suis allé la nuit qui suivit le départ de Publius Plautius. Je voulais savoir la vérité. Je parvins sans mal jusqu'à lui. Les gardes dormaient profondément. Ils n'avaient rien à craindre de prisonniers qu'ils tenaient solidement enchaînés et qui étaient épuisés par les tortures qu'ils avaient subies. J'entrai donc sans mal dans la pièce obscure où ils étaient entassés. Certains geignaient, et il régnait une odeur terrible de sueur et de déjections. J'ai trouvé Hylas. Il ne restait rien du bel acteur que j'avais entrevu à Rome. C'est au point que moi, Gallus, qui l'avais tant haï, j'ai eu pitié de lui. Je lui ai dit en quel état j'avais retrouvé Corinne, et je fis avec lui un marché. Ses crimes étaient tels qu'il serait condamné à mort, et il aurait une mort horrible. Je lui promettais une mort douce, s'il me disait la vérité. Je crois qu'il me l'a dite. Il avait assuré Némésis qu'il allait tuer Corinne, mais quand il était venu chez Tanaquil, c'était pour la sauver. Il n'avait trouvé dans la bibliothèque qu'une esclave qu'il ne connaissait pas. Corinne venait de s'enfuir. Alors, l'idée lui était venu de la tuer et d'abuser Némésis. Il croyait avoir réussi, mais il comprenait maintenant qu'elle n'avait jamais été dupe. Elle avait fait enlever Corinne sans doute dès la porte de la maison. C'est Némésis qu'il était venu rejoindre à Volsinies. Elle ne lui avait fait aucun reproche, et il ignorait avant d'y assister quel spectacle elle avait prévu dans le temple ruiné. Il apprenait par moi que Corinne était sous l'estrade. Sans doute, elle était habillée en Ariane pour être tuée rituellement à la fin de la cérémonie. Enfin, il me fit songer que Corinne avait bu un poison qui rend fou, comme savait en préparer Glaucè.

Je rapporte cette conversation comme si elle s'était passée amicalement et tranquillement. En réalité, elle dura longtemps et elle fut dramatique. Hylas était épuisé. Il avait du mal à parler longtemps, et il me fallut plusieurs fois attendre qu'il eût repris son souffle. Il savait enfin qu'au bout de ses aveux il y avait la mort. Il avait hâte d'en finir et en même temps il était tenté de prolonger le reste de sa vie. Quand il eut fini, il s'évanouit. J'avais encore une question à lui poser, mais je ne pus le sortir de son inconscience. Le jour allait se lever. Je dus lui rendre le service que je lui avais promis.

12

Les jours coulèrent, dans une monotonie à la fois triste et paisible. Corinne avait repris des forces, mais elle était toujours absente d'elle-même. Parfois, elle semblait revenir à elle. Je lui faisais alors lire mon récit. Elle s'y intéressait, mais comme à un roman, et au bout de deux pages, elle le reposait, fatiguée de son attention. Jamais elle ne sursautait en lisant son nom ou celui d'Hylas. Je l'entraînai au bord du lac dans de longues promenades mélancoliques. Elle regardait le paysage sans ennui ni intérêt. Je lui murmurais les vers savants que j'avais composés pour elle :

Sus, ma Corinne ! que je cueille
Tes baisers du matin au soir !
Vois comment pour nous faire asseoir
Ce myrte a laissé choir sa feuille.

Nous nous asseyions, et elle restait immobile, le regard perdu. L'hiver se passa et ce fut le printemps. Un jour, un messager vint de Rome annoncer l'arrivée de Tanaquil. Elle voulut bien me raconter l'enquête qu'elle avait menée et les résultats qu'elle avait obtenus. La maison de Livilla avait été soigneusement espionnée. Tous nos soupçons étaient justifiés. Livie et elle avaient bien vite acquis la certitude que Livilla était la maîtresse de Séjan. Une princesse de la famille impériale avait pu tomber si bas ! Mais il y avait plus grave. Elle avait une complice, qui leur avait ménagé leurs premiers rendez-vous. C'était sa propre petite-fille, Plautia !

— Voilà pourquoi, dis-je, le manuscrit mystérieux parlait d'elle.

— Sans doute, dit-elle. Mais il y a pis encore. La mort de Drusus...

Elle laissa sa phrase en suspens. Elle avait toute confiance en moi, mais elle hésitait à formuler clairement un secret d'Etat de cette importance... Je compris sans qu'elle eût à finir sa phrase :

— Le poison ? demandai-je.

Elle répondit d'un simple signe de tête. J'ajoutai à voix basse :

— Lygdus ?

Elle eut encore le même geste d'acquiescement. Je n'eus pas le loisir de méditer cette révélation. A l'instant même où je prononçai le nom de Lygdus, Corinne, pour la première fois depuis des mois, sortit de son indifférence. Elle assistait à nos entretiens, muette, le regard lointain, le visage parfois éclairé d'un sourire flou. Nous avions pris l'habitude, Tanaquil et moi, de parler devant elle, comme si elle était étrangère à l'affaire sur laquelle nous revenions sans cesse. Et voilà que tout à coup son visage s'avivait, enflammé par une violente rougeur, à laquelle succéda, presque immédiatement, une pâleur mortelle. Ses yeux se troublèrent, comme l'eau transparente et tranquille du lac quand on y jette une pierre. Ils s'embuèrent soudain, comme si elle allait verser des flots de larmes, puis elle s'évanouit. Quand elle revint à elle, un long moment après, elle ne se souvenait plus de rien, mais ce bref retour à la conscience me rassura sur l'avenir, et je me persuadai qu'un jour elle retrouverait sa mémoire enfouie dans la torpeur.

Les jours passaient. Il était maintenant avéré que le fils de Tibère avait été empoisonné par sa femme et que Lygdus avait fourni le poison que Glaucè avait préparé. Il tuait lentement, et je me souvenais des conversations que j'avais entendues chez Tanaquil, du temps que Drusus était malade. Chaque jour, disait-on, il s'étiolait davantage, presque imperceptiblement, devant les plus grands médecins de l'empire qui n'y pouvaient rien. Je revoyais Drusus dans mon souvenir... Mais cela est une autre histoire qui n'a rien à faire ici. Tanaquil pensait que bientôt Séjan demanderait à Tibère la main de Livilla. « Je crains bien qu'il ne la lui accorde », disait-elle. Il est tellement entiché de ce parvenu qu'il coupe la parole à toute personne qui tente de lui ouvrir les yeux. Même Livie est logée à cette enseigne. « Je ne veux entendre aucune calomnie sur mon ami », dit-il aussitôt, et il tourne les talons. L'autre parade en ville, au palais, où il est comme chez lui, ce petit bourgeois dont je n'ai pas voulu pour petit-fils. Sais-tu qu'il voulait épouser Plautia ? Faute de l'avoir obtenue, c'est pour sa fille qu'il veut maintenant une alliance avec notre famille. Elle est promise au fils de Claude et de Plautia.

Je le savais bien sûr. Je l'avais lu dans le manuscrit de Corinne, et puis Tanaquil était un peu radoteuse, et elle m'avait déjà dit cent fois son indignation.

— Que fait Agrippine dans tout cela ? demandai-je.

Agrippine faisait comme toujours. Elle s'était démenée pour assurer à ses fils aînés le titre d'héritiers de Tibère. Ils l'avaient maintenant. Alors, elle voulait toujours plus d'honneurs. Tibère ne supportait plus ses récriminations, et il écoutait volontiers tous ceux — et il y en avait ! — qui lui disaient du mal des jeunes princes. Mais la pire, disait Tanaquil, c'est encore la fille de Livilla. Elle a tout juste 14 ans. On l'a mariée au fils aîné d'Agrippine, et elle raconte à sa mère tout ce qu'il fait, et sa mère le répète à Séjan qui s'arrange pour que Tibère le sache.

— Mais que veut Séjan ? Demandai-je. Tout de même pas être empereur ?

— Non, sans doute. C'est impossible. Mais s'il élimine les fils d'Agrippine, il ne restera plus que le fils de Drusus et de Livilla. C'est un enfant. Séjan pourrait devenir le régent de l'empire.

— Apronia a surpris quelque chose de cette sombre histoire, n'est-ce pas ?

— Sans doute, dit-elle, et Séjan a confié à Lygdus le soin de la faire taire.

A vrai dire, cette histoire m'intéressait moins que la santé de Corinne. Chaque jour, je guettais sur son visage le signe d'un retour à la conscience, et chaque jour j'étais déçu. J'essayai plusieurs fois de redire devant elle le nom de Lygdus, elle y était insensible. Et moi aussi je devenais indifférent à tout ce qui n'était pas elle. Je m'inquiétai, quand je m'aperçus que le manuscrit qu'elle avait écrit avait été volé dans ma chambre, mais c'était parce que je craignais que quelque fanatique échappé à l'arrestation de la secte ne s'en prît à sa vie. Il devait en rester au moins un ou une, puisque le corps de Némésis avait été enlevé de la prison où elle était morte et que personne n'avait pu le retrouver. Tanaquil parfois s'étonnait de mon apathie. Je lui montrais Corinne.

— Elle ne guérira pas, disait-elle. Elle a dû boire un poison, elle aussi. Sans antidote, elle restera toujours ainsi.

13

Tanaquil, grâces soient rendues aux dieux, se trompait. Un soir, j'étais avec Corinne dans le jardin. Comme d'habitude je lui parlais, pour sauver le peu de conscience qui lui restait. On se serait cru dans le paradis merveilleux où vivaient, dit-on, les hommes de l'âge d'or. Au pied des lauriers de Cnide et des citronniers de Médie, les acanthes poussaient librement. Leurs feuilles découpées semblaient être tombées des chapiteaux corinthiens qui couronnaient les colonnes du péristyle. Les lierres rampants, les liserons et les jasmins s'agrippaient aux troncs des arbres et aux fûts des colonnes, et l'on ne savait plus distinguer l'art de la nature. Les iris, autour des bassins, commençaient de refermer leurs pétales violets striés de blanc et hérissés d'une fine barbe blonde. Les giroflées aussi préparaient imperceptiblement l'intimité de leur nuit, à côté des œillets multicolores et des violettes.

– Imprègne-toi, disais-je à Corinne, de ce parfum du soir. Garde-le en toi pour toute la nuit.

Docilement elle respirait plus largement, comme si elle voulait faire entrer en elle tout l'air où se mêlaient les senteurs discrètes des fleurs, celle, plus obsédante, du jasmin, et celles encore, plus rustiques, du thym et du serpolet. Une brise parfois caressait les plantes et, pendant un instant fugitif, elle apportait jusqu'à nous un parfum qui l'emportait sur les autres. Celui du jasmin m'enivrait, mais cette ivresse qu'exacerbait la proximité du jeune corps que je désirais encore et qu'aucune âme ne semblait plus habiter, j'étais seul à l'éprouver. Elle restait insensible. Je la regardais tristement. Parfois, elle s'endormait et je la contemplais ; je lui disais à l'oreille :

Ah ! Que ces yeux fermés ont encore d'agrément !
Que ce sein demi-nu s'élève doucement !
Que ce bras négligé nous découvre de charme !
Mais elle ne s'éveillait pas et ignorait mes attendrissements.

Pendant que j'écris ces lignes, après l'événement que je vais raconter, je me demande à quoi sert de céder au caprice de mon calame. Cent fois, et plus, j'ai dit tout cela à Corinne, entre deux baisers ou deux étreintes chastes dont elle était à peine consciente. Alors, à quoi bon l'écrire ? Et pour qui, désormais ? C'est que pendant ces longues journées d'inaction, j'ai passé beaucoup de temps dans la bibliothèque. J'y ai lu les poètes. Moi qu'on appelle Gallus, qui suis un homme fort et taillé pour les bagarres, moi, le Barbare, j'ai goûté à Parthénios de Nicée, et, si je n'y prends garde, j'écrirai toute ma vie à sa manière, et je parlerai de zinzolin et de garance. Précisément, ce soir-là, m'interrompant par instant de contempler Corinne, je pensais à la triste aventure qu'elle avait vécue, et je me disais que nous ne saurions jamais toute la vérité, que jamais nous ne saurions par exemple qui avait écrit le mystérieux manuscrit qu'un soir d'orage Tanaquil avait trouvé sur son lit. C'était trop tôt renoncer, et, à l'instant que ce découragement me saisissait, un être inqualifiable se préparait à me donner, contre son gré, la solution que je désespérais de connaître.

Dans le soir tombant, pareille à une fragile colombe, Corinne était blottie contre moi. Soudain, elle dressa la tête. Attentive, elle regardait intensément vers le fond du jardin, là où, après un porche d'où pendaient des grappes de jasmin, commence le parc. Trois larges allées bordées de châtaigniers mènent à la forêt touffue et aux collines. Comme un chien de chasse flairant la proie lointaine, ou plutôt, tant elle paraissait plus une proie qu'une chasseresse, comme un chien qui est seul à entendre le sifflement lointain de son maître qui l'appelle, elle se leva et, d'un pas raide, se mit à avancer vers le porche. Je tentais de l'arrêter de la voix et du geste. Elle ne m'entendait pas, et, chaque fois que je me plaçais devant elle, les bras tendus pour lui barrer la voie, elle me contournait et repartait obstinément. Elle allait attirée par je ne savais quel puissant magnétisme, et je n'eus d'autre choix que de la suivre.

Elle prit l'allée de droite. Sa frêle silhouette était tout éclaboussée des feux du soleil couchant. Elle prit ensuite un chemin à droite, puis un autre à gauche. Elle avançait, sans hésitation, sachant clairement où elle allait. Je la suivais de loin. Nous arrivâmes dans une grande allée. Nous étions au fond d'une autre propriété. En suivant cette allée, nous allions arriver dans un jardin. Avant de parvenir au porche que je voyais au loin, elle s'arrêta. Il y avait là un petit temple rond surmonté d'un curieux toit conique. Elle grimpa les trois marches qui menaient à la porte, et disparut. Je restai sur le seuil, plaqué contre le mur, surveillant les alentours pour l'instant solitaires sur lesquels le soleil rougeoyant allumait partout des reflets d'incendie. Une voix grave s'éleva :

— Enfin, te voici. Je t'ai attendue.

Je ne prêtai guère attention à la voix terne de Corinne qui répondait qu'elle avait fait le plus vite qu'elle avait pu. Malgré la douceur du crépuscule, j'étais pénétré d'un froid glacial et, en même temps, couvert d'une sueur brûlante, comme si mon corps venait d'expulser toute sa chaleur vitale. J'étais terrorisé. Je venais de reconnaître, à ne pas s'y méprendre, la voix de Némésis.

— Assieds-toi, disait-elle, et bavardons. Qui t'a demandé d'écrire cela ?

Je devinai qu'elle tenait les feuilles que Corinne avait couvertes de son écriture et qui avaient disparu de ma chambre.

— Personne, dit Corinne.

— Alors pourquoi l'as-tu fait ?

— Pour sauver Marcus Plautius.

— Alors pourquoi as-tu menti ? Pourquoi as-tu fait semblant d'ignorer qui était Lygdus ? Pourquoi n'as-tu pas révélé à Hylas qui était l'auteur du manuscrit anonyme ?

— Je voulais sauver Marcus Plautius, sans perdre Hylas que j'ai aimé dès que l'ai vu et sans dénoncer Lygdus.

— Pourquoi cet acharnement à sauver Marcus ?

— Parce que je l'avais aimé, jadis, et qu'il avait toujours été bon avec moi.

La voix de Némésis devenue plus rauque se mit à hurler avec une violence de plus en plus forcenée :

— Aimé, tu n'as donc que ce mot à la bouche ! Marcus Plautius, Gallus et cet Hylas avec qui tu as fait des choses innommables et que tu nommes avec une délectation de garce hystérique. Et moi donc ? N'ai-je donc jamais été bon avec toi ? Ne t'ai-je donc jamais aimée ? Pourquoi ne m'as-tu jamais aimé ?

Corinne se taisait. Elle était interloquée. Elle finit par demander d'une voix grêle et hésitante :

— Toi, Némésis, mais pourquoi t'aurais-je aimée ?

— Pour ça ! cria la voix.

Corinne hurla. J'entrai. La pièce était éclairée par de petites fenêtres placées au ras de la toiture. Celles de l'ouest étaient inondées d'une lumière rouge qui tombait au sol et y faisait comme des flaques de sang figé. Dans l'une de ces flaques, devant Corinne assise et elle aussi nimbée de pourpre, se tenait Némésis, debout et nue. J'avançai et je vis entre ses jambes un sexe d'homme en érection sous lequel pendait une bourse fripée, flétrie, vide. Je restai sans voix, immobilisé de stupeur, enveloppé par un regard brûlant de haine dont la fixité sombre cherchait à capter mes yeux. Je reconnus le regard de l'homme contre qui j'avais défendu Corinne, une nuit, dans une rue de Rome. C'était Lygdus qui était devant moi. Je compris confusément que j'étais là comme un petit rongeur devant un serpent. Il allait m'hypnotiser et me dévorer. De toutes mes forces, je fixais mes yeux sur le sexe dont l'érection était retombée et qui pendait mollement sur la bourse vidée de ses testicules. Je me répétais qu'il ne fallait pas lever les yeux. Tout à coup, sans réfléchir, je bondis et je fus derrière lui avant même qu'il se fût aperçu que je prenais mon élan. Violemment je tordis ses bras dans son dos. Il était provisoirement vaincu. Je serrai fortement son torse, comprimant sa respiration.

— Tu vas mourir, lui dis-je, mais, auparavant, tu vas me raconter toute ton histoire.

— Mourir, moi ! Qu'importe, après tout ? Il faut bien le faire un jour ou l'autre. Je n'aurai en mourant aujourd'hui qu'un regret, celui de voir cette petite en cet état... pour toujours.

— Que tu vives n'y changerait rien, dis-je, en espérant qu'il allait me répondre comme il le fit.

— Qui sait ? dit-il en effet. Il y a des antidotes pour tous les poisons. il suffit de les connaître.

Prudemment je demandai :

— Peut-être connais-tu l'antidote à celui qu'elle a bu ? Après tout, c'est ta mère qui l'a préparé.

— Peut-être, admit-il. Il faut voir. Que proposes-tu en échange ?

— Ta vie, répondis-je, c'est beaucoup, me semble-t-il.

— Beaucoup ? La vie d'un eunuque qui n'est plus tout jeune ? Tu plaisantes sans doute. Et que vaudrait la vie que tu me laisserais aujourd'hui, si tu ne me garantis pas de taire tous les secrets que tu sais ? D'ailleurs, crois-tu que j'aie besoin de traiter avec toi ? Regarde bien.

Et il se mit à parler à Corinne, d'une voix nette et implacable.

— Corinne, va soulever le coussin qui est sur le lit. Vas-y, te dis-je. Bien, tu y es. Tu vois le poignard qui est là. Prends-le. Viens maintenant vers moi. Tu vois cet homme qui me tient les bras ? Tue-le, ma belle. C'est un de nos ennemis. Tibère nous donnera une prime pour l'avoir retrouvé et mis hors d'état de nuire.

Il riait méchamment et sans gaieté. Egaré de surprise, je voyais Corinne faire tout ce qu'il disait. Le poignard à la main, l'air paisible, comme si elle s'apprêtait à cueillir une fleur, elle s'approchait de nous, encouragée par la voix inexorable. J'avais beau crier qu'elle ne devait pas me tuer, que j'étais son ami véritable, elle s'avançait d'un pas égal. J'allais devoir lâcher Lygdus pour lui faire face, et lui arracher l'arme fatale. Alors je pris une autre résolution :

— Si elle fait encore un pas, dis-je à Lygdus, je t'étrangle.

J'encerclai son cou de mon bras et je serrai. Il commença à suffoquer. Corinne que sa voix n'encourageait plus attendait, à deux pas de moi, le poignard à la main. Je relâchai légèrement mon étreinte. Il en profita pour hurler :

— Tue-le, Corinne.

A l'instant où elle se précipitait sur moi, je fis demi-tour sur moi-même, gardant le corps de Lygdus devant moi, comme un bouclier. Il reçut le coup de poignard dans la poitrine, mais le bras de Corinne était trop faible pour l'avoir frappé bien fort. Je vis tout de suite que la blessure, malgré le flot de sang qui s'en échappait, n'était pas mortelle, ni même grave. Pourtant, il était épouvanté, et il criait qu'il allait se vider de tout son sang. Je ne raconterai pas en détail toutes les simagrées qu'il fit ni comment j'en profitai pour obtenir de lui ce que je voulais. A la fin, je lui promis que je le laisserais se soigner s'il guérissait Corinne. Il y avait dans la pièce un coffre de bois. Il lui donna l'ordre d'aller y prendre une boîte. Elle continuait de lui obéir mécaniquement. Il prit dans la boîte une fiole minuscule. Quand il la leva entre deux doigts, un rayon de soleil la traversa et le liquide argenté qu'elle contenait parut devenir du sang. Il ne s'avouait toujours pas vaincu, malgré sa peur.

— Voilà, dit-il, tout l'héritage de Glaucè. Tous ses poisons et ses contrepoisons sont là. Si cette fiole tombe, c'en est fini de Corinne. A jamais elle demeurera dans cet état.

— Tu ne la lâcheras pas, dis-je, car alors c'en sera fini de toi aussi.

— Je veux, dit-il, que tu me jures de ne plus jamais prononcer mon nom et de ne plus t'occuper de cette histoire.

Je dus jurer, en lui promettant que s'il me trompait sur la nature du contrepoison, je lui infligerais, avant de le tuer, tous les supplices imaginables. Il dit en ricanant qu'il avait déjà subi le pire, mais il fit approcher Corinne et lui mit sur les lèvres quelques gouttes de liquide. Je la fixais passionnément. L'amertume du liquide qu'elle buvait lui arracha une grimace, puis elle sembla s'éveiller lentement d'un long sommeil. Ses yeux parcoururent toute la pièce et s'immobilisèrent sur le groupe que Lygdus et moi formions. Son étonnement et la joie de la voir enfin éprouver un sentiment me firent partir d'un grand rire qu'elle partagea bientôt avec moi, sans en savoir la raison. Je sentais sous mes bras se contracter le corps de Lygdus. Sa fureur que je devinais ne faisait qu'aggraver ce rire incoercible où se détendaient des mois de tension et d'angoisse. Je repris enfin mes esprits. Je demandai à Corinne de panser la blessure de Lygdus. Elle découpa la robe qu'il avait quittée et s'occupa de nettoyer la plaie et d'arrêter l'écoulement de sang.

— Pendant qu'elle te soigne, dis-je à Lygdus, parle.

— A quoi bon ? dit-il en désignant Corinne. Par elle, tu sais déjà tout.

— Non pas tout. Presque tout. Dis-moi d'abord ce qu'est devenue Némésis.

— Elle est morte, dit-il, il y a deux ans. Elle s'est donné la mort, parce que Marcus Plautius ne voulait pas de l'enfant qu'il lui avait fait. Elle s'est pendue. Elle m'a confié le soin de la venger. J'ai caché sa mort à tout le monde, et j'ai pris sa place. Je pouvais le faire, puisque, quelques années auparavant, par la décision d'Apronius j'étais devenu tel que tu me vois. Un peu de maquillage en plus, une tunique plus décolletée, une perruque, et j'étais Némésis. Autrement, j'étais Lygdus. Personne ne m'a deviné, pas même Corinne qui me voyait sous mes deux aspects. Regarde.

Il secoua la tête et fit tomber la perruque de boucles noires qu'il portait. Les cheveux courts changeaient son visage. Mais il fit mieux. Il se concentra un moment et nous vîmes ses traits subir une véritable métamorphose. Comme un acteur qui devant son miroir se compose le visage du rôle qu'il va tenir, Lygdus prenait par la seule force de sa volonté un visage viril. Même ses yeux changeaient de ton et devenaient sombres comme la mer quand elle est en fureur.

Mais il continuait son récit. Il avait hâte maintenant de tout raconter.

— Apronius n'a jamais fait attention à ses esclaves, ni Apronia. Il me suffisait de la complicité de l'intendant pour disparaître d'ici. Il disait que j'avais été envoyée à Rome. Chez Livilla, depuis la mort de Drusus, j'avais toute liberté. Elle me doit trop pour s'opposer à mes désirs. J'ai vécu ainsi deux ans. Quand j'ai su qu'Apronia allait épouser Marcus Plautius, j'ai tout fait pour entrer dans ses bonnes grâces. Elle m'a prise pour suivante, mais elle me permettait de m'absenter, et alors je redevenais Lygdus. Un jour, j'ai décidé que le moment de la vengeance était venu. Mais il me fallait de hautes protections pour m'assurer l'impunité en cas de malheur. J'ai fait croire un matin à Apronia que Livilla voulait la voir de toute urgence. Elle est venue sans se méfier. Je l'ai conduite dans l'antichambre de Livilla et je lui ai dit d'attendre. Je me suis rapidement transformé en Lygdus et je suis entré précipitamment dans la chambre de Livilla. Elle était avec Séjan ; je leur ai dit à voix assez haute pour qu'Apronia l'entendît qu'il y avait en ville des rumeurs qui les accusaient d'avoir empoisonné Drusus. Ils ont réagi comme je l'espérais. « Qui a pu parler ? » criait Séjan hors de lui. Et Livilla se tordait les mains. « Grands dieux, disait-elle, si nous sommes découverts, ce sera la mort terrible pour nous deux. Pour moi, je suis sûre que Tibère me fera exécuter cruellement. Ou alors, comme il est très attaché aux anciennes traditions, il va me remettre à ma famille, c'est-à-dire à ma mère. Elle aussi connaît les usages anciens. Elle me laissera mourir de faim dans une salle de sa maison ». Tous deux me suppliaient de les aider. Je leur dis en chuchotant que c'était Apronia qui avait surpris la vérité. Et je reçus l'ordre de tout faire pour qu'elle se tût à jamais. Je sortis, puis je revins précipitamment dans la chambre leur dire que justement Apronia était dans l'antichambre. Je ressortis enfin et dans le couloir, je me transformai en Némésis et je retrouvai mon Apronia, plus morte que vive. « Viens, sauvons-nous, dit-elle, il se passe ici des choses terribles ». Et elle s'enfuit. Livilla, qui s'était levée, faillit la suprendre.

Dès lors que j'avais la protection que je souhaitais, je pouvais mettre mon plan en action. Il était prêt de longue date. J'avais prévu des acteurs qui ne devraient jamais se rencontrer et ne connaîtraient jamais qu'une partie si infime de la réalité qu'ils ne pourraient la reconstituer entièrement. Apronia reçut un billet signé de Livilla lui disant qu'elle voulait lui confier un secret et lui fixant un rendez-vous dans un endroit discret. Mais Corinne qui portait le message croyait que c'était un rendez-vous galant. Sous les traits de Némésis, j'accompagnai Apronia jusqu'à la litière stationnée près du Vieux Poirier où elle pensait trouver Livilla. Dans la litière, je me révélai à elle, et lui rappelai que je lui devais d'être devenu ce que son mari appelait un chapon. Elle a eu beau me supplier, je l'ai violée avec ce qui me reste de virilité et je l'ai assommée. Glaucè lui a fait avaler un philtre de sa composition qui l'a endormie pour plusieurs heures. Pendant ce temps, je suis allé voir cet imbécile d'Hylas qui m'aimait éperdument, bien que naturellement je n'aie jamais cédé à ses désirs. Nous mettions au point les derniers détails de son rôle, quand j'ai entendu des pas furtifs dans la pièce voisine. Il y avait une femme. Elle avait surpris notre conversation. Je lui ai fait boire un philtre qui devait être mortel. Je me suis trompé de fiole ou Glaucè avait mal dosé ses ingrédients. En tout cas, elle s'est réveillée plus tôt que prévu. Elle était comme folle. Vous avez vu le résultat. Elle est arrivée chez Julius Postumus, où heureusement j'étais là... avec ma fronde.

— Et moi, dit Corinne, pourquoi as-tu tenté de me tuer moi-aussi, ce soir-là, et quelques heures plus tard dans la Suburre ?

— Crois-tu, ma belle, que je puisse manquer mon but ? A ce moment-là, je ne voulais pas te tuer mais seulement t'avertir de prendre garde.

— Mais, dis-je, tu as oublié un moment de ton récit. Qu'as-tu fait d'Apronia ?

— Juste avant le lever du jour, j'ai emporté son corps dans le voisinage de sa maison. Je l'ai tuée avec un bâton.

Corinne frissonna et moi-même je sursautai.

— Rassurez-vous, âmes sensibles, dit-il ironiquement, elle était encore endormie. Elle n'a rien senti. Ensuite, avec une pierre, j'ai écrasé son visage.

— Pourquoi donc ? demandai-je.

— Pour que disparût à jamais sa beauté dont elle avait joué avec moi. Et puis j'escomptais bien que quelqu'un penserait que c'était pour dissimuler qu'on avait mis à sa place un autre corps. Elle était tout ensanglantée, quand je l'ai portée au bord du bassin, dans le jardin. Le portier avait laissé la porte ouverte, sans le dire à sa femme. Il a accepté de le faire pour de l'argent. A Rome, tout s'achète. En repartant, je me suis essuyé les mains sur la tenture qui sépare l'atrium du jardin, j'ai gratté l'étoffe pour enlever le sang que j'avais sous les ongles. Ce sont ces traces que Tanaquil a remarquées en partant. Et puis, j'ai couru chez Apronius. Il n'a pas fait attention à moi, et il est venu voir le corps de sa fille.

— Et Hylas que faisait-il dans ton plan ?

— Il devait mimer le rôle d'Apronia. Il l'a très bien fait. Et ensuite, il devait surveiller Corinne. Là, je ne suis pas sûr qu'il ait bien joué son rôle.

Il avait, en disant ces derniers mots, un sourire cruel. Cette allusion à Hylas me déplaisait. Je détournai la conversation :

— Qui a écrit le manuscrit destiné à Tanaquil ?

Corinne ne le laissa pas répondre.

— C'est moi, cria-t-elle, moi toute seule. Je voulais guider Tanaquil sur la voie de la vérité.

Lygdus eut alors un tel sursaut qu'il m'échappa. Il se précipita sur elle, en hurlant :

— Tu mens ! C'est moi qui t'ai dicté ce texte. Tu partageais alors mes sentiments. Tu haïssais tous ces gens. Tu voulais leur crier ton mépris. C'est toi qui as découvert par je ne sais plus quelle esclave de Livilla qu'un certain Italicus était venu enquêter sur la mort de

Drusus et qui as proposé de le surveiller. Je sais ce que tu entendais par là. Elle n'était pas désagréable, n'est-ce pas, cette surveillance, mon cher Italicus ?

Je sursautai en entendant mon nom véritable. Ainsi, pensai-je, même de cela ils étaient informés. En vain, je m'étais caché sous l'apparence d'un esclave gaulois. Et ce que j'avais pris pour de l'amour n'était qu'une ruse. Mais Lygdus continuait de vociférer.

Tu sais très bien que nous avons révélé toute l'histoire en imitant le style de Tibère pour brouiller les pistes. Tu étais de mon côté, et tu t'amusais autant que moi. C'est toi qui as eu l'idée de décrire les peintures et les statues que je te disais avoir vues chez Tibère. C'est toi qui a pris les mots rares et les images bizarres de Parthénios de Nicée que je ne connaissais pas, toi encore qui as pris le bracelet de Tanaquil pour faire croire à Apronia que c'était un cadeau que lui faisait la grand-mère de son mari. Tu as fait semblant de croire Hylas, quand il te parlait de Glycère, alors que je t'avais dit, sans te révéler que c'était moi, qu'une certaine Némésis lui avait fait accepter mon plan. Oui, c'est toi qui...

Elle gémissait, pâle et défaillante :

— Ne le crois pas, Gallus, il ment.

Je ne savais plus que penser. Je me souvenais qu'elle avait en effet parlé de Némésis et d'Hylas, avant de raconter que c'était Glycère qui avait accepté le marché avec Lygdus. Elle avait donc menti ! Elle savait la vérité qu'Hylas lui cachait. Je me raccrochais à l'espoir que du moins elle n'était pas l'auteur du manuscrit.

— Quand aurait-t-elle pu écrire ces pages ? demandai-je. Elle était avec Tanaquil dans le jardin de Marcus Plautius, à la fin de l'après-midi, et, avant le coucher du soleil, elle était chez Julius Postumus. Cela fait bien peu de temps.

— Naïf que tu es, dit-il triomphant. Nous avions presque tout écrit la veille. Nous avons seulement apporté quelques retouches et ajouté quelques détails complémentaires. Je savais presque exactement comment les choses allaient se passer. Séjan veillait à ce que notre plan fût suivi minutieusement.

J'eus un mouvement instinctif, et j'allais me jeter sur lui. Corinne tenait encore le poignard dont elle avait manqué de me frapper. Il le lui arracha des mains, et le pointa sur son cou :

— N'avance pas, me disait-il de sa voix glacée. Si tu fais un pas, je lui enfonce cette pointe, ici.

Et il désignait le point fragile où le cou se raccorde à l'épaule. Je dus demeurer immobile, empli d'une rage intérieure que je n'avais jamais éprouvée avec une telle violence. Il la secouait, et sous la pointe du poignard qu'il appuyait à la base du cou sourdait une goutte rouge qui se détachait sur la peau éburnéenne comme un pavot poussé au milieu d'un champ de blé.

— N'avance pas, répéta Corinne, comme en écho. Il fera ce qu'il dit. Je t'en prie, Gallus, crains-le.

Lygdus, saisi par une crise de démence, appuyait le poignard de plus en plus fort. Il hurlait :

— Cette petite garce t'a trompé. Comment toi qui devines tout n'as-tu pas compris qu'elle seule avait pu connaître tous les détails que révèle le manuscrit ? Elle seule a pu surveiller Tanaquil dans le jardin, et s'apercevoir qu'elle remarquait les traces de sang sur le rideau. Elle seule a pu placer le manuscrit dans son lit. Et le bracelet...

A cet instant, Corinne recula légèrement son cou, comme pour échapper à la piqûre du poignard. Il la saisit vivement par la nuque, mais, à sa grande surprise, au lieu de résister à sa poussée, elle s'en fit complice, et d'elle-même elle se jeta sur le poignard qui entra dans sa jeune gorge. Un flot de sang jaillit, éclaboussant Lygdus, qui la lâcha. Elle s'effondra. Je bondis vers elle. Je relevai doucement sa tête. Elle ouvrit la bouche. J'approchai mon oreille pour saisir les paroles à peine perceptibles qu'elle tentait de prononcer. Elle murmura :« je t'ai aimé, pour de bon. Je n'ai aimé que toi, l'autre c'était un caprice », mais déjà un voile couvrait ses yeux. Je compris encore le mot :« pardon », et le dernier qu'elle articula seulement fut peut-être « merci ». Elle ferma les yeux. Sur ses joues, les couleurs de la vie pâlirent, et disparurent. Peu à peu, elle sembla devenir une statue de marbre, comme en sculptaient les artistes d'Alexandrie. Gracieuse et diaphane, elle était sur le sol, allongée, avec au cou, la tache rouge par où s'écoulait sa vie. Lygdus était à côté d'elle, l'air égaré. Puis, il reprit ses esprits.

— Elle a menti, dit-il. C'est elle l'âme de tout ce complot. Quel dommage qu'elle n'ait pas eu le temps de te raconter comment elle a obtenu de quelques esclaves qu'ils missent en désordre la chambre de Plautius ! Et comment elle a pris le bracelet de Tanaquil.

Je le haïssais et je l'écoutais, impatient de recevoir l'ultime coup qui allait me désespérer. Je me relevai lentement et j'allai me jeter sur lui, quand il prit la fuite. Je le vis qui courait, nu, le long de l'allée qui menait à la villa que j'entrevoyais. Sans doute allait-il dire à Séjan que la dernière complice de leur crime n'était plus de ce monde.

Je revins vers Corinne. Je relevai légèrement sa tunique, pour cacher la tache et lui rendre l'apparence de la vie. Je la pris contre moi, et, pendant un instant, je la tins serrée sur mon cœur, comme je l'avais fait, les nuits où j'avais dormi avec elle, où je l'avais longuement contemplée, innocente enfin et confiée à mes bras. C'était naguère mon plus grand bonheur, aussi grand que celui de la posséder, que de la sentir, contre moi, abandonnée, confiante, belle, mais absente de moi, et, je le savais maintenant, rêvant sans doute à d'autres amours. A l'oreille, je lui dis tous les mots d'amour que j'avais sur le cœur depuis plusieurs jours. Puis je me résignai à son silence. Je sentis son corps qui tiédissait sous mes mains ; je vis le marbre devenir transparent comme l'albâtre. Alors, je lui rendis les derniers devoirs, empli de tristesse et de pitié pour son destin malheureux. Quand je l'appelai trois fois par son nom, il me sembla qu'elle allait me répondre, comme je le souhaitais de toutes mes forces. Vaine illusion ! Je la regardai longuement, surpris de m'être attaché à cette enfant rousse que j'avais pour mission de surveiller. Je pris son corps dans mes bras, comme la première fois que je l'avais conduite dans ma chambre, pour y faire l'amour.

« Corinne, dis-je à ce corps éteint, je t'aime, éperdument, désespérément. Jamais tu ne m'as rien donné que ton corps, parfois, superbe cadeau mais moins précieux que je le croyais à force d'être trop souvent offert, et jamais ton âme. La voilà maintenant partie au royaume des morts, d'où nul ne revient. Avec toi sortent de ma vie, pour jamais, la grâce et le bonheur. Merci de les y avoir fait entrer, parfois. »

Je fermai les yeux et je vis une image qui hantait mes rêves depuis quelques jours. Une femme rousse me tournait le dos. Elle s'en allait d'un pas léger ; je voyais la plante délicate et blanche comme le lait de son pied droit légèrement cambré. Elle portait une longue robe dorée et un châle transparent s'enroulait autour de son corps. Les étoffes palpitaient au rythme léger de sa marche. J'apercevais seulement son profil. Ses cheveux étaient relevés en chignon, et je voyais sa nuque délicate, plus fine que le col d'un cygne. Je l'appelais, mais elle ne se retournait pas. Un parfum persistant et léger à la fois la suivait, doux comme celui du jasmin. C'était le parfum des hauts et pâles asphodèles qu'elle cueillait en brisant de l'ongle leurs tiges graciles et qu'elle mettait dans une corbeille à demi emplie d'hémérocalles mordorées comme sa robe et les reflets que le soleil caressait sur ses cheveux. Qui était-elle ? Le Printemps qui s'en va ? Ou la Mort gracieuse qui tranche le fil léger des destins tronqués ? Ou une jeune morte arrivée dans les prairies infernales et qui complétait l'éphémère bouquet qu'elle avait apporté du monde d'en-haut avec les fleurs chères à Proserpine ? Pour moi, maintenant, c'était Corinne, qui s'éloignait, en emportant les fleurs brisées de ma vie.

Je sortis de ma rêverie. Devant moi, le corps de Corinne attendait mes soins. Je le pris dans mes bras, comme un jeune marié qui va faire franchir le seuil de sa maison à son épouse. Le cœur endeuillé de ces funèbres noces, je le rapportai chez Tanaquil.

14

Elle m'attendait dans le jardin, savourant les premiers parfums du soir. Elle écouta mon récit avec attention, et se tut longtemps. La brise s'était levée sur le lac et portait jusqu'à nous l'odeur entêtante des jasmins.

— Ainsi du début à la fin nous n'avons rien pu faire pour empêcher ce que nous redoutions ni, une fois leur forfait accompli, pour châtier les coupables. Nous nous sommes heurtés à des forces infernales. Mais, dis-moi, Italicus, étais-tu si amoureux de Corinne que tu en donnais l'impression, ou était-ce un artifice pour mieux exercer ta mission ?

Il est temps que je le dise maintenant. Oui, je m'appelle Italicus. Mon père est un Germain, frère du fameux Arminius qui combattit longtemps les Romains. Il avait choisi, lui, de pactiser avec eux. C'est ainsi que j'avais rencontré Drusus, pendant une réunion diplomatique. Il m'avait pris en affection, et m'avait hébergé chez lui longtemps. Il s'était douté que la maladie qui l'affectait n'était pas naturelle. Quand il s'était senti mourir, il m'avait fait jurer de le venger. Il avait entendu par hasard sa femme et Séjan parler de Marcus Plautius comme d'un ennemi qu'il fallait abattre. Ils avaient déjà un projet. C'est à cette occasion que j'appris l'existence de Lygdus et d'une certaine Corinne qui devait tenir un rôle important dans le complot. A la mort de Drusus, j'étais venu informer Tanaquil de tout ce que je savais. Je lui avais suggéré de me laisser m'installer chez elle, en qualité d'esclave, pour mieux surprendre les secrets et aussi surveiller Corinne.

— Corinne ? répondis-je au bout d'un moment. Oui, je l'aimais, malgré ses mensonges et aussi, au début, malgré les miens, ou plutôt le mien, car je ne lui ai jamais menti que sur mon nom. j'ai aimé sa beauté, sa grâce, son sourire et aussi cette innocence qu'elle avait malgré tout dans son cœur. Je suis un Barbare bien compliqué, n'est-ce pas, mais un Barbare, quand même, et j'aimais sa simplicité sauvage. Elle ne voulait pas de mal à Marcus, ni à personne... Et puis j'aime la littérature. J'aimais l'aimer, ou le croire, et l'écrire. En tout cas, quand je l'écrivais, la tête toute pleine des poèmes de Parthénios, j'en étais persuadé.

En disant cela, je feignais de n'avoir pas été dupe ; je minimisais mes espérances ; je taisais ma jalousie quand je surpris ses regards pleins des promesses qu'elle ne tenait plus avec moi, mais avec Hylas. J'oubliais, ou je le feignais, qu'elle me promettait son corps et qu'elle le donnait à un autre, en me demandant de les protéger, elle et lui. Je crois qu'elle se donnait pour le plaisir uniquement et que, pour elle, l'amour n'était pas un engagement, mais seulement un moment d'exaltation qui n'avait aucune incidence sur les sentiments. N'était-ce pas cela, à la vérité, et seulement cela, l'amour ? Un corps à corps, au lieu du cœur à cœur auquel je rêvais ? Mais je me plaisais à croire qu'elle n'avait pas menti autant que l'avait dit Lygdus. A d'autres moments, je me disais que j'avais joué à l'aimer, et je crois que c'est alors que j'étais sincère avec moi-même. Tanaquil, comme si elle lisait dans mes pensées et en connaissait le cours mélancolique, les interrompit :

— Garde les plus beaux de tes souvenirs dans ta mémoire, cher Italicus, et ne les analyse jamais. Qui sait s'il ne vaut pas mieux nourrir en soi quelques tenaces illusions ? Il est dans la nature des femmes de mentir. Et puis, qui sait où est la vérité ?

Elle me regardait droit dans les yeux. J'ouvris la bouche pour lui dire que les femmes barbares ne mentaient jamais, mais je fus détourné de cette remarque par mes tourments.

— Que veux-tu dire ? Parle, si tu sais quelque-chose. Dis-moi la vérité ; je souffrirai plus peut-être, mais moins longtemps et je préfère...

Elle ne me laissa pas continuer :

— Tais-toi. Ne me demande pas ce que j'ai voulu dire. Je n'ai rien dit d'autre que ce que j'ai dit. Qui sait... ?

A mon tour, je lui coupai la parole :

— Je préfère être détrompé, si tu es sûre de ce que tu sais.

De la tête elle fit un signe de refus. Je m'obstinai. Elle préféra changer de conversation. Elle me fit remarquer comme la brise était légère et comme, au fond du parc, dans la volière, les oiseaux voletaient en tous sens et chantaient le refrain de leur plaisir. Tout en parlant, elle faisait tourner autour de son poignet son lourd bracelet. Des figures féminines y étaient ciselées séparées par des palmiers et partout il y avait des multitudes de gouttelettes d'or. Elle vit que mon regard se fixait sur le bijou. Elle cessa de le toucher et dit simplement :

— C'est la plus belle pièce de mon coffret.

Je le reconnaissais. C'était celui que j'avais vu dans la chambre de Corinne. La question que je n'avais pas eu le temps de poser à Hylas et qui à deux reprises venait d'être évoquée me revint à l'esprit. Comment Hylas aurait-il pu se le procurer, et où l'aurait-il caché, quand il jouait le rôle de Dionysos, et ensuite, quand il fuyait, à demi-nu, avec Corinne ? A nouveau les tourments m'assaillirent. Tanaquil fut d'abord surprise d'en lire le retour sur mon visage, puis elle comprit que les mensonges de Corinne me revenaient à la mémoire.

— Quel entêté tu fais ! dit-elle. Crois-moi, ne cherche pas à te faire du mal pour rien. Souviens-toi seulement de tes courts bonheurs. Et puis respire cette soirée délicieuse et écoute-la.

Et elle quitta le jardin embaumé.

Epilogue

Cette affaire a été rapidement évoquée par Tacite dans les *Annales*, III, 22 :

« Vers le même temps, le préteur Plautius Silvanus avait, pour un motif qu'on ignore, précipité d'une fenêtre sa femme Apronia. Traîné devant César par son beau-père Apronius, il répondit avec trouble, disant qu'il feignait un profond sommeil pendant lequel sa femme, sûre de ne pas être vue, s'était elle-même donné la mort. Aussitôt, Tibère court à la maison, va examiner la chambre à coucher, et y trouve des signes certains de résistance et de violence. Il fait son rapport au sénat, et des juges furent nommés. Mais Urgulania, aïeule de Silvanus, envoya un poignard à son petit-fils. On crut que c'était le prince qui lui avait donné ce conseil, à cause de l'amitié d'Augusta et d'Urgulania. L'accusé, après avoir vainement essayé le fer, se fit ouvrir les veines. Bientôt Fabia Numantina, sa première femme, accusée d'avoir, par des enchantements et des philtres, aliéné la raison de son mari, est mise en jugement, mais déclarée innocente ».

En 31, sept ans après la mort de Marcus Plautius, Séjan, à qui Tibère avait refusé la main de Livilla, fut enfin disgracié. Sa femme, qu'il avait répudiée dans l'espoir d'être libre pour épouser Livilla, révéla qu'avec la complicité de celle-ci il avait assassiné Drusus. Lygdus, soumis à la torture précisa les détails du plan. Séjan fut exécuté, ainsi que ses enfants. Comme elle le craignait, Livilla fut remise à sa mère Antonia qui la laissa mourir de faim.

Sur ce schéma et sur son environnement historique, j'ai échafaudé l'intrigue, en modifiant seulement les noms d'Urgulania et de sa petite-fille Urgulanilla, épouse de Claude, qui m'ont paru trop exotiques pour un lecteur moderne. Mais Urgurlania était étrusque et elle mena la politique conjugale que j'ai dite. Comme elle était originaire de Tarquinia, je lui ai donné le nom de la reine Tanaquil qui est moins inconnu, et à sa petite-fille celui de Plautia, qu'elle aurait porté, si sa grand-mère n'avait pas voulu lui en donner un qui rappelât le sien.

Italicus, frère d'Arminius, bien qu'il soit en relation avec Drusus, joue dans cette affaire un rôle purement imaginaire.

Table des matières

Ce volume
publié aux Éditions Les Belles Lettres
a été composé
par Eurocomposition 92310 Sèvres
et achevé d'imprimer
en décembre 1991
sur les presses
de l'imprimerie F. Paillart
80103 Abbeville

N° d'éditeur : 2891
N° d'imprimeur : 8143
Dépôt légal : décembre 1991